KB116795

가을비
이야기

가을비
이야기

秋雨物語

기시 유스케

이선희 옮김

비채

차
례

아키의 논

秋雨物語

다니구치 미하루는 졸린 눈을 비비면서 머리맡에 있는 손목시계를 보았다. 아직 오전 5시가 조금 지났을 뿐이다. 목이 말라 새벽에 눈이 뜨인 모양이다. 같은 방을 사용하는 리에는 희미하게 코를 골며 깊은 잠에 빠져 있었다.

어젯밤에는 술을 너무 많이 마셨다. 신아이 화학공업 경리부에서는 해마다 봄과 가을에 사원여행을 간다. 올가을 여행은 다테야마 구로베 알펜루트로 정해져서, 어제는 신주쿠에서 특급 아즈사를 타고 시나노오마치에 도착해, 노선버스와 트롤리버스를 갈아타고는 구로베댐을 둘러보았다. 또한 케이블카와 로프웨이, 다시 트롤리버스를 타고 다테야마까지 올라가 단풍으로 물든 무로도다이라를 산책한 뒤, 미다가하라로 내려와서 일박했다. 그래도 낮에는 초등학생 때 했던 사회 견학이 떠오를 만큼 분위기가 진지했지만, 밤에는 늘 그렇듯 흥청망청한 술자리가 벌어졌다.

미하루는 따분한 표정을 짓는 아저씨들 사이를 돌아다니며 순서대로 술을 따라주었는데 술잔은 다시 돌아왔고, 그건 좀 지긋지긋했다. 다른 여직원들은 선배들에게 거의 신경을 쓰지 않고 자기들끼리 시시덕거리고 있어서, 부담은 오로지 미하루에게만 집중되었다. 하지만 같은 부서 사람들의 즐거워하는 모습을 보는 건 기분 좋은 일이었다.

미하루는 냉장고에서 차가운 물을 꺼내 컵에 가득 따른 후 단숨에 들이켰다. 창문으로 바깥 경치를 바라보니 다테야마산맥은 두터운 구름으로 뒤덮이고, 미다가하라에는 희미한 아침 안개가 떠다니고 있었다. 어슴푸레한 여명 속에서 동쪽 하늘에 떠 있는 샛별이 보였다. 창문을 활짝 열고 신선한 공기를 마시고 있자니, 어디선가 요란스러운 새 울음소리가 들렸다.

그때 아래쪽에서 낯익은 사람의 뒷모습이 눈에 들어왔다. 같은 과의 아오타 요시카즈였다. 하얀 티셔츠에 반바지를 입은 편안한 차림으로 지금 막 호텔 현관에서 나온 것 같았다. 해발 2000미터, 그것도 이른 아침의 고원高原에서는 조금 춥지 않을까? 미하루는 왠지 걱정이 되었다. 그는 약간 마르고 호리호리한 체격이지만 등줄기는 항상 꼿꼿했다.

호텔 옆에는 미다가하라를 한 바퀴 도는 산책로의 입구가 있었다. 아마 미하루와 마찬가지로 아침 일찍 눈이 뜨여서 혼자 산책하려는 모양이었다.

미하루는 거울을 보면서 얼굴을 확인했다. 회사에서도 거의 화장을 하지 않기에 맨 얼굴이라도 어색한 느낌은 없었다. 아직 스물다섯 살이라서 그런지 과음한 다음 날 아침이라도 피곤해 보이지는 않았다.

미하루는 재빨리 운동복을 걸치고 애용하는 디지털카메라를 손에 들었다. 스니커즈를 신고 방을 나서서 1층으로 내려갔다.

호텔 현관을 나왔을 때는 아오타가 막 산책로로 들어가 길가에 핀 꽃을 말똥말똥 바라보는 참이었다. '귀한 고원식물을 밟지 않도록 산책하시는 분은 바닥에 깔린 나무판 통로에서 벗어나지 마세요'라고 팻말에 쓰여 있었는데, 아오타는 나무판 끝의 아슬아슬한 곳에서 멈춰 있었다. 한 발짝 정도는 벗어나도 되지 않을까 생각했지만, 사람이 없을 때도 규칙을 지키는 점이 아오타다웠다.

"좋은 아침이에요! 여기서 뭐하세요?"

아오타가 돌아보며 말했다. "아아, 다니구치 씨. 좋은 아침. 일찍 일어났네?"

"아오타 씨야말로 일찍 일어나셨네요. 어젯밤엔 늦게까지 술자리가 벌어졌는데요."

아오타가 이마에 걸린 앞머리를 쓸어올렸다. 얼굴에는 쓸쓸해 보이는 수줍은 미소가 살며시 감돌고 있었다.

"난 일찍 빠져나왔어. 그런 옛날식 조직 문화는 별로 좋아하지 않거든."

"실은 저도 그래요."

미하루는 죄가 되지 않는 거짓말을 하고는 아오타 옆으로 몇 걸음 다가갔다. 그러곤 희미한 불빛 속에서 아련하게 떠오른, 작고 하얀 꽃을 매단 식물을 디지털카메라로 촬영했다.

"이거 당귀죠? 정말 예쁘네요. 이렇게 작은 물웅덩이 주변에 피는군요."

"이런 물웅덩이를 못둑이라고 해. 습원 지역의 이탄층 부패와 분해가 완전히 되지 않은 식물의 유해가 진흙과 함께 늪이나 못의 물 밑에 퇴적한 지층에 생기는 작은 연못이지." 아오타는 호텔에서 만든 것처럼 보이는 팸플릿을 내밀면서 말했다.

"못둑이라고 쓰여 있는 건 없는데요?"

"'가키의 논'이라고 쓰여 있는 게 그거야."

"이름이 이상해요. 어린아이가 진흙놀이라도 하는 거예요?"

"아니, 가키는 어린아이가 아니라 굶주린 귀신인 아귀를 가리키는 말 어린아이와 아귀는 일본어 발음이 같다 이거든. 아귀도 아귀들이 모여 사는 세계로, 이곳에서 아귀들이 먹으려는 음식은 불로 변하여 늘 굶주리고 항상 매를 맞는다고 한다 에 환생한 망자 亡者 지."

미하루의 머릿속에 예전에 에조시 에도시대(1603~1867)에 희한한 사건 등을 그림으로 그려, 한두 장의 종이에 인쇄한 흥미 본위의 책에서 본, 나뭇가지처럼 삐삐 마르고 배만 볼록하게 튀어나온 망자의 모습이 떠올랐다.

"네? 너무 무서워요."

"무섭다기보다 애절한 이야기야. 왜 그렇게 되었는지 알고 싶어?"

"네, 말씀해주세요."

미하루는 옛날부터 괴담이나 공포 영화를 매우 좋아했다.

아오타는 습원을 둘러보면서 이야기하기 시작했다. "한마디로 아귀라고 해도 종류는 여러 가지야. 전생에 나쁜 짓을 많이 해서, 그 업보로 인해 극심한 배고픔에 허덕이는 거지. 그래서 여기 있는 못 둑을 물이 괴어 있는 무논이라 여기고, 굶주린 배를 채우기 위해 모내기를 하는 거야."

"모내기요?"

미하루는 아귀의 논이라 불리는 못둑을 바라보았다. 그러고 보니 무논처럼 보이기도 했다. 아귀가 부지런히 모내기하는 모습을 상상하니 어쩐지 우스꽝스러운 느낌이 들었다.

"그런데 그 벼가 이삭을 맺는 일은 없어."

"그건 왜죠?"

"아귀가 열심히 심는 건 진짜 벼가 아니니까." 아오타는 못둑 옆에 자라난 길고 가느다란 풀을 가리키며 말했다.

풀 끝에는 작은 갈색 꽃이 매달려 있었다.

"미야마호타루이라는 골풀의 일종인데, 멀리서 보면 벼의 모처럼 보이기도 하지. 하지만 어차피 골풀이라서 아무리 기다려도 이삭을 맺지는 않아."

"……정말 참혹한 얘기네요. 아귀가 너무 가여워요."

죽을힘을 다해 먹을 걸 얻으려는 아귀의 노력은 물거품으로 끝나는 것이리라.

미하루가 얼굴을 찡그리며 말했다. "그럼 이 주변은 지옥이라는 건가요?"

"어제 무로도다이라에서 다테야마신앙 다테야마는 예로부터 영산으로 산악신앙의 대상이 되어왔는데, 다테야마만다라라는 그림에서는 오야마산을 극락정토에, 지고쿠다니계곡을 지옥에 비유했다고 한다 이야기를 들었지?"

"그러고 보니 가이드분한테 들었어요. 그런 다음에 지고쿠다니계곡과 피 연못도 봤고요."

"그래. 다테야마는 헤이안시대 794~1185 부터 8대 지옥이 존재한다고 믿어온 곳이지. 미쿠리가연못은 몹시 추운 한지옥 寒地獄 으로 여기고, 조도강에는 사이노가와라 죽은 아이가 저승에서 부모의 공양을 위해 돌을 쌓아 탑을 만든다는 삼도천의 모래강변도 있어. 다테야마만다라에서 지옥 그림을 보면 금방 알 수 있지."

"이렇게 아름다운 곳인데, 정말 이상한 일이네요." 미하루는 미다가하라를 둘러보며 말했다.

"그러게. ……하지만 진짜 지옥은 우리가 사는 이 세계야." 아오타가 혼잣말처럼 중얼거렸다.

염세적인 말투를 듣고 미하루는 깜짝 놀랐다. 평소에는 못 느꼈지만 너무 성실하다 못해 약간 우울증에 빠진 걸까?

"그건…… 전쟁이라든지 빚 지옥 같은 것 말인가요?"

"그것도 그렇지만, 지옥은 꼭 땅 밑에만 있는 게 아니야. 이 세상 어디에나 있고, 책임을 져야 할 사람들에게 각각 존재하고 있지. 평범하게 사는 사람의 바로 옆에 지옥에 떨어진 망자들이 있는 거야. 아무에게도 들키지 않고 조용히……."

미하루는 무슨 말인지 이해할 수 없었지만, 아오타의 담담한 말투에는 어딘지 모르게 음침한 느낌이 배어 있었다.

"……최근엔 나쁜 사람이 너무 많아서 천국은 텅텅 비었고 지옥은 만원이 되었다는 설이 있더라고요. 그래서 망자가 가석방되는 바람에 인간 세계에 넘치고 있다고요."

"불교의 경전에도 아귀에는 두 종류가 있다고 되어 있어. 지옥 같은 지하세계에 있는 것도 있고 인간세계에 머무르는 것도 있다고. 거기서 다시 종류가 나누어져서, 겉으로 보기엔 평범한 사람으로 보이는 아귀도 있다더군."

"어쩌면 우리 회사에도 몰래 숨어 있을지 모르겠네요?"

미하루는 농담으로 말했지만 아오타는 피식 웃지도 않았다.

잠시 침묵이 이어졌다. 나무판이 깔린 산책로는 한 바퀴 도는 데 한 시간 걸리는 짧은 코스와 두 시간 걸리는 긴 코스로 나누어진다. 두 사람은 무심결에 긴 코스를 선택했다.

미다가하라에는 온통 키 작은 풀이 무성하고, 군데군데 떨기나무나 덤불도 있었다. 아귀의 논이라 불리는 못둑도 여기저기 흩어져 있었다. 하얀 안젤리카나 적갈색 오이풀꽃이 흐드러지게 피어 있고, 흑갈색 바탕에 주황색 줄무늬와 눈처럼 생긴 문양이 있는 산지옥나비라는 나비가 하늘하늘 사랑스럽게 날아다녔다.

"아오타 씨는 애인이 없나요?"

넌지시 물어볼 생각이었지만 긴장으로 미하루의 심장은 마구 쿵쾅거렸다.

"없어." 아오타는 미간에 주름을 잡고 희미하게 한숨을 쉬면서 고개를 가로저었다.

"아이참, 왜 그렇게 한숨을 쉬시는 거예요?" 미하루는 웃으면서 말을 이었다. "아오타 씨는 여직원들 사이에서 신비한 사람으로 소문났어요. 애인이 있는 듯한 분위기도 없고요."

아오타는 한쪽 뺨에 쓸쓸한 미소를 담은 채 계속 걸었다.

"그래서 일부에선 게이가 아니냐는 말까지 나오고……. 아, 죄송해요. 그만큼 여직원들 사이에 관심이 많다는 증거라고 이해해주세요. 그러고 보니 지난주 금요일에 리에가 우연히 봤다고 하던데요?" 미하루는 아오타를 노려보는 시늉을 하면서 말했다.

그래도 아오타는 대꾸를 하지 않았다.

"아오타 씨, 그날 미팅하셨죠? 후타바은행 여행원들이랑!"

아오타의 얼굴에 살짝 당황한 표정이 감돌았다.

"다들 난리도 아니었어요! 아오타 씨는 우리 회사 여직원들에겐 눈길도 주지 않잖아요? 우리 회사 여직원은 안 되고 후타바은행 여행원들은 괜찮은 거예요?"

아오타는 미하루를 힐끔 쳐다보았다. 얇은 트레이닝복을 입은 가슴에 시선을 느끼고, 미하루는 쑥스러운 느낌이 들었다. 언뜻 보기엔 평범해 보이지만, 어깨에서 가슴에 걸친 파란색 라인이 가슴의 곡선을 강조하는 과감한 디자인이다. 주변 사람을 편안하게 만들어주는 미하루에게 모성을 느끼게 하는 풍만한 가슴은 최대의 매력 포인트였다.

"탄탈라이즈군."

아오타가 작은 목소리로 중얼거린 말을 미하루는 놓치지 않았다.

"무슨 말씀이세요?"

"아아, 그리스 신화에 나오는 이야기야. 탄탈로스라는 왕이 워낙 오만방자하게 행동해 신들의 분노를 사서 벌을 받았지. 탄탈로스는 과일 나무에 매달려 목까지 물에 잠겼는데, 목이 말라서 물을 마시려고 하면 물이 빠지고, 배가 고파서 과일을 먹으려고 하면 과일이 멀어졌어. 이 이야기에서 애타게 만들거나 감질나게 만드는 걸 영어로 탄탈라이즈tantalize라고 해."

"그렇군요."

그런데 왜 지금 그런 말을 떠올린 걸까?

"신은 상상을 초월할 만큼 잔혹하고 집념이 강하지." 아오타는 푸르스름하게 밝아오는 하늘을 올려다보며 말을 이었다. "같은 그리스 신화에 등장하는 시시포스는 산꼭대기까지 커다란 바위를 밀고 올라가야 했는데, 겨우 바위가 산꼭대기에 도달하려고 하면 다시 계곡 밑바닥으로 굴러떨어져. 사이노가와라도 마찬가지야. 어린아이가 돌을 쌓아올려 탑을 완성하려고 하면 꼭 귀신이 나타나서 무너뜨리잖아?"

"꼭 경리 업무 같네요. 예산을 짤 때도 겨우 끝났다고 생각하면 높은 사람이 나타나 괜히 참견하는 바람에 처음부터 다시 해야 하잖아요? 그런데 그것과 미팅이 무슨 관계가 있는데요?"

"관계라……." 아오타는 희미하게 웃으며 덧붙였다. "나는 올해

서른세 살인데, 지금까지 여성과 제대로 사귀어본 적이 한 번도 없거든."

"말도 안 돼! 믿기지 않아요." 미하루는 반신반의하며 말했다.

새삼스레 아오타를 쳐다보자 외모도 그럭저럭 괜찮은 편이고 성격도 다정하다. 귀찮은 일은 솔선해서 떠맡고, 야근할 때는 여직원을 먼저 집에 보내줘서 경리부 여직원들 사이에서도 인기가 높다.

"중고등학교 시절에, 여자애들이 관심을 가져주지 않은 건 아니었어. 오히려 여자애들한테 인기가 있었던 편이었지. 나도 좋아하는 여자애가 몇 명 있어서 그때마다 용기를 내서 고백했고, 사귀려고 노력했어. 잔머리는 쓰지 않고 항상 정면으로 부딪쳤고. ……그런데 결과는 늘 실패로 끝났지."

"이유가 뭐죠?"

아오타에게 심각한 문제가 있는 걸까? 막상 사귀어보지 않으면 모르는 성격의 결함 같은 것. 소름 끼칠 만큼 질투가 많고 구속이 심하다든지, 병적인 바람벽이 있다든지, 변태라든지, 다정해 보이는 가면을 쓴 채 폭력을 저지르는 쓰레기라든지.

"여자애들한테 이유를 물어봤는데 그때마다 다른 대답이 돌아오더라고. 어쩌면 내가 알아차리지 못한 결점이 있는 게 아닐까 해서 주변 친구들에게도 물어봤어. 그런데 다들 고개를 갸웃거릴 뿐이었지. 결국 원인은 한 가지가 아니란 걸 알게 됐어. 정말로 매번 이유가 다르더라고."

"예를 들면 어떤 건데요?"

"가장 많았던 건, 좋은 사람이긴 한데 뭔가 다르다는 거였어. 그리고 다정하지만 어딘가 부족하다……. 그 말을 들었을 때는 역시 원인은 내 성격이라고 생각했지. 그런데 갑자기 다른 남자한테 한눈에 반했다, 장차 스님이 되어서 절을 물려받을 사람이 아니면 사귈 수 없다, 요미우리 자이언츠의 팬과는 맞지 않는다, 사주를 봤는데 궁합이 최악이라고 한다, 내가 진짜로 좋아하는 사람은 여자라는 걸 알았다……. 이런 말까지 들었을 때는 뭔가 이상하다는 생각이 들더라고. 그리고 겨우 사랑이 이루어지나 했더니, 아버지가 해외 발령이 났다고 하면서 학기 도중에 외국으로 가버린 여자애까지 있었어."

"저기, 대체 어떻게 된 거죠?" 미하루는 머리가 혼란스러웠다.

"한마디로 말해 항상 탄탈로스 상태란 거야. 잘될 만하면 반드시 엉망이 되어버리지. 아무래도 그러기로 약속이 되어 있는 것 같아."

"아무리 그래도 지나친 억측이 아닐까요? 그런 식으로 생각하는 것은……."

"나도 그렇게 생각해서 마음을 추스르고 몇 번이나 다시 도전했어. 하지만 결과는 언제나 판에 박은 것처럼 똑같더라고. 나는 원래 고독을 친구로 삼을 수 있는 성격이 아니야. 사람을 좋아하는 평범한 인간이지. 하지만 아무리 애를 써도 사랑을 얻을 수 없는 운명이라고나 할까?"

이 사람은 역시 우울증 초기다. 미하루는 그에게 깊은 연민을 느꼈다.

상대 여성은 살짝 호감이 있는 것뿐인데 이 사람이 너무 진지해지는 바람에 두려움을 느낀다든지, 분명히 그렇다. 거기에 몇 가지 불운이 겹치면서 자신은 사랑을 이루지 못하는 저주에 걸렸다고 믿는 것이다. 하지만 나라면 이 사람을 구할 수 있다.

미하루는 자신 있었다. 지금까지 몇 번의 연애 경험을 통해 남성은 여성보다 훨씬 섬세하고 상처를 잘 받는다는 사실을 알고 있다. 남성의 사랑을 얻는 비결은 그들의 유리 같은 자존심에 상처가 나지 않도록 잘 추켜세워주는 것이다.

더구나 주변을 둘러보아도 괜찮은 남자는 모두 결혼했거나 이미 정해진 상대가 있다. 아직 긁지 않은 복권이라고 하면 좀 그렇지만 아오타는 일도 잘하고 성격도 좋다. 용모도 결코 나쁘지 않아서, 앞으로 이렇게 조건 좋은 남성은 만날 수 없을지도 모른다.

"그러면 미팅도 잘되지 않았겠군요?" 미하루는 확인하듯 물었다.

"그래. 도중까지는 분위기가 꽤 좋았거든. 그런데 영업부의 미사와가 사소한 일로 상대 여성과 싸우기 시작하더라고. 평소에는 화내는 걸 한 번도 본 적이 없는데, 상대 여성이 미사와의 패션 센스를 지적하는 걸 참을 수 없었던 모양이야. 그래서 찬물을 끼얹은 것처럼 분위기가 싸해져서 일찌감치 헤어졌지 뭐."

"미사와 주임님이 다 된 밥에 재를 뿌렸네요."

말은 그렇게 했지만 미하루는 미사와에게 고맙다고 말하고 싶은 심정이었다.

산책로는 제법 오르막과 내리막이 있었고, 군데군데 무성한 풀들을 헤치지 않으면 나아갈 수 없는 곳도 있었다.

새의 울음소리가 점점 더 시끄러워졌다. 개중에는 휘파람새의 노랫소리 같은 것도 섞여 있었다. 봄의 새인 줄 알았는데, 이 주변에선 9월이 되어도 노래하는 모양이다.

아오타가 뜬금없이 물었다. "다니구치 씨는 전생을 믿어?"

"글쎄요. 뭐라고 할까, 저는……." 믿어요, 라고 거짓말하기는 꺼려져서 그녀는 잠시 머뭇거렸다. "영적인 면에는 관심이 있지만, 설마 아오타 씨 입에서 전생이라는 말이 나올 줄은 몰랐어요."

"그렇구나. 난 그런 걸 잘 모르기도 했고 믿지도 않았거든. 어느 날, 점쟁이가 가르쳐주기 전까지는."

"네에? 아오타 씨가 점을 봤어요?"

생각지도 못한 일이었다. 아오타에게 그런 면이 있다니.

"길을 걷고 있는데, 갑자기 점쟁이가 불러 세우더라고." 아오타는 그때의 상황이 떠올랐는지 가볍게 몸을 떨면서 말했다. "처음에는 돈벌이를 위해 길 가는 사람에게 닥치는 대로 말을 거는 거라고 생각했어. '당신은 물난리를 당할 상입니다'라든지 '여자로 인해 고생할 상입니다'라는 말을 들으면 그중 몇 명은 마음에 걸려서 다음 이야기를 듣기 위해 돈을 낼 수도 있으니까. 그런데 그 점쟁이는 달랐어. 진짜 영능력자더라고."

"잘 맞혔나요?"

"그런 수준이 아니야. 완벽하게 꿰뚫어 봤다고나 할까? 내 고민을 전부 아는 것 같더군."

"여자친구가 생기지 않는다는 거요?"

그 정도라면 은근슬쩍 떠봤을지도 모른다.

"응. 하지만 그냥 떠보는 말투가 아니었어. 그 점쟁이는 길거리에 작은 책상을 놓고 앉아 있었는데, 날 보자마자 소리를 지르더라고."

"뭐라고요?"

"'이럴 수가! 당신은 가키야!'라고."

미하루는 멍하니 입을 벌렸다. 상황과 말투를 보면 가키가 어린아이가 아니라 아귀라는 건 알 수 있었지만, 점쟁이가 손님을 끌기 위해 하는 말치고는 너무나 무례하지 않은가.

"아오타 씨, 화내지 않으셨어요?"

"그래."

"사람이 너무 착해서 그래요."

"하지만 결과적으론 맞혔거든. 나는 진짜 아귀였으니까."

미하루의 등줄기에 차가운 오한이 내달렸다. 이유는 모르겠지만, 그 순간 아오타가 농담을 하는 게 아니라는 사실을 직감적으로 안 것이다.

아오타 요시카즈는 아귀다.

미하루는 도망치고 싶었지만 오금이 저려서 꼼짝도 할 수 없었다. 산책로에는 그들 이외에 사람의 그림자가 없었다. 공연히 들떠서 긴 코스로 와버린 탓에, 만약 여기서 죽임을 당하거나 잡아먹힌다고 해도 당분간은 아무도 알아차리지 못하리라.

아오타는 그런 미하루의 모습을 보고는 쓸쓸한 표정을 지으며 고개를 가로저었다.

"괜찮아. 그렇게 걱정하지 않아도 돼. 난 다니구치 씨가 생각하는 아귀와 달라. 평소에 걸신들린 것처럼 허겁지겁 먹지는 않잖아?"

미하루는 기억을 떠올렸다. 아오타는 오히려 입이 짧아서 소식하는 편이다.

"그건 뭐…… 그렇지만요."

"아까 아귀에도 여러 종류가 있다고 말했지? 내가 굶주린 건 음식이 아니야. 사람의 사랑이지."

공포는 솟구쳤을 때와 마찬가지로 순식간에 사라졌다.

왜 갑자기 아오타를 무섭다고 생각했을까? 아오타가 아귀일 리 없지 않은가. 미하루는 가까스로 마음을 진정시켰다. 아오타는 단지 누군가를 사랑하고 싶다고 호소하는 것뿐이다. 이것은 오히려 자신에게 사랑을 갈구하는 것이라고 받아들여야 하지 않을까.

"점쟁이는 표현할 수 없을 만큼 기묘하게 생긴 여자였는데, 내가 처한 상황을 정확히 맞힌 데다가 그것이 전생의 업보 때문이란 사실을 가르쳐줬지."

"업보라니…… 아오타 씨 전생이 어땠는데요?"

오컬트에 내성이 없는 사람은 아오타처럼 돌연 푹 빠질 수도 있다고 미하루는 생각했다. 원래 피해망상이 있는 상태에서 사람을 속이는 것이 직업인 점쟁이로부터 이상한 암시를 받은 탓에 황당무계한 이야기를 그대로 믿은 것이리라.

"점쟁이가 영시靈視한 전생에서의 나는 나오라는 이름의 여인이었어."

전생에 이어서 이번에는 영시인가. 아오타가 그런 말을 하는 것 자체가 몹시 비현실적으로 느껴졌다.

"나오는 부유한 약도매상의 막내딸이었는데, 철이 들 무렵부터 엄청난 결벽증을 가지고 있었어. 병적일 정도로 말이야. 불결한 것이나 추악한 것은 털끝만큼도 용서할 수 없었지. 특히 성적인 뉘앙스를 조금이라도 느끼게 한 것은 끔찍하게 싫어했는데, 거기에는 이유가 있었어." 아오타는 마치 자신이 잘 아는, 실제로 있었던 소녀에 관해서 말하듯이 거침없이 이야기했다. "나오의 어머니는 품행이 좋지 않은 음란한 여인이었지. 부부 사이가 차갑게 식기도 해서, 남편이 일 때문에 집을 비울 때는 항상 이 남자, 저 남자를 집 안으로 끌어들였어. 그럴 때마다 나오에게는 용돈을 쥐여주고 밖에서 놀다 오라고 하면서. 하지만 나오는 어린 시절부터 어머니가 무슨 짓을 하는지 직감적으로 알아차렸지. 더구나 그런 행위를 욕지기가 나올 만큼 추악하다고 여겼어."

아오타는 마치 자신이 겪은 일인 것처럼 얼굴을 찡그렸다.

"그런데 어머니 성격이 워낙 강해서 불쾌감을 털어놓을 수 없었지. 데릴사위였던 남편은 아내의 불륜을 어렴풋이 눈치챘지만 따질 수 없었고. 나오의 증오는 비뚤어져서 다른 방향으로 향했어. 한 해 두 해 성장하면서 세상의 모든 사람이, 또한 살아 있는 모든 생물이 성 충동에 사로잡힌다는 사실을 깨닫고, 그런 모든 것을 증오하고 공격하게 된 거야."

"공격해요? 뭘 공격했는데요?"

미하루는 무의식중에 아오타의 이야기에 빨려 들어갔다.

"그렇게 대단한 건 아니고 어린애다운 사소한 장난이었지. 길거리에서 짝짓기하는 개를 발견하면 대야의 물을 뿌리기도 하고, 봄날 새벽에 짝짓기하며 우는 고양이를 발견하면 돌멩이를 던지기도 하고, 가을날 땅거미가 질 무렵에 암수가 붙어서 날아다니는 잠자리를 보면 나뭇가지를 휘둘러 쫓아버리기도 하고……." 아오타는 자신의 행동을 후회하듯 작게 머리를 가로저으면서 말을 이었다. "하지만 아무리 공격해도 주변에서 성적인 상황을 전부 없앨 수는 없었어. 오히려 모든 생물이 나오에게 '이건 어떠냐?' '이래도 방해할래?' 하면서 그런 행위를 보여주는 것 같았지. 그러자 나오의 행동은 점점 더 과격해졌어. 반딧불이가 여름밤의 어둠을 아름답게 채색하는 것도, 가을밤에 아름답게 노래하는 벌레 소리도 모두 암컷과 수컷이 서로 유혹하는 행위란 걸 깨닫자 결국에는 눈에 띄는 대로 죽이게 되었지."

"나오한테 그런 지식이 있었나요?" 미하루는 어느새 아오타의 이야기를 사실로 받아들이고 있는 자신을 깨달았다.

"딱히 누군가에게 배운 건 아니었어. 하지만 병적일 만큼 예민해진 나오의 감성이 성과 관련 있는 건 뭐든지 민감하게 냄새를 맡았던 것 같아." 아오타는 나뭇길을 걸으면서 탄식했다. "가장 가여웠던 건 두꺼비야. 다니구치 씨는 두꺼비 전쟁이라는 말을 들어본 적 있어?"

"아니요……."

"봄이 되면 이런 못둑 같은 작은 늪이나 연못에 동면에서 깨어난 두꺼비들이 모여들지. 많을 때는 수백 마리씩이나. 그리고 며칠에 걸쳐서 밤낮을 가리지 않고 짝짓기를 하는데, 그 모습이 마치 두꺼비 병사들이 전쟁하는 것처럼 보인다고 해서 두꺼비 전쟁이라고 하거든."

처음 듣는 이야기였지만 아마 생물학적 사실일 것이다. 미하루는 말없이 고개를 끄덕였다.

"쉽게 말하면 두꺼비들의 섹스 파티라고나 할까? 그런 모습이 나오의 눈에는 도저히 용서할 수 없을 만큼 추악하게 보였지. 그래서 나오는 가까운 연못에서 두꺼비 전쟁을 발견하면 일부러 쇠 냄비에 물을 펄펄 끓여서 가져갔어. 그러곤 점액으로 뒤범벅이 되어 뒤얽혀 있는 두꺼비에게 뜨거운 물을 쏟아붓는 거야. 두꺼비가 숨이 끊어지는 걸 확인할 때까지 몇 번이나 연못까지 왔다 갔다 하면서 펄펄 끓는 물을 계속……."

어떻게 반응해야 좋을지 몰라서 미하루는 단지 이야기를 듣고 있는 수밖에 없었다.

"짝짓기하는 뱀을 봤을 때도 나오는 분노를 억제할 수 없었어. 뱀은 며칠씩 이어져 있거나 두꺼비 전쟁처럼 여러 마리가 뒤얽혀 있는 일도 있거든. 그런 뱀을 발견하면 나오는 끈질기게 돌을 던지거나 막대기로 때려서 한 마리도 남김없이 죽을 때까지 그 자리를 떠나지 않았어."

"……그런 동물 학대가 점쟁이가 말하는 전생의 악행이었나요?"

"아니, 그런 건 오히려 사소한 일이었지." 아오타는 희뿌연 하늘을 올려다보며 말을 이었다. "그런 나오의 독특한 성격은 아직 또래 아이들한테만 알려져 있었어. 남녀의 사랑이나 성에 대해 기이하리 만큼 강한 증오심을 품고 있다는 것도."

아오타는 마치 자신의 과거를 되돌아보는 것처럼 깊은 한숨을 내쉬었다. 그는 도대체 어디서 이런 이야기를 생각해낸 걸까. 미하루는 고개를 갸웃거렸다.

"그러던 어느 날, 그 마을에 사는 쇼타로라는 남자가 나오한테 편지를 맡겼어. 동네 천가게의 외동딸인 린에게 전해달라고 하면서. 나오는 평소에 쇼타로와 린을 좋아했고, 두 사람도 나오를 몹시 아껴주었지. 하지만 그렇게 좋아하는 두 사람조차 남녀 사이가 되는 걸 용서할 수 없어서, 나오는 멋대로 편지를 뜯어 내용을 읽어보았어. 거기에는 두 사람이 멀리 도망가기 위해 만날 장소와 시간이 쓰여 있었지." 아오타는 참회하듯 입술을 깨물며 말을 이었다. "나오는 린에게 편지를 주러 가는 척하며 일부러 천가게 토방에 떨어뜨렸어. 그러면 쇼타로와 린이 무슨 짓을 하려는지, 천가게 주인인 린의 아버지가 알게 되니까. 상황은 역시 나오가 예상한 대로 되었어. 격노한 린의 아버지는 린을 방에 가두고 감시원을 붙인 뒤, 건달들을 고용해 쇼타로를 반죽음 상태로 만들었지."

아오타는 잠시 말을 끊고는 저 멀리에 있는 다테야마연봉連峰을 바라보았다.

"그런 다음에도 이런저런 일이 있었지만, 쇼타로는 결국 얻어맞았을 때의 상처로 인해 숨을 거두고 말았어. 그런 사실을 알고 인생의 허무함을 느낀 린은 스스로 목숨을 끊었고. 나오는 죽을 만큼 후회했지만 이제 와 되돌릴 수는 없었지. 고뇌와 번민의 나날을 보내는 사이에 정신이 이상해져서, 산과 들을 떠돌아다니다 절벽에서 떨어져 짧은 생애를 마쳤다더군."

아오타의 눈에는 희미하게 눈물이 고여 있었다.

"잠깐만요. 그건 전부……."

단순한 망상이라고 말하려다가 미하루는 일단 말을 끊었다. 에둘러 부드럽게 표현하려면 어떻게 말하는 게 좋을까?

"그 점쟁이가 지어낸 이야기일지도 모르잖아요?"

아오타는 미하루의 말에 절레절레 고개를 가로저었다.

"그렇지 않아. 모든 건 실제로 있었던 일이야. 전부 다 기억났어. 전생에서 내가 무슨 짓을 했는지. ……그래서 마음 깊은 곳에서 수긍했지. 이번 생에서 내가 아귀도에 떨어진 이유를." 아오타는 걸으면서 미하루를 힐끔 쳐다보고는 희미하게 고개를 가로저었다. "내가 왜 다니구치 씨에게 이런 이야기를 하는지, 솔직히 잘 모르겠어. 애초에 사랑이 이루어질 가능성이 없다는 걸 알고 있으면 여자에 대해선 깨끗이 포기하고, 인생의 다른 목적을 찾는 편이 좋을지도 모르지. 실제로 그렇게 하는 남자는 얼마든지 있잖아? 하지만 나는 그런 길을 선택할 수도 없어. 아귀도에 떨어진 망자는 아무리 실패를 거듭하더라도, 아무리 헛고생인 줄 알아도 계속 노력해야 하는 운명을 가지고 있으니까."

아오타는 산책로 옆에 흩어져 있는 못둑인 아귀의 논을 가리켰다.

"나는 물웅덩이를 무논이라고 여기고 모 대신 골풀을 심는 아귀와 똑같아. 끊임없이 무의미한 노력을 되풀이할 따름이지. ……그래도 마음속으로 간절히 바랄 수밖에 없어. 누군가가, 어쩌면, 나를 이 지옥에서 구해주지 않을까. 우연히 그곳에 쌀 한 톨이 섞여 있어서 기적처럼 이삭을 맺어주지 않을까 하고."

아오타의 눈은 미친 듯이 간절하게 호소했다. 제발 나를 구해줘. 더는 견딜 수 없어. 제발 나를 이 지옥에서 빼내줘, 하고.

미하루는 크게 숨을 들이마셨다. 오컬트에 조금 관심이 있기는 했지만, 지금까지 전생이 존재한다고 진심으로 믿은 적은 한 번도 없었다.

아오타는 아마 너무 착한 탓에 여성들과 제대로 사귀지 못해 마음에 병이 든 것이리라. 그러면서도 다른 사람에게 분노를 전가하지 않고 오직 스스로를 책망하고 있다. 그렇다면 누군가가 그를 구해줘야 한다. 그렇게 할 수 있는 사람은 자신밖에 없다. 이 어리석은 망상만을 제외하면 그는 더할 나위 없이 좋은 남성이니까. 그리고 자신이 한마디만 하면 그를 속박하는 망상을 깨뜨리고, 그를 감옥에서 해방시켜줄 수 있다.

후드득후드득, 가을비가 내리기 시작했다.

미하루는 손바닥으로 빗방울을 받으며 걸음을 멈추고는 경치를 둘러보았다.

아아, 이 얼마나 아름다운 곳인가.

미다가하라는 바야흐로 단풍의 절정을 맞이하고 있었다. 다이니치연봉을 배경으로 초록색 풀과 노란색 사스래나무와 시닥나무, 빨간색 마가목이 눈이 시릴 만큼 선명한 대비를 만들어냈다.

지옥이라니, 당치도 않다. 이곳은 너무나 아름답고 평화로운 극락이 아닌가.

미하루는 아오타를 똑바로 바라보며 입을 열었다. "아오타 씨, 저 말이에요……."

아오타는 숨을 들이마신 채 긴장한 얼굴로 미하루를 바라보았다.

그때였다. 이유는 모르지만 마치 마법에 걸린 것처럼 미하루의 마음이 차가워졌다.

"오래 걸어서 그런지 갑자기 배가 고프네요. 마침 비도 오니까 이제 그만 돌아가지 않을래요?"

아오타의 눈 속에 켜 있던 작은 희망의 등불이 조용히 꺼졌다.

산책로를 걸어서 호텔로 돌아가는 동안, 두 사람 사이에는 조금 전과 달리 어색한 공기가 떠다니고, 결국 대화는 한마디도 나누지 않았다.

푸
가

秋
雨
物
語

フ
ー
グ

1

전선이 정체되어 가을장마가 시작되면서, 벌써 사흘째 비가 내리고 있다. 인쇄소에 원고 넘기는 날을 앞두고 살기등등한 편집부 사무실에는 습기가 파고들어 분위기는 몹시 무겁고 답답했다. 공조 시스템도 제대로 작동하지 않는 듯했다.

마쓰나미 히로시는 수화기를 들었다. 아오야마 레이메이는 원고를 늦게 주기로 유명한 작가라서, 마감이 다가오거나 지나면 반드시 전화로 재촉해야 한다. 작은 인쇄소를 경영하던 아버지 모습이 떠올랐다. 아무리 말이 안 되는 일정이라도 한번 약속한 이상은 반드시 지켜야 해서, 며칠 밤을 새운 적이 한두 번이 아니었다. 그런데 출판계에 일정을 지키지 않는 작가가 이렇게 바글바글할 줄이야. 출판계에 들어온 지 15년이 지난 지금도 놀라울 따름이다.

신호가 세 번 가고 나서 상대가 받았다.

"안녕하십니까. 도비시마서점 편집부의 마쓰나미라고 합니다."

"아아, 마쓰나미 씨."

수화기 건너편에서 들린 목소리는 아오야마 본인이 아니라 다카기 아키였다.

"안녕하세요. 아오야마 선생님은 지금 안 계세요."

어딘지 모르게 머뭇거리는 말투였다. 불길한 예감이 들었다.

"그런가요? 실은 월간 〈패러독스〉의 원고 마감이 오늘인데, 상황이 어떤가 해서 전화드렸습니다."

아오야마 레이메이는 마감을 내팽개치고 술 마시러 가는 타입은 아니라고 생각하지만, 작가란 종족은 외모는 천차만별이라도 하나같이 인격 파탄자라서 방심할 수는 없었다.

"그렇군요, 일단 메모를 남겨둘게요."

'일단'으로는 안심할 수 없다.

"저기, 어디 외출하셨나요?"

아키가 이번에는 노골적으로 머뭇거리며 답했다. "그게…… 아마 그런 것 같아요."

아마 그런 것 같다니. 그게 무슨 말인가?

"언제 돌아오는지 모르시나요?"

아오야마는 항상 스마트폰 전원을 꺼놔서 이렇게 되면 잡을 방법이 없다. 아키는 잠시 침묵했다. 숨소리에서 곤혹스러움이 전해졌다.

"언제 오실지 모르니까 원고를 다 쓰셨는지 컴퓨터를 한번 확인해볼까요?"

뭐? 그게 정말인가? 그렇게 해준다면 거절할 얼간이가 어디 있겠는가.

"네, 부탁드립니다."

수화기 너머에서 윈도우의 작동음이 들렸다. 이어서 비밀번호를 입력하는 탁탁 하는 소리도.

아키는 아오야마의 비서 같기도 하고 애인 같기도 한 여성이었다. 섣불리 파고들다가 화내게 만들고 싶지 않아서 어떤 관계인지 묻지는 않았다. 이미 40대 후반인 아오야마에 비해 열 살 넘게 어리고, 같이 살지는 않지만 매일 작업실에 드나들며 이것저것 돌봐주고 있는 것 같다. 아직 젊은 데다 예쁘게 생긴 여성이 왜 아오야마처럼 괴팍한 남자에게 끌렸는지 이해할 수 없다. 물론 그녀에게도 약간 독특한 면이 있으니까 어쩌면 독특한 성적 취향이 일치했을지도 모른다. 지난달 호에 새로 연재를 시작한 관능소설 작가의 단편이 그런 내용이라는 것이 떠올랐다. 전신 타이츠에 대한 이상한 페티시즘이 점점 심해져서…….

"아, 이건가?"

마쓰나미의 망상은 아키의 목소리로 인해 끊어졌다.

"집필 중인 원고가 몇 가지 있는데, 맨 마지막에 저장한 게 '푸가'라는 작품이에요."

"아! 그 작품 같아요."

부디 완성되었기를.

"어디 보자…… 이건."

아키가 작품을 확인하는 듯했다.

"어떤가요?"

"역시 미완성이네요."

실망했지만 같은 미완성이라도 완성되기 직전인지, 이제 막 쓰기 시작했는지에 따라서 대응 방식이 달라진다.

"이제 조금 남은 것 같나요? 아니면……."

"일단 이대로 보내드릴까요?"

"괜찮으시겠어요?"

마쓰나미는 깜짝 놀랐다. 그녀 마음대로 보냈다가 나중에 아오야마에게 야단맞지 않으면 좋으련만.

"괜찮을 거예요. ……이런 경우엔 제게 맡긴다고 하셨으니까요."

이런 경우란 어떤 경우일까?

"그러면 부탁합니다." 마쓰나미는 그대로 전화를 끊으려고 하다가 수화기 너머에서 기묘한 분위기를 느끼고 잠시 망설인 후 물었다. "……왜 그러시죠?"

"이 작품 말인데요, 제 생각엔 실화 같아요."

호러물일 텐데 실화라고? 그렇다면 나중에 문제가 생길지도 모르겠다. 물론 지금까지 실화 괴담이라고 한 작품 중에 진짜 실화는 한 번도 본 적이 없었지만.

"실화라면, 아오야마 선생님이 겪은 이야기라는 건가요?"

"네. 제가 아는 이야기도 나오거든요. ……저기, 끝까지 읽고 나면 어떻게 생각하는지 말씀해주시겠어요?"

작품에 대한 평범한 비평을 원하는 것 같지는 않았다.

"네, 알겠습니다."

전화를 끊은 후에도 마쓰나미의 가슴속에는 한동안 안개가 긴 듯 개운치 않은 감정이 남아 있었다.

그는 곧바로 다른 작가에게 원고 독촉용 전화를 걸었다. 그 작가 한테서는 겨우 끝이 보이기 시작했다는 대답이 돌아왔다. 이 녀석, 아직 시작도 안 했군. 그렇게 생각했지만 "잘 부탁하겠습니다"라고 말하고는 메일함을 확인했더니, 아오야마의 주소에서 메일이 도착해 있었다.

조금 전에 말씀드린 '푸가'의 원고를 보내드립니다.

실은 지금 아오야마 선생님과 연락이 되지 않는 상태입니다. 원고를 읽고 뭔가 알아낸 게 있으시면 꼭 말씀 부탁드립니다.

다카기 아키

연락이 되지 않는다니, 그러면 큰일이 아닌가. 마쓰나미는 그렇게 생각하면서 첨부 파일을 인쇄한 뒤, 다른 작가에게 전화를 걸고 나서 인쇄한 원고를 읽기 시작했다.

푸가

아오야마 레이메이

여기가 아닌, 어딘가 다른 곳으로 가고 싶다.

철이 들기 전부터 내 마음 깊은 곳에는 그런 충동이 새겨져 있었으리라.

맨 처음에 문을 연 것은 언제였을까. 확실하게 기억나는 건 유치원 시절에 있었던 실종사건이지만 실제 기억은 상당히 흐릿하고, 나중에 부모님한테서 들은 이야기로 보충해 간신히 앞뒤가 맞는 이야기로 만들었다.

우선 징조는 항상 꿈이었다.

내가 꾼 꿈을 남들에게 정확하게 설명하는 것만큼 어려운 일은 없으리라. 하지만 이것은 피할 수 없는 일이기에 해보는 수밖에 없다.

무언가가 천천히 소용돌이를 감는 듯한 어둡고 혼돈스러운 분위기 속에서 맨 처음 느낀 것은 견디기 힘들 정도의 숨 막힘이다. 더구나 절망적인 소외감이 온몸을 짓눌렀다. 익숙한 세계가 얇은 껍질 하나를 사이에 두고 존재하는데, 아무리 손을 내밀어도 닿지 않는 듯한 부조리한 감각이라고나 할까?

그런 다음에 꿈속에서 문을 연다. 그 너머에 펼쳐져 있는 것은 낯선 대도시나 울창한 숲, 섬의 그림자도 보이지 않는 드넓은 바다이지만, 때로는 캄캄한 우주인 경우도 있다. 내가 느끼는 우주적인 고독과 적막함은 무한한 공간을 향해 끝없이 확산해간다. 그 후에 남는 것은 등에 축축하게 식은땀이 흐를 정도의 무시무시한 공포다.

기묘한 것은 숨 막히는 곳에서 문을 열고 넓은 세계로 탈출하려고 하는데, 절망적인 폐색감에 감싸여 있다는 것이다. 극과 극은 서로 통한다. 광장공포증을 끝까지 파고들면, 어느 순간부터 폐소공포증으로 바뀔지도 모른다. 나는 너무나도 넓은 세계에 공포를 느끼면서, 생매장된 듯한 압박감에 사로잡혀 있었다.

유치원 시절에 꾼 꿈에서 문 너머에 있었던 것은 낯선 마을이었다. 계절은 가을이었고, 시각은 해가 지기 조금 전이었다. 왜 그런 시간에 잠들었는지는 기억나지 않지만, 내가 꿈에서 본 마을도 현실과 싱크로해서 저녁놀에 물들어 있었다.

저녁놀에 물든 거리 풍경은 어린아이의 마음속에 아련한 향수와 함께 어렴풋한 불안도 스며들게 하는 법이다. 노구치 우조1882~1945, 일본의 시인이자 동요 작사가의 〈이 마을 저 마을〉이라는 동요에서 '집이 점점 멀어지노라'라는 구절을 들을 때마다 나는 그런 느낌에 휩싸이곤 한다.

나에게 공포는 두 종류다. 다가오는 공포와 멀어지는 공포.

전자에 대해서는 설명할 필요가 없으리라. 〈팔로우〉라는 미국의 호러 영화도 그렇고, TV 화면에서 빠져나오려고 하는 〈링〉의 사다코도 그렇다. 원령이든 살인귀든, 공포의 대상이 자신에게 다가옴에 따라서 심박수는 높아지고 동공은 벌어지며 손발에는 땀이 솟구친다. 생물로서 투쟁할지 도망칠지 선택해야 하기 때문에 스트레스는 극에 달한다.

한편 멀어지는 공포는 사랑하는 사람이나 익숙한 세계에서 억지로 멀어질 때 느끼는, 견디기 힘든 절망감에서 유래한다. 이때 본 마을도 나에게는 멀어지는 공포를 상징하는 광경이었다.

벽돌이 깔린 길거리 양쪽에는 온통 은행나무 가로수가 이어져 있었다. 은행나무는 어느 날 일제히 이파리를 떨구는데, 이날이 바로 그러했다. 아스팔트는 황금색 은행잎으로 뒤덮인 채 저녁놀을 받고 있었다. 평범하게 생각하면 아름다운 광경이리라. 하지만 그곳은 나에게 낯선 마을이었고, 정체를 알 수 없는 물체로 뒤덮인 기분 나쁜 장소에 불과했다.

시간이 갈수록 불안감이 부풀어 올랐다. 집이 점점 멀어진다⋯⋯. 여기가 아닌, 어딘가 다른 곳으로 가고 싶다.

맨 앞에서 이렇게 쓴 내용과 모순된다고 여길지도 모른다.

그 말이 옳다. 내 무의식의 가장 깊은 늪에서 꿈틀거리는 것은 평범한 충동이 아니다. 내 의지나 바람과는 관계가 없는, 도저히 이해할 수 없는 괴물인 것이다.

정신이 들었을 때, 나는 느닷없이 그 마을에 있었다.

여기는 어디일까.

은행나무에 붙어 있는 이파리는 바람에 하늘하늘 흔들리며 또 흩어지기 시작했다. 발밑에 쌓인 낙엽도 마치 나를 위협하듯 바람에 소용돌이쳤다. 울상을 지으며 가로수 밑에서 방황하던 나를 발견한 사람은 우연히 그곳을 지나던 친절한 여성이었다. 그녀는 나를 달래면서 가장 가까운 경찰서로 데려다주었다.

그 무렵, 별안간 내 모습이 사라진 우리 집에서는 큰 소동이 벌어졌다. 우연히 어린이 유괴사건이 자주 일어나던 시기인 데다 무사히 구출된 경우가 거의 없었기에, 마음속으로는 누구나 최악의 결과를 각오했다고 한다.

경찰서로 달려온 부모님과 조부모님은 나를 껴안고 뜨거운 안도의 눈물을 흘렸다. 어쨌든 무사해서 다행이라는 기쁨이 가라앉자 전원의 머릿속에 커다란 의문이 떠올랐다. 이 애가 어떻게 해서 단시간에 수십 킬로미터나 떨어진 마을에 간 걸까.

사람들은 당연히 맨 먼저 나에게 어떻게 된 일이냐고 물었지만, 나는 앞뒤가 맞는 대답을 할 수 없었다. 집에서 잠을 자다가 꿈을 꾸었다, 눈을 떴더니 그 마을에 있었다. 내가 할 수 있는 말은 그것밖에 없었으니까.

몽유병일지도 모르겠군요. 경찰관이 그렇게 말했다고 한다. 전문 병원에서 한번 진찰을 받는 편이 좋겠다고 하면서.

그 점에 대해서는 아무도 반박하지 않았다. 하지만 몽유병으로 설명할 수 있는 건 내 실종사건의 첫 부분뿐이었다. 유치원에 다니는 어린아이가 누구의 눈에도 띄지 않고 갑자기 집을 나갔다고 해도, 그곳에서 어떤 교통수단을 이용해 그 마을까지 간 걸까. 조사 결과, 우리 집 근처의 버스 정류장에는 그 마을까지 가는 직통버스가 없었다고 한다. 우리 집은 교외에 있는 단독주택으로 역까지는 제법 멀었고, 나는 버스비나 전철비를 가지고 있지 않았다. 그와 마찬가지로 택시를 탔다는 설에도 모두 고개를 가로저었다. 거동이 수상한 몽유병 아이를 태우고 수십 킬로미터나 달린 끝에, 요금도 받지 않고 아이를 그 자리에 두고 떠날 운전사는 없을 테니까.

이제 남은 가설은 두 가지뿐이었다. 길거리에서 나를 발견한 친절한 택시 운전사가 내 잠꼬대 같은 설명을 진짜로 받아들여 차에 태우고는 집이 있다고 생각한 마을까지 데려갔든지, 또는 사이코패스 같은 유괴범이 길거리에서 나를 발견해 재미로 멀리 떨어진 마을까지 데려갔든지.

그 어느 쪽이든 당치도 않은 일이다! 분노에 사로잡힌 부모님은 그렇게 소리치며 반드시 범인을 잡아달라고 소리쳤지만, 경찰관이 자식을 제대로 돌보지 못한 건 부모의 불찰이라고 말하자 금세 풀이 죽었다고 한다.

그런데 이상한 일은 그걸로 끝나지 않았다. 부모님과 같이 집으로 돌아온 나는 샌드위치와 우유를 먹고 그대로 꾸벅꾸벅 졸았는데, 그런 나를 안고 내 방으로 데려간 아버지와 침대 이불을 들춘 어머니는 그 자리에서 얼어붙은 채 망연자실한 표정을 지을 수밖에 없었다. 침대 시트 위에 은행잎과 모래 먼지가 산더미처럼 쌓여 있었던 것이다.

아버지가 깜짝 놀라 소리를 크게 지른 것이 지금도 똑똑히 기억난다.

"이게 뭐야! 왜 레이의 침대에 은행잎이 쌓여 있지? 어떻게 된 거야? 레이 방은 처음에 봤다고 했잖아, 도대체 누가 본 거야?"

어머니가 재빨리 대답했다. "이 방은 아버님께서 확인하셨어. 하지만 이런 걸 발견하셨다고 해도, 그때는 이런 게 문제가 아니니까 말씀하시지 않았을 거야."

"하지만 아무리 봐도 이상하잖아? 이렇게 되어 있었단 걸 알았다면 좀 더 빨리 찾을 수 있었을지도 몰라."

"이걸로 어떻게 레이가 있는 곳을 알 수 있는데?"

"레이를 어디서 찾았는지 생각해봐. 은행나무 가로수길이잖아? 이런 낙엽이 잔뜩 쌓여 있었을 거 아냐?"

"그게 무슨 말이야? 누가 이 방에 들어와 레이를 유괴해가고, 레이 대신 은행잎을 잔뜩 뿌려놓고 갔다는 거야?"

어머니는 이해할 수 없는 상황에 신경이 예민해지고 조바심이 났던 모양이다.

"그건 잘 모르겠지만…… 어쨌든 시트를 바꾸자."

아버지와 어머니는 나를 내려놓은 뒤, 시트의 네 귀퉁이를 들고는 은행잎과 모래 먼지를 감싸듯 들어올렸다. 다음 순간, 우리는 다시 한 번 심장이 덜컹할 만큼 놀라게 되었다. 침대 밑에서 짐승이 튀어나온 것이다. 털이 북슬북슬하고 당시의 나와 비슷한 크기였다. 그 짐승은 네발을 이용해 전속력으로 내 방에서 뛰쳐나갔다.

"뭐야? 지금 그건 뭐지?" 아버지가 얼빠진 표정으로 말했다.

"개 같은데?"

어머니도 같은 표정을 지었지만, 크게 벌어진 눈에는 공포의 빛이 감돌고 있었다.

"어디 갔지?"

겨우 속박에서 풀려난 것처럼 아버지가 움직였다. 개처럼 생긴 짐승을 찾아 내 방에서 나가더니 이윽고 쿵쾅쿵쾅 계단을 뛰어 내려가는 소리가 들렸다. 곧바로 "찾았다!"라는 소리가 이어졌다. 그 소리를 듣고 우리도 황급히 뛰어나갔지만 안타깝게도 그 짐승을 잡을 수는 없었다. 경찰서에서 집에 오자마자 환기를 하려고 현관문을 활짝 열어놓았던 것이다. 개처럼 생긴 짐승은 현관문으로 뛰쳐나가 어둠 속으로 쏜살같이 사라졌다.

그 후에 있었던 일은 또렷하게 기억나지 않는다.

나중에 들은 이야기로는 내가 발견된 은행나무 가로수길 근처에서 거의 비슷한 시각에 개가 한 마리 사라졌다고 한다. 스탠더드슈나우저라는 털이 북슬북슬한 견종인데, 다음 날 기르던 주인집에 불쑥 나타났다는 것이다. 하지만 그 개가 내 방에서 뛰쳐나간 털이 북슬북슬한 짐승이었다는 확증은 없어서, 그날 밤 일은 우리 가족의 가슴에 묻어두게 되었다.

내 앞에는 상상을 초월한 귀찮은 일이 기다리고 있었다. 수면장애 치료로 유명한 대학병원에 끌려가서 오랫동안 상담을 받거나, 잉크 얼룩이 무엇으로 보이느냐는 질문을 받거나 나무 그림을 그리라고 하거나, 뇌파를 측정하거나 했지만 확실한 원인은 밝힐 수 없었다. 결국 어린아이에게 흔히 발생하는 몽중유행증夢中遊行症, 이른바 몽유병 같다는 진단과 함께, 성장함에 따라서 증상이 없어지는 일이 많으니까 잠시 상황을 지켜보자는 결론에 이르렀다.

하지만 나를 진찰해준 젊은 남자 의사는 마지막까지 고개를 갸웃거렸다. 단순한 몽유병치고는 내가 이동한 거리가 너무도 길다는 점과 이동 수단이 설명되지 않는다는 점이 마음에 걸렸던 모양이다.

의사가 부모님에게 현재의 증상과 함께 앞으로 주의할 점에 대해서 설명하는 동안, 나는 따분함을 견디지 못해 장난감 비행기를 가지고 놀았는데, 무슨 이유에서인지 의사의 입에서 나온 한마디가 내 귀로 날아들었다. '푸가' 라는 단어였다.

부모님은 푸가에 대한 설명을 듣더니, 얼굴을 마주 보고 각자 고개를 옆으로 흔들며 부정했다.

"아니요, 그런 일은 없습니다."

"짐작되는 게 하나도 없어요."

"큰 충격을 받을 만한 사건은 딱히 떠오르지 않아요. 가까운 사람 중에 최근에 돌아가신 분도 없고, 유치원에서도 즐겁게 지내는 것 같은데……"

내가 푸가에 대해서 안 건 그로부터 오랜 세월이 흐른, 고등학생 때 일이었다. 그 무렵의 나는 심리학이나 정신의학에 관심이 있어서, 일반인을 위해 쉽게 설명해놓은 책부터 전문서까지 닥치는 대로 읽었다. 그런 책 안에서 발견한 것이 푸가, 즉 해리성 둔주解離性遁走였다.

미국정신의학회인 APA에서는 〈정신질환의 분류와 진단 안내서, DSM-Ⅳ〉라는 자료에서 해리성 둔주를 이렇게 정의하고 있다.

해리성 둔주(예전에는 심인성 둔주라고 했다), Dissociative Fugueformerly Psychogenic Fugue.

A. 갑자기 가정이나 평소의 직장을 떠나 예정에 없는 여행을 하고, 자신의 과거를 기억하지 못한다.

B. 개인의 정체성을 혼란스러워하거나 또는 새로운 정체성을, 부분적으로 또는 완전하게 가진다.

C. 이 장애는 해리성 정체감장애 중에 일어나지 않고, 물질(난용약물, 투약)의 직접적 생리작용이나 또는 일반 신체질환(측두엽 간질)

에 따른 것도 아니다.

D. 이 장애는 임상적으로 심한 고통이나 사회적, 직업적, 또는 다른 중요한 기능에 장애를 일으킨다.

아무리 봐도 내가 경험한 사건과는 관계가 없는 것 같았다. 이것은 오히려 예전 미스터리 소설에서 흔히 보았던, 사고를 당해 기억상실증에 걸려 모르는 곳에서 새로운 이름으로 살았다는 스토리에 가깝지 않은가.

하지만 그 글을 읽은 순간, 나는 직감했다.

모두 그렇지는 않을지라도 해리성 둔주라는 진단을 받은 환자 중에는 나처럼 열어선 안 되는 문을 열어버린 사람이 섞여 있다는 사실을.

그들이 어떤 식으로 느꼈는지 나는 온몸으로 알 수 있었다. 아무런 징조도 없이 달라진 것은 그들이 아니라 세계일 것이다. 그리고 예전 세계의 망령이 불쑥 나타났을 때, 세계가 다시 반전해서 그들은 분명히 경악과 격렬한 혼란에 휩싸였을 것이다.

마쓰나미는 잠시 인쇄물을 내려놓았다. 아오야마가 지금까지 호러 작품에서 많이 사용한 음침한 미문체에 비하면 에세이처럼 자연스러운 문장이다. 실화 같다는 아키의 말을 듣지 않았다면 페이크 다큐멘터리라고 여겼을지도 모른다.

그 후에도 스토리는 담담하게 이어졌다.

초등학생이 되었을 때, 나는 남들에게 말할 수 없는 못된 장난에 빠졌다. 저항하지 못하는 작은 생물에게 까닭 없는 악의를 쏟아낸 것이다.

예를 들면 이런 식이었다. 특정한 풀만 먹고 자라는 나방의 유충을 잡아서 수십 미터 떨어진 곳에 있는 아무 풀 위에 놓아둔다. 연못에서 도롱뇽을 잡아와 물살이 빠른 강에 던져 넣고는 눈 깜짝할 사이에 떠내려가는 걸 바라본다. 숲속에 있던 곤봉딱정벌레를 콘크리트의 정글인 아파트 옥상으로 이주시킨 적도 있었다. 진화의 과정에서 비행 능력을 잃어버린 길고 가느다란 곤봉딱정벌레는 두 번 다시 풀을 밟을 수도, 먹이인 달팽이를 발견할 수도 없었을 것이다.

지금 돌이켜보면 당시에 신神 놀이를 했던 것 같다. 어느 날 갑자기 거대한 손에 납치되어 낯선 세계로 떨어지는 작은 생물의 모습은 가련함을 불러일으켰다. 그렇게 생각하면서도 그 놀이를 그만두지 않았을 뿐만 아니라 다음 단계로 넘어갔다. 이웃집에서 기르던 새끼 고양이를 우유로 유인해내 바구니에 넣어서 전철을 탔다. 그러곤 몇 역이나 떨어진 곳에 내려서 풀어주었다. 운이 좋으면 새 주인을 만날 수도 있겠지만, 들개의 공격을 받고 순식간에 짧은 생애를 마칠 가능성도 있다. 아무런 죄도 없는 새끼 고양이의 안타까운 모습을 상상하면 가슴이 조여들고 눈에 눈물이 고이기도 했다. 그럼에도 초등학교에 다니는 내내 못된 장난은 끊지 못했다.

이렇게 한심한 짓을 했다고 고백하는 데는 이유가 있다. 오해하지 말았으면 하지만, 그 이후 나에게 일어난 일이 이 생물들의 저주라고 말할 생각은 털끝만큼도 없다. 애초에 처음에 쓴 유치원 시절의 에피소드는 동물을 학대한 것보다 훨씬 이전에 일어났으니까.

진상은 오히려 반대였을 것이다. 별안간 낯선 세계로 끌려가는 게 아닐까 하는 막연한 불안감을, 생물들에게 재앙을 내림으로써 해소하려고 한 게 아닐까. 유치원 시절에 일어난 일은 결코 한 번으로 끝날 사건이 아님을 어딘가에서 확신했을지도 모르겠다.

이 녀석은 지금 무슨 말을 하는 걸까. 마쓰나미는 미간에 주름을 잡았다. 이것도 전부 실화라면, 아오야마 레이메이라는 인간은 생각보다 훨씬 위험한 녀석일지도 모른다.

그 이후 아무 일도 없이 시간이 흘렀다. 아오야마는 중학교, 고등학교, 대학교를 졸업하고 회사에 몇 년 다닌 후에 작가로 변신하는 데 성공했다.

아오야마가 두 번째로 문을 연 것은 상당히 최근…… 5년쯤 전의 일이었다. 에피소드를 훑어보던 마쓰나미는 눈을 크게 떴다.

이번에도 사건은 꿈에서부터 시작되었다.

견디기 힘든 숨 막힘, 소외감, 현실 세계에서 동떨어진 절망감. 그런 꿈이 끈질기게 반복되었다. 광장공포증과 폐소공포증이 뒤섞인 공황 상태 같은 감각.

그러고 나서 나는 다시 문을 열었다.

이번에 문 너머에 펼쳐진 것은 울창한 숲이었다. 이끼가 잔뜩 낀 땅에, 눈이 닿는 곳까지 온통 키 작은 나무가 자라나 있었다. 어느 쪽을 보아도 똑같은 풍경이라서 곧바로 방향감각을 잃어버릴 것 같았다.

여기는 어디일까.

온 적은 한 번도 없었지만 이 풍경이라면 잘 알고 있는 듯한 느낌이 들었다. 꿈은 어느새 현실로 모습을 바꾸었다.

나는 정처 없이 숲속을 방황했다. 발밑의 흙은 의외로 얇고, 그 밑은 단단한 암반 같았다. 그래서인지 나무들도 깊이 뿌리를 내리지 못한 채, 땅에 매달리듯 뿌리를 뻗고 있었다. 나무들이 열대의 밀림처럼 빼곡히 자란 건 아니라서, 나무 사이를 뚫고 걷는 것은 그렇게 힘들지 않았다. 짐승 길이라기보다 산책로를 걷는 듯한 감각조차 들었다. 이 길을 따라서 걸어가면 언젠가 사람이 사는 곳으로 나갈 수 있을 것 같았다.

하지만 그것이 얼마나 안이한 생각이었는지는 금세 알게 되었다. 아무리 걸어도 똑같은 경치가 끝없이 이어져서 내가 나아가는지 멈췄는지조차 모호해졌다. 도중에 땅에서 빈 주스 캔을 발견하고 근처에 사람이 살지 않을까 기대했지만, 그 기대는 물거품으로 끝났다.

얼마나 걸었는지 모른다. 돌연 격심한 피로와 배고픔, 타는 듯한 갈증이 엄습했다. 마치 길 가는 사람한테 들러붙어서 쓰러지게 만든다는 히다루가미인간을 극도의 공복감에 빠뜨리는 요괴나 아귀가 씐 것 같았다. 갑자기 혈당치가 내려갔는지, 몸에 힘이 들어가지 않았다. 뭐라도 입에 넣고 싶었지만 먹을 것은 어디에도 없었다.

나는 그 자리에 털썩 주저앉았다. 이제 한 발짝도 걸을 수 없다.

이때 곰이라도 나타나면 모든 게 끝장이다. 곰이 아니라 들고양이가 나타나도 쉽게 먹이가 될 것 같다는 생각이 들었다.

어쩌면 이것은 **그때의 일**이 아닐까. 마쓰나미는 미간에 주름을 잡고 생각했다.

물론 사실을 있는 그대로 썼다곤 할 수 없다. 실제로 있었던 사건을 몰라볼 정도로 새롭게 바꾸거나 아름답게 각색해 한 편의 이야기로 만드는 것이 작가라는 사람들이다. 타고난 거짓말쟁이인 그들의 말을 액면 그대로, 또는 문자 그대로 믿는 것은 어리석은 일이다.

하지만 거짓말쟁이가 하는 거짓말에는 반드시 패턴이 있다. 담당 편집자로서 아오야마 레이메이가 지어낸 이야기의 패턴은 훤히 꿰뚫고 있다고 자부한다.

만약 이것이 가공의 이야기라면 아오야마는 더 그럴듯하게 각색할 것이다. 소극적인 거짓말이 속이기 쉽다는 걸 알고 있어도, 도저히 참지 못하고 큰 거짓말을 하는 것이 그자의 속성이다.

아오야마가 갑자기 작풍을 바꾼 걸까. 아니면……

그때 편집부 안으로 나카지마 신야가 엄청나게 많은 교정지를 껴안고 들어오는 게 보였다. 거의 잠을 못 잤는지 눈 밑의 다크서클이 평소보다 더욱 거무칙칙해 보였다.

"나카지마 씨."

나카지마는 귀찮은 얼굴로 이쪽으로 고개를 돌렸다.

"예전에 아오야마 레이메이를 데리러 간 분이 나카지마 씨였죠?"

"데리러……? 아하, 그거 말이야? 수해樹海. 나무의 바다라는 뜻으로 광대한 지역에 걸친 울창한 삼림을 가리킨다?"

"네. 그때 처음에 경찰한테서 연락이 왔었던가요?"

"그래. 원고 마감 직전이라서 화장실에 갈 시간도 없었는데, 머나먼 후지요시다까지 다녀왔어. 물론 그때는 내가 담당 편집자이긴 했지만, 왜 내가 가야 하느냐고 투덜거렸지. 그런데 아오야마의 손바닥에 볼펜으로 우리 출판사의 팩스번호와 나카지마라는 이름이 쓰여 있었나 봐. 메모지가 없을 때의 습관으로 말이야."

나카지마는 이미 빈 공간이 없는 책상 위에 교정지를 내려놓았다. 그 반동으로 옆에 쌓여 있던 서류들이 눈사태가 일어났을 때처럼 쓰러질 뻔했지만, 재빨리 잡아서 대형 사고로 이어지지는 않았다.

"팩스번호는 보통 원고에 쓰잖아? 정말이지, 성가시게 하는 것도 가지가지라니까."

"그때 아오야마 씨는 수해 장면을 쓰다가 갑자기 생각이 나서 혼자 취재하러 갔다고 하지 않았나요?"

"멍청하긴. 그럴 리 없잖아? 아오야마 녀석, 분명히 자살하러 갔을 거야. 모든 게 싫어진 거지." 나카지마는 입술을 일그러뜨리며 말을 이었다. "수해에 들어간 것까진 좋았지만 결심이 서지 않은 채 무턱대고 돌아다니다 길을 잃었겠지 뭐. 수해에 들어갈 때는 보통 길을 잃지 않도록 밧줄을 치는데, 그렇게 하지 않은 걸 보면 백발백중 처음부터 죽을 생각이었다니까. 보통은 그걸로 저세상 사람이 되는데, 하여간 운도 좋다니까."

"그런데 거기서 시체를 발견했던가요?"

"그래. 그 덕분에 살아난 거야. 발견해줘서 고맙다고, 학이 은혜를 갚은 게 아니라 목맨 사람이 은혜를 갚은 거지."

나카지마는 그렇게 말하곤 의자에 털썩 앉았다. 그 반동으로 이번에는 책상 위에 있는 모든 원고들이 눈사태를 일으킬 뻔했지만, 나카지마가 황급히 몸으로 그 위를 덮었다.

마쓰나미는 인쇄한 원고에 눈길을 떨구었다. 자살한 시체를 발견했다는 에피소드는 금방 찾을 수 있었다.

……거꾸로 넘어진 순간, 나도 모르게 뺨 안쪽을 꽉 깨물었다. 입 안에 피 맛이 퍼져나갔다. 마침내 이것이 마지막인가. 손발만이 아니라 온몸이 생각대로 움직이지 않았다. 하지만 쇠 맛이 나는 피를 먹는 사이에 약간 몸을 움직일 수 있게 되었다. 내 피를 먹은 덕분에 일시적으로 저혈당에서 벗어난 모양이다. 나는 비척비척 일어나서 삶을 향한 걸음을 내디뎠다. 이대로 쉬고 있으면 영원한 휴식이 되어버린다. 그것은 본능이 보내는 경고였다. 여전히 시야는 흐릿하고 발밑은 불안정했다. 그래도 나는 딱딱하게 굳은 발을 옮겼다. 어떻게든 원래의 세계로 돌아가야 한다. 그런 의지만이 나를 움직이게 했다.

하지만 발을 옮기는 사이에 잇따라 의문이 솟구쳤다.

왜 원래 세계로 돌아가야 하는가. 원래 세계란 무엇인가. 애초에 나는 누구인가.

나는 사회적 인식을 완전히 잃어버렸다. 이 우주 안에서 내가 있는 위치를 알 수 없게 된 것이다.

그래도 한 걸음, 또 한 걸음 발을 옮겼다. 지금은 걷는 수밖에 없다. 계속 전진하는 수밖에 없다. 그렇게 할 수 없는 생물은 오직 죽음을 기다려야 하리라. 그것은 삶을 갈망하면서 한 걸음, 또 한 걸음 죽음으로 다가가는 기묘한 행진이었다. 좀비처럼 걸어가는 내 눈앞에 갑자기 기이한 물체가 나타났다.

바람에 이리저리 흔들리는 기묘한 오브제였다.

이건 또 뭐야, 하고 황당한 표정을 지은 순간, 뇌가 이해했다.

그것은 자살한 시체였다. 시간이 얼마나 지났는지 모르겠지만, 목을 맨 사람이 백골로 변한 것이다. 나는 백골 사체의 바로 밑에 털썩 주저앉았다. 이번에야말로 한 발짝도 걸을 수 없었다. 나는 여기에서 죽는 걸까. 이 시체가 나를 부른 걸까. 아니면 마음속으로 은밀히 죽음을 원했던 내가 여기로 이끌려온 걸까.

그때 멀리서 사람의 목소리가 들렸다. 여러 사람이 말하는 목소리였지만 새삼 신기하지는 않았다. 숲속을 헤매는 동안, 시끄러울 만큼 환청에 시달렸던 것이다.

그거 전부 가져가는 게 어때? 넌 그런 게 문제라니까. 그건 절대로 안 돼. 그건 어떤 색이야? 여기에 이상한 게 있어. 먼저 저세상으로 간 사람 같아. 계속 남아 있었던 녀석이군. 이제 여기서 움직이고 싶지 않아. 죽는 편이 나을지도 모르지. 뜨겁게 만들어줬으면 했는데. 이제 좀 진지하게 생각할까. 실제로 곤란하지 않을까. 그건 한물간 콘텐츠야. 필요 없어. 항상 살아났고 말이야. 슬슬 결말을 짓는 게 어때? 도저히 믿을 수 없어. 이렇게 되면 직접 하는 수밖에 없잖아? 아오야마 레이메이는 죽어야 한다고 생각해.

나는 그 자리에서 무릎을 꿇고 인생의 마지막 순간을 맞이하려고 했다. 과거의 기억이 세찬 물줄기처럼, 또는 주마등처럼 되살아났다. 소설에서 흔히 볼 수 있는 임종의 묘사가 사실이라는 걸 실감했다. 내 인생을 되돌아보고 나는 행복했을까, 과연 의미 있게 살았을까 생각했다. 서서히 희미해지는 의식 속에서 담담한 체념이 퍼져나갔고, 나 자신과 마지막으로 화해할 시간이 다가오고 있었다.

그래서 많은 사람의 말소리가 몹시 귀에 거슬렸다. 환각이란 걸 알고 있는데도, 왜 이토록 시끄럽게 귓가를 맴도는 걸까. 조용히 하라고 목이 터져라 소리를 지르고 싶었지만 그런 힘은 어디에도 남아 있지 않았다. 나는 소란스러움을 무시하고, 머릿속으로 아득한 내세를 그렸다.

정신이 들었을 때는 수많은 사람에게 둘러싸여 있었다. 체격이 좋은 젊은이가 자원봉사 수색대라고 말했다. 그리고 아직 앳되어 보이는 여성이 나에게 커피가 든 컵을 내밀었다.

"고마워요."

나는 컵을 받아들고는 혀를 델 것 같은 뜨거운 커피를 한 모금 마셨다.

역시 그렇다, 라고 마쓰나미는 생각했다.

이것은 아오야마 레이메이의 실종 사건을 재구성한 것이고, 아오야마 본인이 문학적으로 재해석한 것이다. 아무리 어리석은 사건이라도, 글쟁이인 이상 일단 글로 정리해야만 했던 것이다.

그러기 위해 구태여 유년기의 에피소드까지 날조했다고 하면, 작가라는 인종의 깊은 업보를 느낄 수밖에 없지만.

"목매단 시체를 발견한 건 아오야마가 삶으로 돌아오는 이정표였어. 그 전에 시체를 발견한 사람이 경찰에 신고한 직후였다고 하니까."

마쓰나미가 얼굴을 들자 나카지마가 그를 쳐다보고 있었다.

"목매단 녀석도 그래. 정말로 죽고 싶다면 수해의 깊은 곳으로 들어가서 죽으면 되는데, 다들 도로 근처의 나무에 매달린다고 하더라고. 누군가가 빨리 시체를 발견했으면 하는 마음인지, 죽기 전에 말려줬으면 하는 부질없는 바람인지는 모르겠지만." 나카지마는 본래의 날카로운 눈빛을 되찾고는 마쓰나미를 쏘아보며 물었다. "그나저나 이제 와서 왜 그런 이야기를 하는 거야?"

"아니, 아오야마 선생님 신작에 그때 이야기가 나오거든요." 마쓰나미는 변명하듯 말했다.

"그래? 그렇다면 나한테 고맙다는 말이라도 쓰여 있어? 원고를 인쇄소에 넘겨야 하는 바쁜 시기에, 머나먼 아오키가하라수해까지 가서 신원을 보증해준 데다가 맛있는 식사와 술을 사 먹이고 도쿄까지 데려와줘서 감사의 마음을 금할 수 없다고."

"그런 내용은 없어요."

"그럴 줄 알았어. 작가라는 건 개나 소나 배은망덕한 인간들인 데다 빌어먹을 사이코패스들이니까." 나카지마는 작가들에게 욕설을 퍼부은 뒤, 고개를 갸웃거리며 말을 이었다. "……그런데 그때 아오야마의 모습은 진짜로 이상했어."

"어떤 느낌이었는데요?"

"일시적이긴 하지만 자기가 누구인지 완전히 잊어버린 것 같았거든. 그것만은 지금도 연기라는 생각이 안 들어."

그렇다면 진정한 해리성 둔주라는 말인가. 어떻게 그런 일이.

"그러고 보니 자네도 기묘한 걸 봤다고 하지 않았나?"

"기묘한 거죠? ……어떤 거죠?"

질문의 화살이 본인에게 날아와서 마쓰나미는 순간 당황했다.

"내가 아오야마를 데리러 갔을 때, 자네는 작업실에 갔잖아?"

마쓰나미는 벼락을 맞은 듯한 충격에 휩싸였다.

그렇다. 그때 그는 아오야마의 작업실에 갔었다. 그리고 그곳에서 본 것에 형용할 수 없는 충격을 받았다. 자신이 본 것이 무엇이었는지, 그때는 이해할 수 없었지만.

2

5년 전에 작업실에서 그를 맞아준 사람도 다카기 아키였다.

"아오야마 선생님은 무사하신가요?"

그때만 해도 아키는 상당히 젊었다. 아마 20대였으리라. 미간에는 깊은 주름이 잡혔지만, 온몸에서 요염한 기운이 피어올라 마쓰나미는 어지러울 정도였다.

"네, 무사하시다고 합니다. 나카지마 씨가 지금 그곳으로 가고 있는데, 자세한 건 확인하는 대로 연락해준다고 했습니다."

아키는 말없이 계단을 올라가 아오야마 레이메이의 작업실인 서재 문을 열었다.

"언제 없어지셨는지 모르겠어요. 아까 전화를 받고 얼마나 놀랐는지……. 선생님은 여기서 일을 하고 계셨거든요."

"잠시 들어갈게요."

마쓰나미는 10평쯤 되는 서재로 들어갔다. 한가운데에는 컴퓨터 모니터 두 대를 올려놓은 책상이 있고, 벽에는 천장까지 붙박이 책장이 놓여 있었다.

"그러면 실종되기 직전에는 이곳에 계셨다는 거군요?"

단순히 확인할 생각이었지만 아키는 고개를 숙였다.

"전날 밤에 늦게까지 글을 쓰셨으니까, 어쩌면 침실에서 잠깐 눈을 붙이셨을지도 몰라요."

"일단 침실도 보여주시겠습니까?"

설마 수해에서 발견된 사람은 엉뚱한 사람이고, 본인은 침실에서 주위가 떠나가라 코를 골며 자고 있지는 않겠지만.

"잠깐 눈을 붙이실 때는 이쪽에서 주무시거든요. 마감 직전에는 세 시간씩 세 번 주무시기도 하고요."

그러면 오히려 너무 많이 자는 게 아닌가. 아무리 생각해도 한번에 푹 자는 편이 효율적일 것 같았지만 마쓰나미는 구태여 입에 담지는 않았다.

침실은 서재의 바로 옆에 있었다. 아키가 문을 열고 조명 스위치를 켰다. 5평쯤 되는 방의 한가운데에 킹사이즈의 물침대가 떡하니 놓여 있었다. 마쓰나미는 침대를 보자마자 멍하니 입을 딱 벌렸다.

"헐, 대체 이건 뭐지?"

아키도 옆에서 멍한 표정을 지었다. 물침대 위에는 나뭇가지와 바위가 산더미처럼 쌓여 있었다. 무게가 상당한지, 매트리스의 중앙 부분이 넓은 범위에 걸쳐서 움푹 들어가 있었다.

"아오야마 선생님께서 이렇게 하신 건가요?"

"말도 안 돼요. 이러면 잘 수가 없잖아요? 누가 이렇게 한 걸까요? 더구나 이런 걸 어디서 가져왔는지……."

마쓰나미는 침대 옆으로 가서 신중하게 바라보았다. 아무래도 소나무잎 같았다. 솔방울도 잔뜩 쌓여 있었다. 손을 내밀어 소나무 잎을 만진 순간, 날카로운 통증이 손끝을 파고들었다.

"으아! 아야야야!"

"왜 그러세요? 괜찮으세요?"

"떨어지세요! 이건 만지면 안 돼요! 보통 소나무가 아닙니다!"

나중에 알았지만 그곳에 있었던 것은 모두 종비나무 가지였다. 이 파리가 날카로워서 함부로 만지면 심한 통증에 시달리는 탓에, 일본에서는 '장미종비'라는 이름으로 부르기도 한다. 이렇다면 맨손으로는 다룰 수 없으니, 여기로 가져오기는 더욱 힘들다.

가지 사이에 있는 바위도 보통 바위가 아니었다. 군데군데 초록색 이끼가 끼어 있고, 표면에는 수많은 주름이 내달리고 있었다. 이것과 비슷한 바위는 하와이에서 본 적이 있다. 파호이호이라는 이름의 용암이다.

"언제부터 이렇게 되어 있었나요?"

마쓰나미의 질문에 아키는 고개를 갸웃거렸다.

"……잘 모르겠어요. 전 요즘 침실에는 들어가지 않거든요."

아키는 오한을 느꼈는지, 팔을 엑스자로 교차해서 자신의 두 팔을 쓰다듬었다.

그것은 무엇이었을까. 그때는 정신이 불안정해진 작가의 기행이라고밖에 여기지 않았다.

마쓰나미는 원고에 눈을 떨구었다. 있다! 아오야마 레이메이도 집에 와서 침대 위를 보았을 때, 한동안 망연자실했다고 쓰여 있다. 적어도 본인에게는 그런 일을 한 기억이 없었던 모양이다.

종비나무는 혼슈에서 시코쿠, 규슈에 걸쳐 널리 분포하는데, 그중에서 가장 유명한 것은 거의 종비나무만으로 이루어진 야마나카무라의 광대한 순림純林. 단순림이라고도 하며, 같은 종류의 나무로만 이루어진 숲을 가리킨다이고, 아오키가하라수해 안에도 상당히 많은 종비나무가 자생하고 있다고 한다.

또한 평평하고 매끄러운 표면의 파호이호이 용암은 하와이 킬라

우에아화산의 용암이 가장 유명하다. 파호이호이는 '매끈매끈하다'라는 뜻의 하와이어에 유래하는데, 후지산이 일으킨 사상 최대의 열선분화裂線噴火인 조간대분화貞観大噴火, 864년에서 866년에 걸쳐서 발생한 후지산의 대규모 분화 활동에서 흘러내려 광대한 호수였던 세노바다의 대부분을 메우고 아오키가하라수해를 만들어낸 용암과도 비슷한 특징을 볼 수 있다고 한다.

그 후에는 한동안 평온한 날들이 이어졌다. 마음 깊은 곳에 잠들어 있던 공포가 눈을 뜸으로써 아오야마는 한 꺼풀 벗겨졌는지, 신감각 호러 작가로서 블록버스터까지는 아니더라도 몇 편의 히트작을 내놓았다. 그런 사정을 누구보다 잘 알고 있었던 사람은 다름 아닌 마쓰나미였다.

그리고 세 번째 이변에 일어난 것은 지금으로부터 약 1년 전의 일이었다.

두 번 있는 일은 세 번도 있다는 진부한 격언이 나의 뇌리에서 불길한 저주처럼 메아리쳤다. 꿈에서 또 문을 열어버리면…… 하고 생각하면 불안해서 밤에도 잠들 수 없었다. 한동안은 퍼붓듯이 술을 마시고 곤드레만드레 취해서는 정신을 잃듯 잠에 빠지는 날들이 이어졌다. 단, 술에 취하면 꿈을 꾸지 않는다는 건 미신에 불과하다. 단지 잊어버리는 것뿐이다.

인간의 마음이란 건 망각에 의해 스트레스에서 벗어날 수 있게 되어 있나 보다. 6개월이 지나고 1년이 지나니 처음의 압도적인 공포심이 점차 희미해졌다. 아오키가하라수해에 간 지 4년이 지나자 시간이 약이라는 상태가 되었다.

지인 중에 요로 결석을 두 번 앓은 남자가 있는데, 3대 격통 중 첫 손가락에 꼽힐 정도라서 고통으로 인해 마구 뒹굴며 몸부림쳤다고 한다. 처음 걸렸을 때 완전히 질려서, 앞으로는 술을 끊고 열심히 운동해서 건강하게 살겠다고 하늘에 맹세했다. 하지만 1년도 지나기 전에 예전처럼 건강을 돌보지 않는 생활로 돌아가, 이윽고 침대 위에서 또 고문 같은 고통에 시달리게 되었다. 뭐, 그것이 인간의 특징이리라.

나도 어느새 완전히 마음을 놓았다. 그러던 어느 날 밤, 느닷없이 그것이 찾아왔다. 낮부터 섬뜩한 위화감이 슬며시 다가왔는데, 어찌된 일인지 조금도 경계하지 않았다. 단지 피곤해서 머리가 무겁다고 여겼을 뿐, 그 꿈의 징조가 아닌가 하는 의심은 손톱만큼도 하지 않았다.

서재에서 액정 모니터를 노려보면서 타닥타닥 음침한 문장을 치고 있을 때, 평소처럼 눈이 뻑뻑하고 뒷머리가 묵직해졌다. 나는 안과에서 처방받은 안압저하 안약을 넣은 뒤, 의자 등받이에 기대어 눈을 감았다. 그러곤 순식간에 잠의 세계로 떨어졌다.

아뿔싸. 맨 처음에 느낀 것은 덫에 걸린 짐승 같은 절망감이었다.

왜 더 조심하지 않았을까. 언젠가 또 여기로 소환되리라는 건 알고 있었는데.

혼돈스러운 우주. 실낱같은 빛도 비치지 않는 암흑. 견디기 힘든 숨 막힘. 익숙한 세계에서 겨우 얇은 껍질 한 장만큼 떨어져 있지만 손이 닿지 않는다는 초조함.

나는 더는 견딜 수 없어서 문을 열려고 했다. 문이라고 해도 경첩과 손잡이가 달린 문이 허공에 떠 있는 게 아니다. 비유를 하자면 세계가 그려져 있는 캔버스에 작게 갈라진 틈이 있고, 그곳에 손을 쑤셔 넣어서 들추는 듯한 이미지였다.

하지만…….

안 된다! 그 문을 열어서는 안 된다! 나는 자신을 움직이게 하려는 엄청난 충동에 이를 악물고 저항했다.

이 앞에 무엇이 있는지 모른다. 낯선 마을이나 깊은 삼림 정도라면 또 몰라도, 망망대해의 한가운데나 우주 공간에라도 내던져지면 모든 게 끝장이 아닌가.

이 세상에 있는 게 아무리 괴로워도, 눈을 감고 무턱대고 도망치는 것은 자살행위나 다름없다. 프라이팬의 열기를 견디지 못해 불길 속으로 뛰어드는 것이나 마찬가지다.

저항은 효과가 있었다. 적어도 그때까지는.

나는 눈을 떴다. 괜찮다. 내 서재다.

그렇게 생각한 것도 한순간이었다. 나는 강력한 청소기에 빨려 들어가는 벌레처럼 또다시 캄캄한 우주로 끌려갔다.

나는 목이 터져라 소리쳤다. 눈을 떠!

눈을 떴더니 서재의 모니터 앞에 있었다. 괜찮다! 여기는 아직 원래의 세계. 하지만 몹시 취약한 현실 세계에는, 지금이라도 오래된 유화처럼 무수한 균열이 내달릴 듯한 예감이 들었다. 지그소 퍼즐의 조각처럼 후드득후드득 떨어지는 공간의 밑에서는 다시 그 암흑의 우주가 모습을 드러내는 게 아닐까…….

나는 죽을힘을 다해 마음속으로 소리쳤다. 나는 어디에도 가고 싶지 않다. 어디에도 끌려가지 않겠다. 나는 여기에, 이 세계에 머물 것이다. 다시는 나에게 간섭하지 마라! 나는 어쩔 도리도 없이 머나먼 곳으로 끌려간 곤충이나 새끼 고양이와는 다르다!

잠시 후, 나는 깨달았다. 아무래도 내 의지는 나를 별세계로 날려보내려는 힘에 저항할 수 있는 것 같다. 따라서 내 의지에 반해서 문 너머로 끌려가는 일은 결코 없을 것이다.

한순간이라도 방심하지 않고 강철 같은 의지를 유지하면서, 또한 영원히 잠들지 않고 있을 수 있다면……이지만.

이것은 정말로 단순한 창작, 다시 말해 망상에 사로잡힌 조현병 환자의 새빨간 거짓말일까. 글을 읽으면서 마쓰나미는 현실감각이 미묘하게 흔들리는 것을 느꼈다. 아오야마의 침실에서 본 종비나무 가지와 용암이 뇌리에 떠올랐다. 가령 픽션이라도, 적어도 이번 아오야마의 실종은 농담으로 끝날 수 있는 해피 엔딩이 되기를 그는 간절히 바랐다.

오전 3시 34분. 탁상시계를 본 것이 마지막이었다.

나는 다시 암흑 우주의 한가운데를 떠다니고 있었다. 이미 졸음은 한계에 도달하고, 저항할 힘은 어디에도 남아 있지 않았다.

문을 열었다. 그곳에서 보인 것은 달빛을 받은 사구砂丘, 즉 모래언덕이었다. 파도 소리가 똑똑히 들리는 걸 보면 바다가 가까운 것이리라. 정신을 차렸을 때는 그곳에 있었다. 달의 사막을 건너가는 아름다운 모습과는 거리가 먼 모습으로.

내 육체는 모래언덕의 경사면에 허리까지 파묻혀 있었다. 사락사락 모래가 흘러내린다. 위험하다고 생각한 순간, 엄청난 양의 모래가 세찬 물살처럼 나를 덮쳤다. 혼신의 힘으로 그 자리에서 도망치려고 했지만 모래에 파묻힌 아랫도리는 꼼짝도 하지 않았다.

눈을 감고 두 손으로 얼굴을 덮어 모래가 입안으로 들어가는 것만은 피했지만, 눈 깜짝할 사이에 온몸이 모래에 파묻혀버렸다. 숨을 쉴 수 없었다. 안간힘을 다해 막아봤지만 위쪽에서 끊임없이 쏟아지고 밀려오는 모래에는 저항할 도리가 없었다.

숨도 계속 멈출 수 있을 것 같지 않았다. 이대로 모래에 파묻혀 질식사하는 게 아닐까 생각한 순간, 육체가 휘청거리더니 머리를 밑으로 해서 그대로 한 바퀴 회전했다. 흐르는 모래의 속도가 빨라지면서 파묻혀 있던 내 아랫도리와 함께 무너진 것이다.

순간적으로 눈사태에 휘말렸을 때의 주의사항을 떠올리고, 태아처럼 손발과 전신을 둥글게 말았다. 손발을 편 채 파묻혀 꼼짝도 할 수 없게 되는 상황은 피한 것이다. 하지만 그로 인해 육체는 공처럼 경사면을 굴러서, 모래언덕 밑까지 힘차게 굴러떨어졌다.

정신이 들었을 때는 똑바로 누워서 별이 반짝이는 밤하늘을 올려다보고 있었다. 우당탕탕 구른 덕분에 모래언덕의 바로 밑에 떨어져 완전히 생매장되는 건 피한 듯하다. 숨 쉴 수 있는 걸 확인한 순간, 그대로 의식이 멀어졌다.

아오야마는 이른 아침에 돗토리사구에서 발견되었다. 트레이닝복 차림으로 온몸은 모래투성이가 되었으며, 눈은 공허해서 이름을 물어도 제대로 대답할 수 있는 상태가 아니었단다. 아오야마를 보호한 돗토리사구 파출소에서도 어떻게 해야 할지 몰라서 난감했지만, 마침 돗토리경찰서에서 실종자 문의가 있어 곧바로 신원을 확인했다고 한다.

경찰서에 실종신고서를 제출한 사람은 다카기 아키였다. 아침에 아오야마의 작업실에 왔는데 본인의 모습이 보이지 않아서 4년 전 실종사건을 떠올린 모양이었다. 이번에는 침실에 별 이상이 없었지만, 서재를 한 번 보고는 입을 다물지 못했다. 컴퓨터 앞에 있는 의자 주변에 모래가 산더미처럼 쌓여 있었던 것이다. 근처 원예점에 모래를 보여줬더니 화강암이 풍화해서 만들어진 진사토라서 효고의 롯코산을 기준으로 서쪽에 많다고 했는데, 정확한 장소까지는 알아낼 수 없었다고 한다.

미스터리 작가 지망생이었던 아키는 어떻게 하면 경찰을 움직일 수 있을지 시나리오를 생각해냈다. 아오야마 레이메이가 평소에 자살을 암시하는 말과 행동을 했고, 죽을 장소로는 모래언덕이 좋겠다고 중얼거렸다고 신고함으로써, 긴급한 특이 행방불명자로서 수색하게 되었다. 다행인지 불행인지 4년 전에 아오야마가 수해에서 발견되었다는 기록이 남아 있어서 아키의 말에 신빙성을 더해주었다.

곧바로 돗토리사구, 치바의 구주쿠리해변, 가고시마의 후키아게해변, 아오모리의 사루가모리사구, 하마마쓰의 나카타지마사구 등의 관할서에 조회가 이루어져서 신속하게 발견한 것이다.

아오야마는 다음 날 무사히 신칸센을 타고 귀가했다. 연재 중인 소설이나 에세이는 작가가 갑자기 병에 걸렸다는 이유로 휴재하고, 본인은 오랜만에 대학병원에서 진찰을 받았다.

진단 결과는 역시 해리성 둔주, 푸가였다. 이번 사건에서도 단시간에 도쿄에서 돗토리까지 이동한 경로가 밝혀지지 않아서 관여한 사람이 있는 게 아니냐는 의심을 받았지만, 앞으로 상태를 지켜보면서 항울제와 항불안제를 복용하고, 주변 사람(주변 사람이라고 해봤자 아키밖에 없지만)이 한층 더 주의 깊게 아오야마를 살펴보는 수밖에 없다는 진단을 받았다.

이때부터 아오야마의 기이한 사투가 시작되었다. 이런 일이 정말로 있었던 것인가. 아니면 사실과 거짓 사이에서 숨 쉬고 있는 작가가 지어낸 말인가. 모두 최근 1년 사이에 일어난 사건이지만, 마쓰나미는 그런 낌새를 알아차린 적이 한 번도 없었다.

맨 처음에 한 것은 CCTV 설치였다. 근본적인 해결책이 되지 않는다는 건 알고 있다. 하지만 내가 무의식중에 자택 겸 작업실을 빠져나가 어떤 마술을 부려 단시간에 멀리 떨어진 곳에 갔다는, 오랑우탄 정도의 지능밖에 되지 않는 의사의 진단을 부정하기 위해서는 자택 겸 작업실이 완전한 밀실이라서 빠져나갈 수 없었다는 사실을 증명하는 수밖에 없다. 그런 의미에서 본다면 너무 늦은 감도 있지만.

　서재, 침실, 주방, 거실, 현관과 베란다까지 카메라를 달았다. 옛날에 비해 하드디스크 가격이 많이 저렴해져서 24시간 쉬지 않고 녹화할 수 있었다. 만약 순식간에 사라지는 모습이 찍힌다면 의사가 내 이야기를 믿을까. 확고한 증거를 자기 눈으로 보고도 트릭이라든지 마술이라고 지껄일 것 같은 생각도 들지만.

　하지만 이것은 어디까지나 보험이다. 보험이란 건 죽은 이후를 대비해서 맺는 계약이다. 만약 다음 문을 열어버리면 내 생명은 없을지도 모른다. 그렇게 된다면 CCTV 영상이 실제로 나에게 어떤 일이 일어났는지 증거가 되리라.

　그렇다고 쉽사리 죽을 생각은 없다. 나에게 가장 중요한 것은 순간 이동의 증거를 세상에 내놓는 게 아니라 오래 살아남는 것이다.

　그러기 위해서는 어떻게 하는 게 좋을까? 나는 결국 지금까지 한 번도 믿은 적이 없는 존재에 매달리기로 했다. 아는 사람에게 부탁해서 '진짜' 영능력자를 부른 것이다. 깜짝 놀랄 만큼의 사례금을 주면서 어떻게 하면 이 현상을 피할 수 있는지 물어봤지만, 영능력자의 쌀쌀맞은 대답은 내 기대를 철저하게 무너뜨렸다.

　"우주는 상상을 초월한 대하大河 같은 것입니다. 우리 인간은 그 언저리에서 거대한 진동에 몸을 맡기고 있는 개미…… 아니, 그 발끝에 붙어 있는 미생물이나 마찬가지죠. 대하의 흐름에 거스르려고 하는 건 오만함을 지나쳐서 우스꽝스러운 일입니다." 지금까지 한 번도 본 적이 없을 만큼 기묘하게 생긴 영능력자는 엄숙하게 선언했다. "당신을 농락하는 기묘한 파도에 관해서는 오래전에 한 번 들은 적이 있습니다. 아무래도 당신은 수십억 명 중 한 명 나온다는 회귀한 별에서 태어난 것 같군요."

"내가 알고 싶은 건 어떻게 하면 이것을 막을 수 있느냐, 운명을 바꿀 수 있느냐는 겁니다."

영능력자는 천천히 고개를 가로저었다. "이건 당신이 가지고 태어난 숙명입니다. 기구한 인생을 저주하고 싶겠지만, 받아들이는 수밖에 다른 도리가 없습니다."

나는 고블린처럼 생긴 영능력자를 노려보았다. "난 그런 대답을 듣고 싶어서 거금을 준 게 아닙니다."

"죽을 각오를 하고 덤벼야 비로소 살 수 있는 길이 열린다는 옛말이 있지 않습니까? 자연의 섭리에 몸을 맡기면 그 결과 살아남을 수 있는 최대의 기회를 얻을 수 있을 겁니다."

"그걸 지금 말이라고 하세요? 남의 일이라고 그렇게 태평하게 말할 겁니까!"

나를 바라보는 영능력자의 커다란 눈알은 꼭 유리로 만든 구슬 같았다.

"인간의 무의식은 우주의 가장 깊은 곳과 이어져 있는데, 그곳에는 방대한 에너지가 소용돌이치고 있습니다. 그곳을 억지로 누르면, 더는 누를 수 없게 되었을 때의 반동은 대처를 못 할 만큼 격렬해지겠지요. 깊은 안쪽에서 솟구치는 충동은 아무리 부조리한 것일지라도 순순히 받아들여야 합니다. 아마 매우 혼란스럽고 괴롭겠지요. 하지만 결국 모든 것은 정착될 곳에서 정착될 겁니다."

"헛소리 작작해요! 내가 알고 싶은 건 어떻게 하면 자는 동안에 갑자기, 한 번도 보지 못한 곳으로 날려가지 않을 수 있느냐는 겁니다! 만약 그렇게 할 수 없다면 할 수 없다고, 확실하게 말해주세요!"

말의 행간에, 내 몸에 일어나는 사태를 해결해줄 수 없다면 돈을 돌려달라는 요구를 내비쳤다. 〈스타워즈〉의 요다와 똑같이 생긴 영능력자는 심각한 표정으로 고개를 갸웃거렸다.

"물론 불가능한 일은 아닙니다. ……하지만 어차피 임시방편에 불과하고, 오히려 사태가 악화될 수도 있습니다."

"상관없어요. 가만히 앉아서 죽음을 기다릴 바에야 오히려 깨끗이 죽는 길을 선택하겠습니다. 그 숙명이란 것과 싸우기 위해선 어떻게 하면 되죠? 구체적인 방법을 말씀해주세요."

"……정 그렇다면 어쩔 수 없군요." 영능력자는 내 작업실을 꼼꼼히 살피며 돌아다니더니, 일단 거울의 위치에 관해서 말했다. "현관에서 들어오면 정면에 커다란 몸거울이 있지요? 이건 좋은 기를 튕겨내므로 풍수에서는 흉상凶相이라고 하는데, 그보다 더 큰 문제는 그 몸거울에 다른 작은 거울이 비친다는 겁니다. 맞거울은 영도를 만들죠."

영도靈道란 건 말 그대로 영혼이 지나가는 길을 가리킨다. 사악한 사자死者의 영혼뿐만 아니라 원한을 가진 채 살아 있는 영혼에게도 좋은 침입로가 되는 것이다.

"당신의 경우에는 밖에서 안보다, 안에서 밖으로 구멍이 뚫려 있는 편이 훨씬 위험합니다. 당신이 다른 세계로 갈 때, 가장 먼저 이동하는 건 당신의 혼백이지요. 따라서 영도를 봉쇄하면 당신이 혼백이 날아가는 걸 막을 수 있을 겁니다."

거울의 문제는 서재에도 있었다. 빛을 반사하는 모니터가 유리창과 정면으로 마주하니까, 전원을 켜지 않을 때는 하얀 천을 씌워두라고 했다. 또한 침실에서는 머리맡에 있는 아키의 사진과 벽에 걸린 추상화(터널 같은 소용돌이가 그려져 있다)도 없애라고 했다.

영능력자는 바닷물을 1000일간 말린 거친 소금을 그릇에 담아 침실과 서재의 네 귀퉁이에 놓았다. 그리고 해독할 수 없는 글자가 쓰인 부적을 네 군데에 붙여서 결계를 만들었다. 모두 방황하는 나의 영혼이 다른 차원으로 흘러가지 못하도록 하기 위한 조치라고 한다.

나는 태어나서 처음으로 경건한 마음으로 두 손을 마주 잡고, 가슴 깊은 곳에서 간절하게 기도했다.

아오야마 레이메이의 현실도피적인 작풍에서는 상상도 할 수 없지만, 그는 원래 어이가 없을 만큼 현실주의자이자 합리주의자다. 그런 남자가 기도하는 모습은 상상도 할 수 없었다.

계속 전화가 걸려오는 바람에 편집부에서는 원고에 집중할 수 없었다. 마쓰나미는 원고를 들고 자동판매기가 있는 복도 의자로 자리를 옮겨서, 캔 커피를 마시며 계속 원고를 읽었다.

영혼이 날아가는지 아닌지는 꿈으로 알 수 있다고 한다. 나는 머리맡에 노트를 두고는 매일 아침에 일어나자마자 곧바로 꿈의 내용을 적기로 했다. 예를 들면 이런 식이다.

○월 ○일

옛날 친구가 몇 명 모여서 이야기를 하고 있다. 모두 미간에 주름을 잡고 슬픈 표정을 짓고 있다. 소곤소곤 이야기를 나눈다. 한 사람이 연신 왜, 라고 말한다. 그런 일은 있을 수 없어, 설명이 되지 않잖아, 라는 말도. 수긍이 될 만한 대답은 아무도 하지 못한다.

……아무래도 내 얘기를 하는 것 같다.

그 사실을 깨달은 순간, 친구들 모두 검은색 문상복과 검은 넥타이 차림이라는 걸 알아차렸다.

○월 ○일

어두운 바다를 보고 있다. 한 걸음, 두 걸음 물속으로 들어간다.

가을인데도 물이 따뜻하다. 이렇다면 겨울에도 얼지 않을 것이다.

'바다 해海'의 한자 안에는 '어미 모母'가 들어 있다. 바다로 돌아간다는 것은 어쩌면 태내로 돌아가고 싶다고 바라는 마음일지도 모르겠다.

다음 순간, 깊은 곳에 낀 것처럼 물속에 있다. 나는 캄캄한 물속에 남겨졌다. 안간힘을 쓰며 위로 떠오르려고 했지만, 부드러운 막 안에 갇혀버린 것처럼 빠져나갈 수 없다. 머리칼이 해초처럼 흔들리고 시야가 일그러진다.

후회. 절망. 숨 막힘. 폐색감.

나는 그대로 뜨뜻미지근한 물속에서 영겁의 시간을 보내게 된다.

○월 ○일

은행나무 가로수 밑에서 털이 북슬북슬한 개가 뛰어다니고 있다. 바람을 타고 춤추는 노란색 은행잎을 보고 기분이 좋은 모양이다. 갑자기 무언가를 느꼈는지 개가 걸음을 멈추고는 하늘을 올려다본다. 소리와 냄새는 없지만 심상치 않은 기척을 느낀 모양이다. 불안에 휩싸여 안절부절못한 끝에, 떨어진 은행잎 속으로 들어가 몸을 감추려고 했지만 이미 때가 늦었다.

다음 순간, 어두운 구름 사이에서 거대한 손이 뻗어 나와 개를 들어 올리는가 싶더니, 눈 깜짝할 사이에 사라져버렸다.

영능력자는 내가 쓴 꿈의 내용을 꼼꼼히 읽고는 경고했다.

"이거 큰일이군요. 아무래도 완전히 막지는 못한 것 같습니다."

"무슨 말씀인가요?"

"영도는 완전히 봉쇄했는데, 당신의 혼백은 밤마다 침실을 빠져나가 방황하고 있는 것 같습니다."

앞의 세 가지 꿈에도 그런 의혹이 있지만, 영능력자가 특히 위험하다고 본 것은 다음 꿈이었다.

○월 ○일

바둑을 두고 있다. 주변은 캄캄한 어둠. 내려다보자 빛줄기가 아름다운 패턴을 만들고 있다. 바람은 강하지만 나는 바둑판에 집중한다. 희미하게 깜빡이는 차가운 빛줄기가 여기다 돌을 놓으라고 가르쳐주는 듯했다.

"네? 이거요? ……그건 왜죠?"

꿈을 꾸고 있을 때는 딱히 꺼림칙한 느낌은 들지 않았다.

"꿈 특유의 왜곡이 있어서 바둑으로 바뀌었지만, 실내에서 바람을 느끼는 건 이상합니다. 그렇다면 이건 실외이고, 빛줄기라는 건 상공에서 본 도시의 야경이겠지요."

영능력자의 말이 내 의식을 찌른 순간, 그 말이 맞는다는 사실을 깨달았다.

"이대로 방치하면 머지않아 다시 전이가 일어날 겁니다."

전이轉移라는 건 나에게 일어나고 있는 순간이동 현상을 가리키는 말이다.

"그럼 이제 어떻게 하면 되나요?"

영능력자는 유리구슬처럼 생긴 거대한 눈(그 눈에 비친 내 얼굴이 보일 것 같다)을 나에게 향했다.

"다시 생각해보지 않겠습니까? 모든 걸 있는 그대로 자연스럽게 받아들이고 운명에 맡겼을 때, 저절로 구원이 보일 겁니다."

"농담하지 마세요!" 나는 거칠게 항의했다. "예전에 말한 것처럼 난 이 부조리한 운명을 단호히 거부하기로 마음먹었습니다. 어떻게 하면 영혼이 빠져나가는 걸 막을 수 있는지, 그거나 가르쳐주세요!"

"알겠습니다. 그러면 더 확실하게 막는 수밖에 없겠군요."

영능력자는 방의 네 귀퉁이에 있던 소금 접시를 여덟 개로 늘리고,

새로운 부적을 붙였다. 그리고 기묘한 물건 네 개를 방의 천장에 매달았다. 거미줄 모양의 그물이 둘러쳐진 둥근 원에 날개 장식이 붙어 있는 물건이었다.

"드림캐처입니다. 아시나요?"

스티븐 킹의 소설로도 유명하지만, 미국 원주민에게 전해지는 부적이라는 건 알고 있다. 어린아이에게 찾아오는 악몽을, 한가운데에 있는 그물로 잡는 것이다.

"이건 기념품 가게에서 파는 가짜가 아닙니다. 오지브와족의 주술사가 정식으로 기도를 올리고 버드나무와 독수리 날개, 사슴 힘줄로 만든 진짜지요."

"진짜라면 어떤 효능이 있나요?"

영능력자는 올빼미처럼 고개를 옆으로 기울이더니 대답했다. "이걸로 네 군데에 결계를 칠 겁니다. 당신의 몸에서 빠져나온 방황하는 영혼은 어느 쪽으로 향해도 그물에 걸려서 앞으로 나아갈 수 없겠지요."

방황한다는 것은 영혼이 육체 밖으로 빠져나와 길을 잃고 헤매는 것을 가리킨다. 이제 이런 주술에서밖에 희망을 찾을 수 없는 건가, 라는 생각에 새삼 한숨이 나왔다. 하지만 그것 말고 매달릴 수 있는 건 아무것도 생각나지 않았다.

나는 네 개의 드림캐처를 매단 기이한 침실에 틀어박혀서 자게 되었다. 아키는 그런 나를 걱정스러운 눈으로 바라보았지만 아무 말도 하지 않았다. 이 무렵부터 우리의 대화는 눈에 띄게 줄어들었다. 아키는 조명과 커튼, 물침대까지 같이 고르면서 몹시 마음에 들어 했던 침실에도 들어오려고 하지 않았다.

마쓰나미는 한숨을 쉬고는 원고에서 눈을 들었다. 실명으로 쓴 부분을 읽고 깜짝 놀랐지만, 역시 아오야마와 아키는 그런 관계였던 건가. 이런 상황에서도 질투심을 억누를 수 없었다.

편집부에서 나카지마가 얼굴을 내밀었다.

"마쓰나미, 전화야."

일부러 찾을 필요 없이 자리에 없다고 대답하면 될 텐데. 무거운 허리를 들려는 순간, 나카지마의 다음 말을 듣고 마쓰나미는 팅기듯 일어섰다.

"다카기 아키 씨야."

마쓰나미는 5초 만에 자기 자리로 돌아와 수화기를 들었다.

"네, 마쓰나미입니다."

"다카기예요. 바쁘신데 죄송해요."

"무슨 일 있으세요? 아오야마 선생님을 찾으셨나요? 참, 원고는 지금 읽는 중입니다. 조금 있으면 다 읽을 것 같습니다."

"저기, 아오야마 선생님은 역시 실종된 것 같아요. 그래서 지금 경찰서에 다녀오려고요."

아키의 목소리에서는 감출 수 없는 긴장감이 전해졌다.

"실종됐다고요? ……그걸 어떻게 아셨죠?"

마쓰나미는 당황함을 감출 수 없었다. 아오야마에게 처음 있는 일은 아니지만 역시 긴급사태다.

"만일을 위해 침실을 다시 살펴봤는데요." 아키는 꺼질 듯한 목소리로 말을 이었다. "침대도, 바닥도, 물에 흠뻑 젖어 있어요. 완전히 물바다가 된 거죠."

"물바다요?" 마쓰나미는 순간적으로 이해할 수 없어서 아키의 말을 그대로 따라 했다.

아키는 어두운 목소리로 말했다. "요즘 며칠간 선생님께서 그러셨거든요. 또다시 꿈을 꾸기 시작했다고요."

"어떤 꿈인가요?"

"바다예요. 꿈에 어디인지 모르는 대해원에 있었대요. 360도를 둘러보아도, 섬의 그림자조차 보이지 않았다고 하더라고요. 잔물결이 일렁이는 해면이 달빛을 받아 마치 길처럼 보였대요."

마쓰나미는 말문이 막혔다. 조금 전까지 읽었던 소설의 악몽이 눈앞에 있는 듯한 기분이 들었다.

"하지만 바다라면 범위가 너무 넓어서……."

돗토리사구 사건이 떠올랐다. 지금 생각하면 그것은 행운이었던 걸까? 이번에는 도저히 수색할 도리가 없다.

"그렇겠죠. 어쨌든 일단 경찰에 실종 신고를 해두려고요. 지난번에 담당했던 분이 아직 그 경찰서에 계시는 것 같아요."

"그래요?"

마쓰나미는 뭐라고 위로를 해야 좋을지 몰라서 입을 다물었다. 기운을 잃지 말라고 해야 할까? 아니, 재수 없는 말은 하지 않는 게 좋겠다.

"걱정하지 마세요. 선생님은 꼭 돌아오실 겁니다."

정신이 들었을 때는 아무런 근거도 없는 위로의 말을 입에 담고 있었다.

"……네." 아키는 한 박자 두고 나서 가냘픈 목소리로 대답했다.

울고 있는 걸까.

"뭔가 알아내면 연락해주십시오. 이쪽도……." 어떡하지? 마쓰나미는 일단 대강 둘러댔다. "짚이는 곳을 찾아볼 테니까요."

"부탁할게요."

전화를 끊고 나서 생각이 났다. 짚이는 곳은 아무 데도 없다는 것을……. 그는 책상 위에 놓아둔 원고에 시선을 향했다. 단서는 모두 이 안에 있을 것이다.

해야 할 일은 산더미처럼 쌓여 있지만 지금은 이쪽을 우선하는 수밖에 없다. 사람의 목숨이 달린 이야기이고, 아키의 슬픈 목소리를 떠올리면 다른 일이 손에 잡힐 것 같지 않았다.

마쓰나미는 원고와 포스트잇, 볼펜과 마커를 들고는 아스카서점 본사 건물을 나와서 커피숍으로 들어갔다.

탐정처럼 여기저기 조사해서 알아내기는 힘들겠지만, 원고 확인이라면 작은 것 하나도 놓치지 않을 자신이 있었다. 여기서 아오야마의 행방을 알 수 있는 단서를 발견하면 자신을 바라보는 아키의 시선도 달라지지 않을까? 그는 그렇게 생각하며 두 주먹을 불끈 쥐었다.

○월 ○일

우리 안에서 호랑이가 안절부절못한 채 조바심을 내며 돌아다니고 있었다. 그때 멀리서 호랑이를 부르는 소리가 들렸다. 야성이 돌아온 호랑이는 우리에서 탈출하려고 했다. 그 순간, 어찌 된 일인지 몸이 평평해지면서 좁은 격자 사이로 스르륵 빠져나왔다. 자유의 몸이 된 호랑이는 어두운 정글을 향해 달리기 시작했다. 나무들 사이에서는 무수한 눈이 호랑이를 지켜보고 있었다. 어두운 밤인데도 새들의 울음소리가 여기저기서 들렸다. 그 모든 것을 곁눈질하면서 하늘을 나는 것처럼 질주하는 스피드감이 통쾌하다.

영능력자는 내 꿈을 적어놓은 노트를 덮었다. 그의 눈을 들여다본 순간, 불길한 예감이 스멀스멀 피어올랐다. 유리구슬 같은 눈동자에 기이한 빛이 감돌았던 것이다.

영능력자는 한숨을 섞어서 말했다. "⋯⋯유감스럽지만 당신의 혼백은 지금도 방에서 빠져나가고 있습니다."

"그게 무슨 말씀이죠? 혼백은 드림캐처의 그물에 가로막혀 앞으로 나아갈 수 없으니까 괜찮다고 했잖아요!"

"꿈에서 호랑이가 우리에서 빠져나간 것처럼 그물코 사이로 빠져나가는 것 같습니다. 외우주에서 매우 강력한 파워가 당신의 혼백을 끌어당기고 있지요. 일반적인 방법으론 봉인할 수 없을지도 모르겠군요."

"이제 와서 그렇게 말하면 안 되죠." 나는 영능력자에게 강하게 항의했다. "막아주세요! 어떤 거라도 좋으니까 방법을 생각해주세요!"

나는 이 기묘한 여자에게 분노를 느꼈지만, 한편으론 신뢰도 하게 되었다. 결계에 어느 정도 효과가 있다는 것을 온몸으로 느낀 것이다.

"알겠습니다. ……이건 가능하면 사용하고 싶지 않았던 방법인데, 만일에 대비해서 준비해왔습니다."

영능력자는 수행승이 짊어지고 다니는 궤짝 같은 상자를 열더니 드림캐처를 네 개 꺼냈다. 중앙의 원은 직경 30센티미터쯤 되었지만, 그물은 보이지 않았다.

나는 원 안에 손바닥을 넣으며 말했다. "이런 게 도움이 될까요? 그냥 쑥 빠져나갈 것 같은데요?"

"상징적인 그물로는 이미 막을 수 없습니다. 이제 진짜 그물을 만드는 수밖에 없어요."

영능력자는 이어서 곤충채집통을 네 개 꺼냈다. 각각의 통에는 검은색과 노란색 줄무늬의 커다란 거미가 한 마리씩 들어 있었다.

"호랑거미입니다. 주성呪性은 무당거미가 더 강하지만 적당한 크기의 원형 그물을 치는 것과, 스타빌리멘텀stabilimentum이라 불리는 한가운데의 거미줄을 부적으로 사용할 수 있어서 드림캐처에 적합하지요."

무슨 말을 하는지 이해할 수 없었지만, 나는 곤충채집통 안을 순서대로 들여다보았다.

"생긴 건 보통 거미와 똑같군요."

거미를 싫어하는 내 눈에는 모든 거미가 기이하리만큼 크게 보여서 순간적으로 공포를 느꼈다. 표준 사이즈를 모르니까 정확한 말은 할 수 없지만.

"이 네 마리는 각각 거미 싸움에서 승리해 살아남은 강자입니다."

거미 싸움은 가고시마현 아이라시 가지키초나 고치현 시만토시 등에서 하는 전통 행사로, 호랑거미 두 마리를 싸우게 하는 놀이다.

"일반적인 거미 싸움에서는 상대를 막대기에서 떨어뜨리든지 엉덩이를 덥석 깨물면 이기는 걸로 하지만, 무녀의 주술로 영력을 높이기 위해 일부러 마지막까지 상대를 죽이게 했습니다."

"……그런데 영혼이 거미줄에 걸리나요?"

만약 그렇다면 유령은 여기저기의 거미줄에 걸려 있을 것이다.

"보통은 그냥 쑥 빠져나가죠. 기도의 힘으로 부적의 일부가 되어야 비로소 거미 씨실의 점액에 혼백을 잡을 수 있는 영력이 태어납니다. 나아가서는 거미 자체가 결계의 문지기로 행동하게 되죠." 영능력자는 희미하게 고개를 가로저으며 말을 이었다. "하지만 이 방법은 주술로서도 금기이고 사도邪道에 속하니까 당신에게도 악영향이 미칠 가능성이 있습니다."

"악영향이요?"

"당신의 혼백이 유체이탈해서 이 방에서 빠져나가려고 하면 거미줄에 잡혀서, 호랑거미에게 포박된 채 아침까지 지내게 됩니다. 그때 꾸는 악몽이 얼마나 음침하고 무서울지…… 지금까지 꾸었던 꿈과는 비교할 수 없을 정도일 겁니다."

뭐야? 꿈 이야기인가? 목숨이 걸려 있으니까 무서운 꿈 정도는 참는 수밖에 없다. 그 이후에 어떤 경험을 하게 될지, 그때의 나는 알 도리가 없었다.

영능력자는 침대 구석에 즉석 호마단호마는 나쁜 일을 막기 위해 행하는 행사이고, 호마단은 호마를 행하기 위해 만든 단을 말한다을 설치한 뒤, 정체를 알 수 없는 생물의 사체 같은 기괴한 제물과 붉나무로 된 호마목을 지펴서 한마음으로 기도를 올렸다.

잠시 후, 청룡과 백호, 주작, 현무라는 이름의 거미 네 마리가 방의 동서남북에 매달린 드림캐처 네 개의 원 안에서 경쟁하듯 둥근 그물을 치기 시작했다. 거미줄의 한가운데에 짜 넣어진 하얀 문양인 스타빌리멘텀은 지능이 낮은 거미가 만들었다곤 생각할 수 없는, 육망성과 범자를 조합한 듯한 복잡한 형상을 하고 있었다.

나는 이렇게 해서 기이한 결계의 보호를 받으며 잠들게 되었다.

진짜 악몽은 그날 밤부터 시작되었다.

3

빗소리가 커피숍 안에까지 울려 퍼졌다.

마쓰나미는 더블 클립으로 집어놓은 원고를 넘기면서 커피에 설탕을 넣으려고 했다. 평소에는 블랙으로 마시지만 머리를 쓸 때는 작가와 마찬가지로 몸이 당분을 원한다.

쇼와시대1926~1989 초기의 분위기가 떠다니는 커피숍의 테이블 위에는 백설탕과 갈색 설탕이 든 옛날식 유리 용기가 놓여 있었다. 갈색 설탕통의 뚜껑을 열고 스푼을 든 순간, 시야가 가려진 탓에 왼손에 있는 원고로 백설탕 용기를 쓰러뜨리고 말았다. 황급히 용기를 세웠지만 테이블 위에는 이미 봉긋한 설탕 산이 생겼다. 마쓰나미는 설탕을 뚫어지게 바라보았다. 원고에 나왔던 돗토리사구 사건이 떠오른 것이다.

아오야마가 사라진 컴퓨터 앞에는 모래가 산더미처럼 쌓여 있었다고 했다. 깊이 생각하지 않고 건너뛰고 읽었지만 그것은 무엇을 의미하는 걸까.

아오키가하라수해였을 때는 솔방울이 붙은 종비나무 잎과 용암이, 마치 아오야마 대신인 것처럼 침대 위에 높다랗게 쌓여 있었다. 무심코 종비나무 잎을 만졌다가 손가락 끝에 느낀 통증은 지금도 선명하게 기억이 난다.

그때 퍼뜩 생각이 났다.

어쩌면 모래도, 종비나무 잎과 용암도, 각각 아오야마와 똑같은 무게만큼 있었던 게 아닐까? 또 하나의 사례에서는 어땠을까?

마쓰나미는 황급히 원고를 들춰보았다. 맨 처음에 문을 열었을 때, 침대 위에는 은행잎과 모래 먼지가 잔뜩 쌓여 있었다고 한다. 하지만 은행잎은 거의 무게가 나가지 않으므로, 아무리 어린아이라고 해도 몸무게만큼 쌓여 있기는 힘들지 않을까.

아니, 그렇지 않다. 마쓰나미는 다시 원고를 들추었다.

……개다. 침대 밑에서 튀어나온 털이 북슬북슬한 스탠더드슈나우저는 은행나무 가로수길에서 없어진 개였던 모양이다. 중형견이라면 유치원생의 몸무게보다 조금 적을지도 모른다.

그렇다면 아오야마가 어딘가로 전이할 때는 마치 그 대가처럼 똑같은 무게의 물체가 끌려올지도 모른다. 어쩌면 이것은 많이 알려진 현상이 아닐까. 마쓰나미는 순간이동에 관해서 스마트폰으로 조사해보았다.

1593년에 필리핀 마닐라에서 멕시코시티의 궁전 앞으로 순간이동했다는 병사나, 1655년에 스페인과 중앙아메리카를 왔다 갔다 했다는 수녀가 유명한 것 같다. 다른 사례에서는 기억을 잃어버린 채 딴사람으로 살았다는 경우도 있었다. 이런 사례들도 일반적으로 진단하면 해리성 둔주가 될 것이다. 어쨌든 인간이 순간이동하는 것과 교대로, 그를 대신하는 물체가 나타났다는 기록은 없었다. 물체가 이동하는 경우, 끌어당기는 것을 어포트apport, 먼 곳으로 날리는 것을 어스포트asport라고 한다. 그렇다면 아오야마의 경우에는 순간이동과 어포트가 동시에 일어난 것이다.

마쓰나미는 물잔에 든 물을 바라보았다. 이번에 아오야마가 사라진 침실에는 엄청난 양의 물이 남아 있었다. 그는 물잔의 물을 살며시 테이블 위에 떨어뜨려보았다. 아메바처럼 형태가 일정치 않은 물 웅덩이가 생겼다.

그 일이 있기 조금 전에 아오야마는 대해원의 꿈을 꾸었다고 한다. 만약 그 물이 아오야마의 육체 대신에 바다에서 온 것이라고 한다면, 수질을 분석하면 어느 바다인지 알 수 있지 않을까?

종업원이 다가와서 부루퉁한 얼굴로 테이블 위의 설탕과 물을 닦아주고 사라졌다. 마쓰나미가 "죄송합니다"라고 말해도 대답이 없었다.

지난달 〈패러독스〉에 실린 미스터리 단편소설 중에, 익사체의 폐에서 바닷물을 채취해 그곳에 함유되어 있던 플랑크톤을 분석해, 에노시마가 아니라 요코하마항구에서 익사했음을 밝혀냈다는 이야기가 있었다. 대충이라도 어느 해역인지 특정할 수 있다면.

하지만 어차피 이미 늦었으리라.

마쓰나미의 마음속에는 아오야마가 이미 사망했다는 확신이 있었다. 섬이라곤 그림자도 없는 대해원의 한가운데로 전이되었다면, 아무리 수영을 잘한다고 해도 살아남을 가능성은 희박하다.

나중에 아키에게 바닷물을 채취해놓으라고 말해두자. 마쓰나미는 수첩에 그렇게 적고 나서 시선을 원고로 돌렸다.

○월 ○일

나는 지금 끝없이 계속 이어진 넓은 일본식 저택 안에 있다.

밤인 듯했다. 천장의 백열등은 기다란 복도를 희미하게 비추었지만 전력이 약해서인지 어두컴컴하고, 복도 끝은 어둠 속으로 스윽 녹아들어갔다. 어디로 가면 여기서 나갈 수 있을까.

나무가 깔린 복도를 걷는 사이에 네거리가 나왔다. 옛날부터 네거리는 마물을 만나는 곳이라고 한다. 왜 이렇게 방의 배치가 불길하게 되어 있을까? 앞으로 나아갈까, 오른쪽으로 갈까, 왼쪽으로 갈까, 아니면 뒤로 돌아갈까.

잠시 망설인 끝에 나는 똑바로 나아가기로 했다.

복도를 따라서 양쪽에는 나무문이 늘어서 있었는데, 모두 열어서는 안 될 것 같았다. 여기에는 사악한 독기가 가득 차 있다. 그렇다고 빨리 지나가기에는 이제 젊지 않다.

나무문 사이를 빠져나가자 왼쪽은 맹장지문으로 바뀌었는데, 열어서는 안 된다는 사실은 변함이 없었다. 다시 앞으로 나아갔더니 바깥 복도 같은 곳으로 나왔다. 왼쪽은 계속 맹장지문이었지만 이곳은 2층인지 오른쪽에는 격자 창문이 이어져 있었다. 격자 사이로 보이는 것은 온통 먹물을 흘린 듯한 어둠뿐이었지만, 어디선가 띠링 하는 맑은 소리가 희미하게 들렸다.

벌레의 울음소리일까. 아니, 꽹과리 소리일까. 그렇다. 장례식 행렬에서 들을 수 있는 꽹과리 소리 같았다. 나는 꽹과리 소리에 이끌리듯 앞으로 나아갔다. 그러는 사이에 어찌 된 일인지 서서히 발걸음이 무거워져서 걷기 힘들어졌다.

꽹과리 소리는 어느새 그쳤다.

자세히 쳐다보니 팔과 발의 여기저기에 누에의 실처럼 가느다란 실이 달라붙어 있었다. 떼어내려고 할수록 끈질기게 달라붙어서, 몸을 제대로 움직일 수 없었다. 조바심으로 허둥지둥하고 있자니 이번에는 아무런 징조도 없이 발밑의 바닥판이 흐물흐물해졌다. 마치 바닥없는 늪으로 들어간 것처럼 몸 전체가 풍덩풍덩 가라앉았다.

살려줘! 도움을 바라고 천장을 올려다본 순간, 그것이 눈에 들어왔다. 굵은 대들보 사이에서 믿을 수 없을 만큼 거대한 그림자가 천천히 내려왔다.

○월 ○일

다시 그 저택 안이었다. 어디를 어떻게 걸었는지 모르겠지만 그 네거리에 도착했다. 지난번에 무슨 일이 일어났는지는 또렷하게 기억나지 않는다. 이번에야말로 잘못 선택하지 않도록 조심해야 한다.

오늘은 오른쪽으로 가기로 했다. 길고 어두운 복도가 끝없이 이어져 있다. 도중부터 점점 경사가 있고 꾸불꾸불하다. 기다란 오르막을 다 올라갔다 싶었더니 이번에는 내려가기 시작했다. 점차 방향도 위아래도 알 수 없었지만, 아무리 그래도 이 내리막은 너무나 길지 않은가. 마치 지옥의 바닥을 향해 걸어가는 듯한 기분이 들었다.

그러는 사이에 점차 복도가 좁아지고 있다는 걸 알아차렸다. 양쪽 벽에 어깨가 닿을 것 같다. 천장은 손을 뻗으면 닿을 듯한 높이에서 머리가 닿을락 말락 할 것처럼 낮아지더니, 결국 서 있기 어려워 납작 엎드려서 기어가게 되었다.

캄캄한 구멍의 아득한 저편에서 나지막한 웃음소리가 희미하게 들렸다. 아아, 이쪽도 정답이 아니었구나. 되돌아가기 위해 뒤를 돌아봤더니 지금 걸어온 복도는 벌써 나무벽으로 막혀 있었다. 이미 퇴로는 어디에도 없는 것이다.

어두운 움막 안쪽에서 울리는 소름 끼치는 웃음소리는 귀가 먹먹할 만큼 커지더니, 무서우리만큼 빠른 속도로 바싹바싹 다가왔다.

○월 ○일

왼쪽으로 나아가서 모퉁이를 돌았더니 현관이었다. 아아, 살았다.

나는 재빨리 미닫이문을 열고 밖으로 나왔다. 하늘에는 약간 구름이 끼어 있고 달과 별은 보이지 않았다. 빨리 이 저주받은 저택에서 멀어지고 싶어서 오직 빠른 걸음으로 계속 걸었다. 안개가 희미하게 끼어서 앞이 잘 보이지 않았지만, 집들을 지나서 들판을 가로질렀다. 얼마나 걸었는지는 모르겠지만, 정신을 차렸더니 주변에는 낯선 풍경이 자리했다. 나는 잠시 숨을 돌렸다. 여기까지 오면 이제 괜찮겠지.

바로 그때, 눈앞에 썩어들어가는 폐가가 나타났다. 흐릿한 하늘을 배경으로 우뚝 솟아 있는 검은 실루엣, 기와지붕은 무게를 견디지 못해 크게 휘청거리며 무너지고 있었다. 나무벽은 너덜너덜하게 무너져 내려서, 안에 있는 흙과 지푸라기가 보였다. 유리창도 군데군데 깨졌지만 안쪽에 있는 새하얀 레이스 커튼 같은 것이 작은 틈도 없이 가로막고 있었다.

어쩌면 무엇인가가 쫓아올지 모른다는 두려움이 온몸을 짓눌러서, 잠시 폐가 안에 숨어서 상황을 지켜보기로 했다. 그 순간, 소름 끼치는 전율이 머리에서 발끝까지 가로질렀다.

여기에는 절대로 들어가서는 안 된다. 직감이 그렇게 경고했다. 새삼스레 폐가를 바라보니 사악한 기운이 느껴졌다. 폐가 안에서 정체를 알 수 없는 무언가가 숨을 죽이고 있었다.

나는 살금살금 뒷걸음질로 폐가에서 멀어져 종종걸음으로 앞길을 서둘렀다. 그런데 잠시 걸어가자 또 그 폐가가 나타났다. 이번에도 그냥 지나쳤지만 조금 앞에서 세 번째로 또 똑같은 폐가가 나타났다. 아무래도 누군가가, 무슨 일이 있어도 나를 이 폐가로 들여보내고 싶은

가 보다.

불안을 느끼고 뒤를 돌아본 순간, 안개가 걷힌 사이로 상상도 하지
못했던 것이 눈에 들어왔다. 검은빛을 뿌리는 복도. 균열이 내달린 대
저택의 벽. 어두운 천장을 이리저리 마구 달리는 집의 골조.

그제야 겨우 내가 여전히 저택 안에 있다는 사실을 깨달았다. 완전
히 밖으로 나왔다고 생각했는데, 모든 게 착각이었다. 집들도 들판도,
그리고 이 폐가도 끝없이 이어지는 저택의 일부분에 불과했다.

그때 등 뒤에서 소리도 없이 폐가의 미닫이문이 열리는 기척이 느
껴졌다.

○월 ○일

네거리로 돌아갔다. 나무가 깔린 복도는 어디선가 새어 들어오는
빛으로 앞쪽이 희미하게 밝아서, 마치 나를 유인하는 듯했다.

조금 전에 지나쳤을 때는 몰랐는데, 복도의 막다른 곳에는 정원이
있는 것 같았다. 명장지빛이 잘 들도록 얇은 종이를 바르거나 유리를 끼운 장지가 끼
워져 있는지, 정원의 나무나 등롱의 그림자에 희미한 별빛도 보였다.
하지만 가까이 다가감에 따라서 경치는 평평하게 바뀌었다. 눈앞에
나타난 것은 맹장지 네 장이었다. 조금 전에 봤다고 생각했던 정원은
맹장지 그림이었나 보다. 저택 안은 어두컴컴했지만, 마치 그림 안에
있는 별빛이 비춘 것처럼 자세한 부분까지 똑똑히 알아볼 수 있었다.

정면에는 정자가, 왼쪽 뒤에는 석가산정원 따위에 돌을 모아 쌓아서 조그마하게
만든 산이, 오른쪽 앞에는 연못이 있었다. 하지만 자세히 살펴보니 그것

은 맹장지에 어울리지 않는 음산한 그림이었다. 연못에는 잉어가 헤엄치고 하얀 연꽃이 피어 있었지만, 연잎 사이에서 내장이 부패하여 가스로 부풀어 오른 파란 도깨비 같은 사체가 보였다.

그 얼굴을 보고 나는 마음 깊은 곳에서 전율했다. 나를 올려다보는 탁한 눈에서는 온몸의 털이 곤두설 만큼 어마어마한 원통함이 전해졌다.

아아, 틀렸다. 이곳은 정답이 아니다.

이것은 봐서는 안 된다. 이곳에만큼은 절대로 와서는 안 되었다.

그럼에도 나는 맹장지를 향해 손을 내밀었다. 여기까지 온 이상 이제 되돌아갈 수는 없다. 구상도일본 불교에서 시신이 썩어가는 과정을 그린 불화 같은 그림은 눈속임일 뿐, 사실은 이 앞쪽에 유일한 탈출로가 있을지도 모른다는 한 줄기 희망을 품고.

나는 모든 용기를 짜내서 문고리에 손을 대려고 했다. 그것을 기다렸던 것처럼 맹장지 네 장이 소리도 없이 양쪽으로 열렸다.

건너편은 완벽한 암흑이었다. 귀를 찢는 듯한 바람 소리가 아득한 저편에서 메아리쳤다.

아아. 역시, 이곳은 아니다······.

어디선가 풀무질 같은 거친 숨소리가 들렸다.

다음 순간, 세상에서 가장 무섭게 생긴 노파의 얼굴이 맹장지가 열린 공간을 가득 메우더니, 수많은 눈으로 히죽 웃었다.

○월 ○일

저택 안을 정처 없이 방황하고 있노라니, 앞쪽의 희미한 어둠 속에서 뒤쪽을 향해 우두커니 서 있는 여인의 모습이 보였다. 검은색 가로 줄무늬가 들어간 노란 바탕의 비단 기모노를 입고 있었다. 아무리 봐도 저 여인은 마물魔物이리라. 엮여서는 안 된다고 생각해 앞쪽 네거리에서 오른쪽으로 꺾어지려고 했다.

그때 등 뒤에서 요염한 목소리가 들렸다. 잠깐만 기다리세요. 그쪽으로는 가지 않는 편이 좋아요.

왜죠? 나는 뒤를 돌아보고 물었다.

여인이 대답했다. 그쪽은 귀신들이 드나드는 귀문鬼門이니까요.

귀문은 보통 북동쪽이고, 귀문의 반대편인 이귀문裏鬼門은 남서쪽을 가리키지만, 어떤 이유인지 이 저택에는 귀문에 해당하는 것이 네 군데나 있다고 한다. 각각 귀문, 이귀문, 악문顎門, 구모노이雲ノ囲라는 이름으로, 보통의 귀문과 달리 매일 방위가 달라진다고 한다. 이 저택에서 빠져나가려고 하면 어느 쪽으로 가도 반드시 이 중 하나에 부딪힌다는 것이다.

어떻게 하면 되느냐고 물었더니 여인은 몸을 뒤로 돌린 채 대답했다. 가만히 있는 수밖에 없어요. 날이 밝을 때까지 얌전히 있으면, 어쩌면 무사히 있을 수 있을지도 몰라요.

나는 네거리의 한가운데에 서서 네 방향을 둘러보았다.

복도의 오른쪽에서는 술렁술렁 불온한 소리가 들리는 듯했다. 왼쪽에 있는 어둠의 안쪽에는 눈알처럼 보이는 작은 빛들이 모여 있었다. 지금 온 뒤쪽은 온통 아지랑이가 낀 듯한 기묘한 상태였다.

여인이 물었다. 어떡할 거예요? 계속 여기에 있을 거예요?

잠시 망설이다가 나는 머리를 좌우로 흔들었다. 이렇게 음침하고 소름 끼치는 곳에서는 1초라도 빨리 도망치고 싶었다.

그렇다면 저하고 같이 갈 수밖에 없겠군요. 여인은 그렇게 말하더니 어둠 속으로 총총히 걸어갔다. 처음부터 끝까지 얼굴은 보여주려고 하지 않았다. 잠시 망설이다가 여인의 뒤를 따라가기로 했다.

으스름한 복도에서 노란 비단옷의 검은색과 노란색 줄무늬가 또렷하게 떠올랐다. 그런데 앞쪽으로 걸어감에 따라서 여인의 모습이 점점 다른 것으로 보였다. 몹시 높은 곳에 묶여 있는 허리끈이 풍선처럼 기이하게 부풀더니 저주스러운 생물의 배처럼 보인 것이다. 기모노의 소매와 옷자락에서 가끔 보이는 새카만 손발은 어이가 없을 만큼 가늘고 긴 데다가 숫자가 너무 많은 듯한 생각이 들었다.

걷잡을 수 없는 후회가 가슴 깊은 곳에서 솟구쳤다. 분명히 괴이한 마물이란 걸 알면서도 왜 이 여인의 말을 믿어버린 걸까.

앞으로 나아감에 따라서 주변의 모습은 울고 싶을 만큼 이상해졌다. 복도는 넘실넘실 파도치고, 벽과 천장은 곰팡이를 연상시키는 하얀 실로 빼곡히 덮여 있었다. 하지만 도망치려고 해도 도망칠 수 없다는 것은 이미 알고 있었다.

그 후에도 매일 밤 겪은 악몽이 계속 쓰여 있었다. 원고를 읽는 사이에 마쓰나미는 "어?" 하고 고개를 갸웃거렸다. 모든 부분이 최근 1년 사이에 아오야마가 쓴 호러 단편소설의 원형과 비슷해서였다.

처음에는 자기 작품을 재사용했다고 여겼는데, 만약 이것들이 아오야마가 실제로 꾼 악몽이라고 하면 이야기는 달라진다. 담담하게 쓰여 있었지만 밤마다 이런 악몽을 꾼다면 정신이 이상해질 수밖에 없지 않을까. 어쩌면 그는 글을 씀으로써 가까스로 제정신을 유지하고 있었을지도 모른다.

이 무렵부터 아키와 자주 말다툼을 하게 되었다. 그녀는 완전히 야위어진 내 모습을 도저히 눈 뜨고 볼 수 없다고 말한다. 마음이 무너지면 되돌릴 수 없으니, 그 전에 드림캐처 네 개를 제거해야 한다는 것이다.

하지만 그럴 수는 없었다. 지금은 무슨 수를 써서라도 견뎌내는 수밖에 없다고, 나는 한 발짝도 물러서지 않았다. 날이 갈수록 날려가는 거리는 멀어지고 있다. 다음은 태평양 한가운데일지 모르고, 그다음은 우주 공간일지 모른다. 살아서 돌아올 수 있다는 보장은 어디에도 없는 것이다.

"악몽 정도는 괜찮아. 호러 작가에게는 매일 밤 소재를 얻는 것이나 마찬가지니까."

그렇게 오기를 부렸지만 타고난 거미공포증인 나에게, 그 저주스러운 저택에서 끊임없이 이어지는 지옥 순례는 조금씩 정신을 갉아먹는 고문이나 마찬가지였다.

여기부터는 아오야마의 정신 상태가 서서히 무너지는 모습이 그려져 있었다. 운동이나 다이어트로는 체중이 줄지 않았는데, 단기간에 몰라볼 만큼 야윈 듯하다. 스스로는 알아차리지 못했지만 아키의 말에 따르면 시선도 공허해지고, 혼잣말을 중얼거리는 일도 많아졌다고 한다.

이런 일이 계속되면 조만간 제정신을 유지할 수 없게 될지도 모른다. 아오야마가 겨우 그렇게 생각하기 시작한 순간, 예기치 못한 형태로 악몽의 밤은 종언을 맞이했다.

그때 무슨 일이 일어났는지, 곧바로는 알 수 없었다.

언제나 그렇듯 또다시 그 음산한 저택 안이었다. 이번에야말로 탈출로를 발견했다고 여겼는데, 결국 함정에 빠지고 말했다.

웃는 여자일본 도사 지역(지금의 고치현)의 3대 요괴 중 하나가 가까이 다가왔다. 내 몸을 팽이처럼 뱅뱅 돌리면서 얇은 비단 같은 것을 감아나간다. 비단은 매우 강해서 아무리 발버둥 쳐도 찢어지지 않는다. 나는 미라처럼 빙글빙글 감겨버렸다. 숨조차 쉴 수 없었다.

이제 싫다. 누가 좀 구해줘. 이 지옥에서 꺼내줘. 나는 마음속으로 절규했다. 그러자 멀리에서 나를 부르는 소리가 들린 것 같았다.

그때 내 머릿속에는 결계가 나를 지켜주고 있다는 의식은 티끌만큼도 남아 있지 않았다. 다만 몸을 가득 채운 견디기 힘든 공포와 혐오가 끝없이 팽창하고 폭주하고 있었다.

제발 살려줘. 여기서 도망칠 수만 있다면 어떻게 돼도 상관없어!

별안간 저택이 움직이면서 소리를 내기 시작했다. 벽에 뿌직뿌직 균열이 생겼다.

웃는 여자는 움직임을 멈추더니 표정 없는 마네킹으로 변했다.

저택은 마치 트램펄린 위에 있는 것처럼 위아래로 진동했다.

다음 순간, 모든 것이 날아가고 그 암흑 우주가 모습을 드러냈다.

모든 것이 혼돈에 휩싸였다. 마치 깊은 바다의 밑바닥처럼 빛이 들어오지 않는 캄캄한 어둠이다. 견디기 힘들 만큼 숨이 막혔다. 익숙하고 친숙한 세계에서 얇은 껍질 한 장 정도 떨어져 있을 뿐인데, 아무리 기를 써도 손이 닿지 않는다.

큰일 났다……. 나는 마음 깊은 곳에서 경악했다.

정말로 두려워해야 했던 것은 거미 따위가 아니라 이쪽이었다.

왜 그걸 잊어버린 걸까.

하지만 나는 괴로움을 견딜 수 없어서 곧바로 문을 열려고 했다.

닫힌 세계를 에워싸고 있는 얇은 막에 작은 틈이 생겼다.

어떻게든 열어라. 날아가라. 여기서 어디 먼 곳으로.

안 돼! 나는 스스로를 향해서 소리쳤지만 자아가 두 개로 분열된 것처럼 또 하나의 내 행동을 막을 수는 없었다.

무기력감은 이윽고 조용한 체념으로 바뀌었다. 마침내 가장 두려워했던 일이 벌어졌다. 하지만 이미 손쓸 도리가 없었다.

나는 머나먼 장소로 끌려가버린다…….

문이 막 열리려는 찰나, 어디선가 눈부신 빛이 한 줄기 새어 들어왔다. 빛은 점점 더 강해지더니, 암흑 우주는 새하얀 빛에 감싸여 눈 깜짝할 사이에 증발해버렸다.

정신이 들었을 때는 침대 위에 있었다. 심장은 격렬하게 쿵쾅거리고 온몸은 땀에 젖어 있었다. 하지만 나는 지금 내 집에 있다. 위기는 사라진 것이다.

반쯤 열린 커튼 사이로 아침 햇살이 비추었다. 아키가 옆에 앉아서 내 손을 꼭 잡고 있었다. 그녀가 나를 이 세계에 묶어놓은 걸까.

"고마워." 나는 그녀의 손을 꽉 잡으며 나지막하게 중얼거렸다.

그 말 이외에 무슨 말을 해야 좋을지 알 수 없었다.

……무슨 일이 있어도 이 손을 놓지 않을게. 아키의 눈동자는 그렇게 말하는 것 같았다.

그 후에 CCTV 영상을 확인했다. 한동안 아무런 변화도 없는 침실 화면이 이어졌다. 나는 킹사이즈의 물침대 위에서 자고 있었다. 마치 갓난아기용 모빌 같은 드림캐처 네 개가 천장에서 침대의 네 귀퉁이를 향해 매달려 있었다.

얼마 지나지 않아서 이상한 현상이 일어났다. 바람도 불지 않는데 드림캐처가 흔들리기 시작한 것이다. 흔들림은 점점 커지더니 이번에는 물리법칙을 어기고 무중력 상태에서 떠다니는 듯한 움직임을 보였다. 네 개의 원은 거의 수평 상태로 천장 가까이에서 잠시 흔들리더니, 돌연 안쪽에 있는 거미줄이 날아가 버렸다.

되감기를 해서 영상을 자세하게 확인하자 강풍을 맞은 것처럼 거미줄이 팽창하는 것을 똑똑히 확인할 수 있었다. 한계까지 팽창한 거미줄은 마침내 끊어져버렸다. 그와 동시에 거미 네 마리도 보이지 않는 힘에 의해 갈기갈기 찢겨서 사방으로 흩어졌다.

내 얼굴은 보이지 않았지만 몸을 감싼 이불이 불룩한 걸로 볼 때, 침대에 있다는 것은 알 수 있었다. 그런데 별안간 불룩함이 사라졌다. 감쌌던 물체를 잃어버린 이불은 조용히 찌부러졌다.

다음 순간, 아키가 문을 열고 침실로 뛰어들었다. 그러자 헐레이션화면에서 밝은 부분 주위에 보이는 빛의 고리이 일어난 것처럼 화면이 새하얘졌다. 다시 실내의 영상이 나타났을 때, 이불은 원래대로 불룩해졌다. 소멸할 뻔했던 내 육체가 원래대로 돌아온 것이다.

……살았다. 나는 새삼스레 살아 있음을 실감했다.

만약 아키가 와주지 않았다면 지금쯤 어디로 날려갔을지, 상상도 하고 싶지 않다. 하지만 오늘도, 내일도, 그다음 날도, 공포의 밤이 찾아온다. 일단은 어떻게든 견뎌내야 한다. 계속 견뎌내야 하는 것이다.

이런 일이 언제까지 계속될지는 짐작도 되지 않았다. 한 가지 확실한 것은 지금은 오직 견디고 또 견디는 수밖에 없다는 것이다.

겨우 결심이 섰다. 가령 영능력자가 다른 거미를 준비해준다고 해도, 거미에 둘러싸인 은둔 생활은 이제 끝이다. 이 행위를 계속하는 건 이제 의미가 없다. 뿐만 아니라 늦든 빠르든 마음에 병이 들 것이다. 뭔가 다른 대책을 강구해야 한다.

다행히 내 마음은 아직 꺾이지 않았다. 앞으로 무슨 일이 일어나더라도 마지막까지 이를 악물고 견뎌내겠다. 지금은 나 자신을 믿는 수밖에 없다. 분명히 이겨낼 수 있다.

아키만 내 곁에 있어준다면.

반드시 살아남고야 말겠다.

원고는 뜬금없이 여기서 끝났다. 마쓰나미는 눈썹을 치켜올렸다. 어정쩡하게 끝났다는 느낌은 부정할 수 없지만 배드 엔딩의 제왕인 아오야마의 작품 중에서는 보기 드물게 실낱같은 희망을 남긴 엔딩이라고 할 수 있다.

뭐, 어쨌든 이걸로 잡지가 펑크가 나는 일만은 피할 수 있다.

아니, 문제는 그게 아니다. 이래서는 아오야마가 어디로 갔느냐 하는 가장 중요한 의문에는 아무런 단서도 얻지 못한 게 아닌가. 지금 가장 큰 문제는 이다음에 무슨 일이 일어났느냐 하는 것이다.

마쓰나미는 원고를 들고 일어서려고 하다가 문득 알아차렸다.

이 원고는 분명히 '끝'이라든지 '종료'라는 글자로 마무리되지는 않았다. 하지만 평범하게 읽으면 완결되었다고 생각하지 않을까.

그런데 아키는 수화기 너머에서 말했다. "역시 미완성이네요"라고. 왜 아직 끝나지 않았다고 생각한 걸까.

마쓰나미는 계산대에서 커피값을 치르고는 영수증을 받은 뒤, 커피숍을 나오면서 생각했다.

이유는 한 가지다. 그녀는 알고 있다. 이다음에 뭔가 중요한 전개가 있다는 것…… 또는 있었다는 것을.

그렇다면 이것은 역시 단순한 픽션이 아니라 어느 정도 사실을 바탕으로 썼을 가능성이 높다.

마쓰나미는 옅은 먹색의 가을 하늘을 올려다보았다.

올해는 예년과 달리 기온이 낮아서 그런지, 뺨에 닿는 공기가 유난히 차갑게 느껴졌다.

직업적인 거짓말쟁이가 꾸며낸 이야기를 읽고 내용을 믿는 것은 편집자로서 해서는 안 되는 태도일지도 모른다. 하지만 아오야마는 실제로 몇 번이나 실종되었고, 지금도 역시 행방을 알 수 없다. 그것을 어떻게 합리적으로 설명할 수 있을까.

아오야마에게 일어난 사태가 진짜 순간이동일 가능성이 있을까? 아니면 해리성 둔주라는 정신질환의 변형에 불과한 걸까.

4

다음 날 아침에 메일함을 확인하자 단편소설이나 에세이 같은 원고에 섞여서 아키한테서 두 번째 메일이 도착해 있었다.

아까 우연히 발견해서 내용을 읽어봤는데, 어제 보내드린 원고의 다음 이야기인 것 같아요. '잡동사니'라는 폴더 안에 있었던 걸 보면 완성한 원고는 아닌 듯하고, 숨은 파일로 되어 있는 걸 보면 다른 사람에게는 보여주고 싶지 않았던 것 같지만, 마쓰나미 씨라면 뭔가 알아채실 수도 있을 것 같아서 보냅니다.

　어제 경찰서에 다녀왔어요. 실종 신고는 접수했지만, 바다라는 것만으론 너무나 막연하고 범위가 넓어서 돗토리사구일 때처럼 신속하게 움직이긴 어려울 것 같아요.

다카기 아키

　마쓰나미는 재빨리 첨부 파일을 인쇄했다. 제목은 없고 분량은 지난번보다 적다.

　"거미 감옥은 외부에서 다가오는 악령에 대해선 단단히 대비하고 안쪽에서 나오는 영혼에 대해선 철벽같은 감옥이지만, 종종 갇힌 사람의 마음을 어지럽히고 정신의 균형을 잃게 만듭니다. 모든 방책이 소용없을 때 사용할 수 있는 최후의 수단이지만, 그것으로도 막을 수 없다면 당신의 혼백을 육체에 가둬둘 방법은 없습니다." 영능력자는 안타깝다는 듯 머리를 가로저으며 말했다. "당신을 소환하려고 하는 힘은, 어쩌면 당신의 마음속에 있는 무의식의 업보일지 모르겠지만 아무튼 제 상상을 아득히 초월하고 있습니다. 대단히 유감스럽지만 더는 힘이 될 수 없을 것 같군요."

　"잠깐만요!" 나는 간절하게 애원했다. "이제 와서 버리면 나는 어떡하란 말입니까?"

　영능력자는 엄숙한 얼굴로 대답했다. "아마 지금이 마지막 기회겠지요. 예전에도 말씀드렸지만 이제 각오하시는 게 좋을 것 같습니다.

모든 걸 하늘에 맡길 때가 올 겁니다. 우주의 흐름은 아무리 거부해도 도저히 승산이 없습니다. 용기를 내서 스스로 격류에 몸을 맡기십시오. 이윽고 평온한 여울물에 도착할 겁니다."

"지난번에도 말씀드렸잖아요? 아무리 생각해도 이번에 날려가면 정말로 끝장일 것 같습니다. 눈이 깊이 쌓인 산에서 조난하든지, 넓은 바다에 빠져 죽든지. 그 어느 쪽이든 그렇게 허무하게 죽기는 싫습니다."

밤마다 꾸는 악몽 탓에 마음이 뒤틀린 것이리라. 나는 영능력자에게 대들고 격렬하게 매도하면서 한층 더 강력한 대책을 요구했다.

영능력자는 깊은 한숨을 내쉬며 눈을 감았다.

"부탁합니다! 어떤 수단이라도 상관없으니까 어딘가로 날려가는 것만은 막아주세요! 쇠사슬로 묶어서라도 보이지 않는 힘에 납치되는 것만은 막아주세요!"

마지막은 오직 끈질기게 매달리며 사정하는 수밖에 없었다. 영능력자는 잠시 생각에 잠긴 표정을 짓더니 이윽고 고개를 끄덕였다.

"어쩔 수 없군요. 자연의 이치에 거스르는 방법이지만, 꼭 해달라고 하시면 힘으로 저지하는 수밖에는 없겠지요."

영능력자가 설명한 방법은 다음과 같았다. 내 육체에서 밤마다 빠져나가는 혼백은 실체도 질량도 없어서 염력, 즉 주술로 막을 수밖에 없다. 하지만 가장 큰 문제는 혼백에 이끌려 내 육체까지 먼 곳으로 순간이동을 하는 것이다. 육체에는 당연히 실체가 있고 질량도 있다. 그렇다면 이동하지 못하도록 물리적으로 막을 수 있다. 육체만 여기에 있으면 언젠가 혼백은 돌아온다고 한다.

이 방법에는 커다란 장점이 있다. 드림캐처의 거미줄에 영혼이 칭칭 얽매여 있었을 때는 밤마다 극심한 정신적 고통을 참고 견뎌야 했지만, 영혼이 이리저리 자유롭게 돌아다녀도 된다면 그런 걱정은 할 필요가 없다.

더구나 구체적인 방법을 듣고는 더욱 안도하게 되었다. 쇠사슬로 묶어도 된다는 말은 비유에 불과했지만, 어쨌든 내 육체에 족쇄를 채울 수밖에 없지 않을까 해서 마음속으로 단단히 각오를 했다. 그런데 실제로는 침실의 리모델링 공사만 하면 된다고 한다.

나는 황급히 예전부터 잘 아는 업자에게 연락을 했다. 비용이 아깝기는 했지만 통상의 세 배에 가까운 요금을 선불로 지급하면서 이틀 만에 공사를 끝내달라고 했다.

그때까지 나는 절대로 잠들지 않기 위한 계획을 세웠다. 커피, 녹차, 몇 종류의 에너지 드링크, 카페인 알약을 준비해 계획적으로 복용한다. 식사로 인한 졸음을 방지하기 위해 단식한다. 되도록 서서 지내고 일정한 시간마다 찬물로 세수를 하며, 체조하고 산책하고 노래를 부르고 다트를 던지고 퍼팅 연습을 한다.

내가 의뢰한 건축사무소에서는 초특급으로 일을 해주었다. 일단 처음에 침실의 가구를 모두 밖으로 빼냈다. 물침대는 전문업자를 불러서 물을 빼고, 벽에 있는 붙박이 책장도 분해해서 떼어냈다. 천장의 샹들리에와 다운라이트, BGM을 내보내는 케프의 빌트인 스피커도 철거했다.

다음에는 방의 모든 창문을 막았다. 먼저 구조용 합판을 끼워 넣어 벽을 평평하게 만들고, 에어컨을 떼어내 배관용 구멍은 진흙 퍼티로 막았다. 지금이 여름이었다면 실내는 사우나가 될 뻔했지만 가을이라서 다행이었다. 그래도 더위 대책은 어느 정도 필요해서, 순간 냉각팩을 대량으로 구입해 주방 냉장고에 넣어두었다. 또한 바닥 마루도 전부 벗겨냈다.

진짜 공사는 그다음부터였다. 방음과 방사선 차폐에 사용하는 두께 2밀리미터의 납 시트를 3중으로 해서(건물 구조상 그 이상은 중량 초과다) 천장과 바닥, 사방의 벽까지 6면에 전부 붙인다. 물론 문 위에도 붙여야 하는데, 문을 닫았을 때 빈틈이 생기지 않도록 꼼꼼히 덮개를 만들었다.

문제는 CCTV였다. 지금까지는 전용 스탠드에 카메라를 세워서 유선으로 실외 녹화기에 연결했는데, 영능력자의 말에 따르면 전이⋯⋯ 즉, 순간이동은 전선을 통해 일어날 수도 있다고 한다. 또한 납으로 뒤덮은 방에서는 와이파이를 사용할 수 없으므로, 녹화기도 같이 실내에 놔두는 수밖에 없었다. 같은 이유로 벽의 콘센트도 막아야 해서 배터리로 작동하게 만들었다.

공사가 끝나고 벽지와 바닥 마루로 납 시트를 감춘 뒤 원래대로 가구를 배치했을 때는 나의 정력과 끈기가 모두 바닥났다. 이대로 잠들 수 있다면 이제 어떻게 되어도 좋다. 나는 문자 그대로 침대 위에 쓰러졌다. 눈을 떴을 때 어디에 있는지는 오직 신만이 알 것이라는 심경이었다.

마쓰나미는 흠칫 놀랐다.

침실의 CCTV가 작동했다고 하면 단서가 될 영상이 남아 있을 수도 있지 않은가. 아오야마가 갑자기 사라지는 충격적인 영상은 아닐지라도, 잠에 취한 상태로 침실에서 나가는 장면이라도 있으면 얘기가 달라질 것이다.

아키는 녹화 영상에 관해 아무 말도 하지 않았는데, 확인하지 않은 걸까. 일단 원고를 끝까지 읽으려고 했지만, 아무래도 마음에 걸려서 아키에게 전화를 걸었다.

아오야마의 작업실 전화는 아무도 받지 않았다. 아키의 스마트폰에도 걸어보았지만 "지금 거신 전화는 전파가 닿지 않는 곳에 있거나 전원이 켜 있지 않아서 연결되지 않습니다"라는 메시지만 흘러나왔다. 불길한 예감이 들었지만 일단, "CCTV 기록이 남아 있지는 않나요?" 하는 음성메시지를 남기고는 원고로 돌아왔다.

나는 석양이 물든 넓은 하늘을 새처럼 날아다니고 있었다.

그때 갑자기 암흑 우주의 문이 열렸다.

주변의 경치가 완전히 바뀌었다. 수평선을 경계로 어두운 밤하늘과 칠흑의 대해원이 위아래로 펼쳐져 있었다. 구름 사이로 보름달이 보이고, 끌로 깎은 흑요석 같은 해면이 다면체의 빛을 뿌리기 시작했다. 느긋하게 일렁이는 파도에서 압도적인 바닷물의 질량이 느껴졌다.

밤하늘을 올려다보니 희미한 무지개가 떠 있었다.

환상적인 분위기를 자아내는 일곱 빛깔의 옅은 빛에 감싸여 무심결에 황홀경에 빠졌다. 그럼에도 이 답답하고 채워지지 않는 감각은 무엇일까.

나는 분명히 여기에 있으면서 실은 여기에 없다. 마치 두 개의 구멍을 동시에 빠져나가는 양자量子처럼 기묘한 분열 상태에 있는 것이다.

지금 이 순간, 영혼은 넓은 하늘을 자유롭게 비상하고 있는데, 육체는 땅바닥…… 납으로 된 관 안에 조용히 누워 있다. 그런 사실을 온몸으로 실감했다. 어둡고 좁은 감옥 같은 곳에 대한 공포와, 도저히 가만히 있을 수 없는 초조함, 부조리한 운명에 대한 분노에 몸부림치면서.

어떻게 해서라도 내 육체를 되찾아야 한다. 그것은 가슴 아플 만큼 간절한 소망이었지만 내 힘으로는 어떻게 할 수 없어서 단지 밤하늘을 떠다니는 수밖에 없었다.

그러는 사이에 한 번 열렸던 암흑 우주의 문이 천천히 닫혔다.

밤하늘이 다시 형태를 바꾸었다.

아아, 이제 틀렸다. 절망이 엄습한다.

새로운 세계로 가는 길이 끊어져버린다…….

그때 멀리 있는 납으로 된 관 안에서 내 육체가 눈을 뜨는 것을 알았다.

마쓰나미는 원고에서 눈을 들었다.

아무리 꿈이라고 해도 점점 더 이상해지고 있다.

아오야마는 역시 정신질환에 걸린 게 아닐까. 최근에는 상식적인 사람처럼 행동하거나 현실에 충실하다고 주장하는 녀석이 늘었지만 본디 작가라는 것은 사회성이 부족해서 다른 일을 할 수 없었던 패배자들이니까, 모두 ●● ●●뿐이라고 생각해도 지장 없으리라.

그래도 그런 점이 너무나 직접적으로 글에 나타난다면 주의할 필요가 있다. 전파계 마치 머릿속에 전파를 수신받은 것처럼 상식의 범주에서 벗어나는 특정한 언행을 강박적으로 하는 유형 호러라는 게 있기는 하지만, 약물 중독자의 헛소리 같은 문장이 끊임없이 이어진다면 그것을 실은 잡지의 품위도 땅에 떨어지리라.

……조금 기분이 나빴지만 어쨌든 끝까지 읽어보기로 했다.

눈을 뜨자 나는 바닥 위에 있었다.

침대에서 굴러떨어졌다면 그 충격으로 눈이 뜨였을 것이다. 애초에 물침대는 몸에 딱 맞아서 몸을 뒤척이기 힘들다. 따라서 실수로 굴러떨어지는 일은 없다.

더구나 내가 눈을 뜬 곳은 침대에서 조금 떨어진 벽 쪽이었다. 침대에서 떨어져서 여기까지 굴렀거나 기어온 걸까. 아무리 생각해도 그러긴 힘들다. 그렇다면 몽유병일까. 잠을 자면서 방 안을 돌아다녔을지도 모른다.

CCTV의 스탠드는 내 발밑에서 넘어져 있었다.

영상을 재생해보았다. 마른침을 삼키고 지켜봤지만 가장 중요한 장면은 찍히지 않았다. 나는 침대에서 잠들었는데, 다음 순간에는 카메라가 거꾸로 되어 있고 렌즈는 엉뚱한 방향을 향하고 있었다.

내가 유추해낸 해석은 한 가지였다. 나는 침대 위에서 바닥으로 순간이동하고, 그때 카메라의 스탠드를 날려버렸다. 다시 말해, 납 시트는 기대했던 만큼의 효과를 발휘한 것이다.

만약 아무것도 하지 않고 평범한 방에서 잠들었다면 내 육체는 틀림없이 꿈에서 보았던 대해원까지 날려갔으리라. 그런데 실제로 내 육체는 순간이동했지만 거리는 불과 2~3미터에서 멈추었다. 그것은 곧 납 시트를 빠져나갈 수 없었음을 의미하는 게 아닐까.

살았다. 나는 아침 담배를 한 대 피운 뒤, 떨리는 한숨을 토해내며 생각했다. 나는 이제 변덕쟁이 신의 손에 의해, 어디인지도 모르는 곳으로 느닷없이 날려간다는 공포에 시달리지 않아도 된다.

즉, 나는 승리한 것이다!

우주의 섭리 같은 건 똥이나 먹어라! 비가 내리면 우산도 쓰지 않은 채 홀라당 젖고, 폭풍이 다가오면 얌전히 날려가라는 것인가. 아무런 대책도 세우지 못한 채 우연이나 천재지변에 휘둘리는 것은 지성이 없는 가련한 생물뿐이다.

나는 끈적끈적한 도롱뇽과도, 거칠거칠한 곤봉딱정벌레와도 다르다. 아무런 징조도 없이 아득한 저편으로 끌려가도, 그 녀석들은 자신에게 무슨 일이 일어났는지 이해할 수 없다.

하지만 나는 다르다. 나는 지성과 의지를 가진 인간이다. 스스로 생각하고 내 운명은 내가 결정한다. 유배를 당하든 징역형을 받든, 그것을 선택하고 결정하는 사람은 바로 나다. 나는 슬롯머신의 구슬처럼 누군가가 자기 멋대로 튕겨서 날려 보내는 것만큼은 단호하게 거부하

기로 결정했다. 그 대신 납으로 만든 독방에 갇혀서 평생을 보내더라
도 후회는 손톱만큼도 없다.

결국 이겼다!

나는 이제 엉엉 소리 내어 울면서 은행나무 가로수길을 걸어 다녔
던 어린아이가 아니다.

털이 북슬북슬한 개는 보이지 않는 신의 손에 의해 내 침대로 던져
졌지만, 어떤 일이 일어났는지 아무런 의문도 가지지 않은 채 단지 바
보처럼 혀를 내밀고 헐떡일 뿐이었다. 먹이를 얻기 위해 인간의 노예
가 된 늑대 후예의 작은 머릿속에 있었던 것은 귀소본능과, 잠자리와
먹이를 되찾고 싶다는 일념뿐이었으리라. 저능한 가축에게는 그 정도
가 최대한의 사고思考였을 것이다.

하지만 나는 몇 수 앞을 내다보고 만전의 대책을 강구한 끝에, 내
운명의 코스를 직접 바꿨다. 그리하여 나는 이겼다!

우주의 저편에서 거만하게 앉아 있던 신. 내 코를 움켜쥐고 자기
멋대로 휘두르며, 이리저리 끌고 다닐 수 있다고 얕잡아보았던 신은
지금쯤 분명히 분해서 울부짖고 있으리라.

주위가 떠나가라 비웃어주겠다! 쪼그만 거미를 갈기갈기 찢어버릴
수는 있어도, 두께를 전부 합해도 6밀리미터밖에 되지 않는 납 시트
에는 꼼짝도 못 하지 않는가.

흥! 꼴좋다! 웃기지 마라! 나는 이겼다!

멋지게 복수했다! 오기를 보여주었다! 최후의 순간에 웃은 사람은
역시 나였다!

나는 이겼다! 나는 이겼다! 나는 이겼다! 이겼다, 이겼다, 이겼다,
이겼다, 이겼다!

마쓰나미는 저도 모르게 미간에 주름을 잡고는 어이없는 얼굴로
입을 벌렸다. 대체 뭐지, 이건?

원래 이상하다고 생각했고 최근에 점점 더 이상해졌지만, 아무리
그래도 이 문장은 너무나 괴이하지 않은가.

원고를 넘기자 그곳에서부터 끝부분까지 10여 장에 걸쳐서 끈질
기게 '나는 이겼다!'라는 문장이 이어져 있었다. 그리고 마지막에는
이렇게 마무리했다.

나는 언젠가 신들이 계신 천상계로 올라가, 영원히 그들과 함께 있
겠지요. 그리고 신이 되는 겁니다.

이렇게 되면 완벽하게 이상한 사람이 되었다고 할까, 전파의 낙원
에 들어갔다고 할까…….

그나저나 이해할 수 없다. 왜 이렇게까지 이상하게 기분이 고무된
걸까. 문득 불길한 가능성이 떠올랐다.

설마 그럴 리는 없겠지만……. 아니, 하지만 그렇게 생각하고 다
시 읽어보니 여러모로 부합하는 점이 있었다.

아오야마는 리모델링 공사가 끝날 때까지 꼬박 이틀간 잠을 자지
않았다. 잠을 자면 곧바로 죽을지도 모른다는 점에서는 설산에서 조

난한 사람과 다르지 않다. 그렇다면 수단과 방법을 가리지 않았으리라. 그렇게 생각하니 '아침 담배를 한 대'라는 말도…….

하지만 무턱대고 상상해봤자 어쩔 수 없다. 아오야마와 얼굴을 마주칠 일은 두 번 다시 없을 테고. 어쨌든 이 원고는 사용할 수 없다. 어제 원고로 끝난 것으로 해두자.

원고를 '검토 완료'라고 쓰인 골판지 상자 안에 던져 넣었을 때, 스마트폰에서 착신음이 흘러나왔다. 상대는 아키였다.

"네, 마쓰나미입니다."

"전화하신 것 같아서요."

아키의 목소리를 듣고 마음 깊은 곳에서 안도했다. 설마 그럴 리는 없겠지만 아오야마에 이어서 그녀까지 실종되면 어쩌나 걱정한 것이다.

"네, 좀 확인하고 싶은 게 있어서요……." 마쓰나미는 약간 머뭇거리며 말을 이었다. "전화를 받지 않아서 걱정했습니다."

"죄송해요. 전파가 닿지 않는 곳에 있었거든요."

"혹시 아오야마 선생님의 침실에 계셨나요?"

"네에……." 아키는 망설이면서 대답했다.

"뭔가 알아낸 게 있으신가요?"

"아뇨, 특별한 건." 아키의 목소리는 몹시 우울해 보였다.

"아 참, 침실에 있었던 물은 채취해두는 편이 좋을 것 같습니다."

"물이요?" 아키는 의아한 목소리로 되물었다.

"네. 지금까지 있었던 사례를 보고 생각났는데, 순간이동했을 때는 아오야마 선생님의 체중과 똑같은 무게의 물질이 교대로 끌려오는 게 아닐까 해서요." 마쓰나미는 종비나무 잎과 바위, 돗토리사구의 모래에 관해서 설명했다. "물의 성분을 분석하면 어느 해역의 물인지 알아낼 수 있으니까요."

"……그렇군요." 아키는 낙담한 목소리로 덧붙였다. "전 바닥에 물이 흥건히 고여 있으면 안 될 것 같아서 바보처럼 청소를 했거든요. 물도 전부 버렸고요."

"그랬습니까? ……하긴 그랬겠군요."

아뿔싸. 점수를 딸 수 있는 좋은 기회였는데.

마쓰나미는 점수를 만회하기 위해 화제를 바꾸었다.

"아까 전화 드린 건 말이죠, 조금 전에 음성메시지에도 녹음해두었는데, 선생님이 사라진 날 밤의 CCTV 영상을 보셨습니까?"

"네. ……한 번이요."

"한 번이요?"

이상하다. 단서가 없는 것처럼 보여도 웬만하면 몇 번씩 돌려보지 않을까?

"무서워서요."

"무섭다고요? 어쨌든 한 번은 보신 거죠?"

마쓰나미는 그렇게 말한 뒤, 아키의 말이 무슨 뜻인지 알아차리고는 숨을 들이마셨다. 그녀는 보는 것이 무서운 게 아니다. 본 것이 무서워서 견딜 수 없는 것이다.

"그거, 저에게 보여줄 수 있겠습니까?"

"네."

망설이는 기척은 없었다. 지금 당장 찾아뵙겠다고 했더니 "기다릴게요"라는 대답이 돌아왔다. 마쓰나미는 편집장에게 혼나지 않도록 몰래 빠져나왔다. 안 그래도 바쁜 시기에 아오야마의 작업실에 간다고 하면 분명히 날벼락이 떨어질 것이다.

아침부터 추적추적 내리는 비로 도로는 차갑게 젖어 있었다. 하지만 몸을 부르르 떤 것은 차가운 비 때문만은 아니었다.

아오야마의 작업실에 가는 것은 아오키가하라수해 사건 이후로 처음이니까 5년 만이다. 원래 작업용으로 산 집이라서 작업실이라고 불렀는데, 주거용 집을 팔아넘긴 지금은 자택도 겸하고 있는 듯했다.

인터폰 버튼을 누르자 기다리고 있었는지 아키가 금방 나와서 맞아주었다. 나는 우선 아오야마가 실종된 현장인 침실을 보기로 했다. 문을 열 때는 약간 무거운 듯했지만 납 시트를 붙여둔 것은 잘 감추어져 있었다.

아키가 배터리로 작동하는 스탠드 조명의 스위치를 켰다.

예전에 봤을 때와 똑같이 5평쯤 되는 방 한가운데에 킹사이즈의 물침대가 떡하니 놓여 있었다. 창문이 막혀 있어서 마치 감옥의 독방처럼 답답한 느낌이 들었다. 더구나 습기와 함께 기묘한 냄새가 피어오르고 있었다.

"이 냄새는 뭐죠?"

마쓰나미의 질문에 아키는 고개를 가로저을 따름이었다.

"잘 모르겠어요. 방문을 닫아놓았으니까 그 물 때문일지도 모르겠네요."

더워서 세균이 번식한 걸까? 마쓰나미는 콧등에 주름을 잡으며 냄새를 맡았다. 아니, 오히려 약품 냄새 같다. 고온다습한 환경이 계속되는 탓에, 새집증후군처럼 벽이나 바닥의 화학물질이 녹아내렸을지도 모르겠다. 방 안을 둘러보아도 단서는 발견할 수 없었다.

"그렇군요……. 알겠습니다. 그럼 영상을 보여주시겠습니까?"

아키는 고개를 끄덕였다. 침실에서 나올 때, 몹시 안도하는 것이 느껴졌다.

침실 옆의 서재로 가서 모니터 앞에 앉았다. 영상은 이미 컴퓨터에 저장되어 있었다.

"……이 부분부터예요." 마우스를 조작하던 아키가 빨리 돌아가던 영상을 멈추며 말했다. "녹화된 상태에서 일절 손대지 않았어요. 한번 보시고 이게 무엇인지, 마쓰나미 씨의 의견을 말씀해주세요."

마쓰나미가 고개를 끄덕이는 걸 보고 아키가 재생을 시작했다.

조금 전에 본 것과 똑같은 침실이었지만 스탠드 조명의 전구에 붉은빛이 감돌아서 그런지 불빛은 훨씬 어둡게 보였다. 큼지막한 침대 위에 사람이 누워 있는 건 알았지만 얼굴까지 식별할 수는 없었다.

"이제 곧 나올 거예요."

긴장 때문인지 아키의 목소리가 날카로워졌다.

마쓰나미는 화면에 시선을 고정했다.

갑작스럽게 영상이 달라졌다. 마치 저속도촬영^{촬영 속도를 보통의 빠르기}

보다 느리게 하여 찍는 방법. 촬영 후 보통 속도로 재생하면 촬영 대상의 움직임이 실제보다 빠르게 나타난다처럼 침대 위의 사람이 사라지더니, 다음 순간 방구석에서 웅크리고 있는 모습이 나타났다. 마쓰나미는 온몸에 소름이 돋는 걸 느꼈다. 순간이동은 역시 있었다.

웅크리고 있던 남자가 눈을 떴는지 몸을 일으켰다. 아오야마 레이메이였다. 아오야마는 잠에 취한 눈길로 주변을 둘러보더니, 천천히 일어서서 침대에 몸을 누였다.

"이다음에 다시 한번 똑같은 일이 일어나요." 아키는 그렇게 속삭이고 나서 영상을 빨리 돌렸다. "여기예요."

그곳에서 발생한 일은 조금 전과 똑같았다. 누워 있던 아오야마의 육체가 사라지는 것과 동시에 침대 맞은편에서 그림자가 나타난 것이다. 마치 연극 무대의 순간이동 장면을 보는 것 같았다.

잠시 후, 아오야마는 천천히 일어나서 앞에 있는 침대 위에 쓰러졌다.

"이다음에……." 아키의 목소리는 바싹 마르고 갈라졌다.

화면에 나온 것은 침대에 누워 있는 아오야마의 모습이었다. 다음 순간, 침대가 크게 파도치더니 그의 모습이 순식간에 사라졌다. 그와 동시에 아무것도 없는 공중에서 엄청난 양의 물이 뿜어나왔다.

카메라 렌즈가 물방울로 뒤덮이면서 시야가 가로막혔다. 세찬 물살로 인해 옆으로 쓰러진 카메라가 바닥 위에서 미끄러졌다.

"잠깐 다시 봐도 될까요?"

마쓰나미는 아키에게서 마우스를 받아 같은 장면을 몇 번이나 재생해보았다. 처음의 놀라움이 가라앉자 점차 냉정하게 판단할 수 있게 되었다. 아오야마가 사라지는 지점은 확실히 알았다. 그런데 사라지는 방법이 너무도 갑작스럽다. 마치 편집으로 영상을 이어붙인 것처럼 보인다. 만약 호러 영화였다면 더 자연스럽게 보이도록 처리했으리라. 아마추어가 스마트폰 앱을 이용해 즉석에서 만든 듯한 영상으로밖에 보이지 않았다.

"왜 제가 물어볼 때까지 이 영상에 관해서 말씀하지 않으셨죠?" 마쓰나미는 그렇게 물어보았지만 이유는 어렴풋이 짐작이 되었다.

"……제가 먼저 말을 하면 오히려 거짓말이라고 여기실 것 같아서요……." 아키는 혼잣말처럼 중얼거린 뒤, 고개를 들고는 간절한 눈길로 마쓰나미를 쳐다보았다. "하지만 사실이에요. 이건 녹화된 그대로고요."

아키가 거짓말을 하는 것처럼 보이지는 않았다. 이렇게 기묘한 상황을 날조할 이유도 없고, 가령 아오야마를 살해했다면 좀 더 사실처럼 보이도록 거짓말을 했으리라.

"그건 믿습니다. 녹화기에는 이 영상이 남아 있었으니까요." 마쓰나미는 입술에 침을 묻히며 신중하게 말을 이었다. "하지만 이게 당일에 녹화된 것인지 아닌지는 모르시죠?"

"네? 그렇지만 날짜가 기록되어 있잖아요?"

"그런 건 얼마든지 바꿀 수 있습니다."

구체적인 방법은 잘 모르지만 아오야마는 본격 미스터리 작품에서 트릭을 만들기도 하니까 날짜를 조작하는 것쯤은 식은 죽 먹기였으리라.

"이게 전부 장난이라는 건가요? 아오야마 선생님이 만든 장난이라고요?" 아키는 화를 내며 날카롭게 말했다.

"그럴 가능성이 있지 않을까 싶습니다. 아니, 가능성이라기보다 유일한 합리적인 설명이 아닐까요? 본인의 의지라면 실종되는 건 간단할 테니까요."

마쓰나미의 머릿속에서 수많은 사실이 지그소 퍼즐의 조각처럼 맞춰지기 시작했다.

"선생님이 왜 스스로 모습을 감춰야 하죠? 장난치고는 도가 지나치잖아요?"

"동기에 대해선 상상하는 수밖에 없겠지요." 마쓰나미는 팔짱을 끼고 말을 이었다. "다만 선생님은 작가로서 한계를 느끼신 게 아닐까요? 요즘은 히트작도 없었고, 호러도 미스터리도 완전히 패턴화, 매너리즘화했으니까요."

거기까지 생각했던 것은 아니었지만, 마쓰나미는 이야기의 흐름에 따라 선언하듯 말했다.

"처음부터 몰래카메라를 할 생각이었는지는 잘 모르겠습니다. 어쩌면 자신이 창조해낸 호러의 세계를 재현해, 그 안에서 뭔가를 잡으려고 했을지도 모르죠. 그런데 도중에 고삐가 풀려버린 겁니다. 요즘은 무엇을 쓰든 웬만해선 독자가 놀라지 않아요. 하지만 실종사건에서는 많은 독자가 깜짝 놀랐고, 날조라고 의심하는 사람도 없었습니다. 많은 사람의 주목을 받고 동정도 받았어요. 그 쾌감을 다시 느끼고 싶어 하는 건 인지상정이 아닐까요?"

아키는 아연한 표정을 지었다.

"제가 이상하다고 생각하기 시작한 건 선생님께서 매일 밤 꾸었다는 거미의 악몽 이야기부터입니다. 그 내용은 도저히 믿기 힘들었고, 모티프는 선생님의 호러 단편과 똑같았어요. 악몽을 작품으로 승화한 게 아니라 반대로 작품 때문에 악몽을 꾸었다고 생각하면 충분히 이해가 됩니다."

"하지만 선생님은 정말로 점점 야위어갔고 깊은 고민에 빠졌어요." 아키는 반박했지만 말에는 힘이 없었다.

"물론 고민하셨겠죠. 그런데 그런 와중에도 자신의 상태가 다른 사람 눈에 어떻게 비칠지 계산하지 않았을까요?"

여러 인물의 마음을 자유자재로 왔다 갔다 하는 작가라면 그런 건 식은 죽 먹기이리라.

"······아무리 그래도 그건." 아키는 아직 미약하게나마 저항했다. "분명히 기본적인 상식은 좀 부족한 사람이었지만, 그렇게 어리석은 짓을 할 사람은 아니에요."

"저는 그것에도 이유가 있는 것 같습니다."

마쓰나미가 그렇게 말하자 아키는 얼굴을 찡그렸다.

"무슨 말씀이시죠?"

"이런 말씀을 드리면 기분이 상하시겠지만······ 혹시 선생님께서 불법 약물에 손을 대신 적은 없습니까?"

아키가 멍하니 입을 벌린 후 외쳤다. "그럴 리가! 그런 일은 있을 수 없어요!"

"나중에 받은 원고 말입니다만, 죄송하지만 도저히 제정신으로 쓴 것처럼 보이지 않더군요. 아무리 술을 많이 마셔도 그렇게 되지는 않으니까요."

"그건…… 분명히, 그건, 좀 이상하지만."

"그 안에 '나는 아침 담배를 한 대 피운 뒤, 떨리는 한숨을 토해내며 생각했다'라는 구절이 있었는데, 그 후에 갑자기 문장이 흐트러지기 시작하더군요. 그곳에서 어떤 약물을 흡입한 다음, 그 기세로 글을 썼다고 하면 앞뒤가 맞습니다."

"하지만 약물 같은 건……." 아키는 말을 하다가 흠칫 놀란 표정을 지었다.

"혹시 짐작되는 게 있습니까?"

아키는 잠시 굳어 있었지만, 고뇌에 잠긴 표정으로 천천히 고개를 끄덕인 후 말했다. "녹화된 영상 속에 있었어요. 실종 직전이 아니라 그 며칠 전 영상에."

"보여주시겠습니까?"

아키는 마우스를 조작해 다른 날짜의 영상 파일을 재생했다.

아오야마가 침실로 들어오더니 자기 전에 사이드테이블의 서랍을 열었다. 그 안에서 유리파이프와 작은 유리병을 꺼냈다. 아오야마는 유리병에서 하얀 가루를 꺼내 유리파이프의 담배통에 넣었다. 그러곤 100엔짜리 라이터로 담배통 밑에 불을 붙인 뒤, 마우스피스를 입에 물었다.

"혹시 이게⋯⋯." 아키는 울 듯한 목소리로 말했다.

"그래요. 틀림없이 각성제일 겁니다."

이걸로 의혹이 뒷받침되었다.

"선생님은 자신의 의지로 사라지셨을 겁니다. 각성제를 사용한 걸 알고 충격을 받았겠지만, 그래도 최악의 사태가 아니라서 다행입니다."

"최악의 사태⋯⋯?" 아키는 넋이 나간 사람처럼 중얼거렸다.

"순간이동이 실제로 일어나서 대해원의 한복판으로 날려갔다면, 살아날 가능성은 없을 테니까요."

결국 이날은 앞으로 며칠간 상황을 지켜보기로 결론을 내렸다. 아오야마가 평범한 실종이라면 경찰엔 처음부터 그렇게 신고했으니까 오히려 사실에 가까운 상황이 된다.

각성제 건에 관해서는 아키는 당분간 덮어두고 싶다고 말했다. 경찰에 신고한 경우에는 수색에 더욱 힘을 쏟을 수도 있지만, 엄격한 형사처벌과 사회적 제재는 불가피하다. 작가는 형사 사건을 일으켜도 치명상을 입지 않는 독특한 직업이지만, 같은 약물이라도 대마초보다는 훨씬 심각하다.

작업실을 나서기 전에 마쓰나미는 퍼뜩 생각이 나서 아키를 돌아보며 물었다. "참, 원고에 나온 영능력자 말인데요, 그 사람은 실제로 있는 사람인가요?"

아니요, 선생님의 창작이에요, 라는 대답을 기대했건만 아키는 고개를 *끄덕였다*.

"네, 저도 두세 번 만났어요."

"글에 쓰인 것과 똑같은 사람인가요?"

"네, 그대로예요."

설마 고블린처럼 기묘하게 생긴 여자가 실제로 있을 줄이야.

"선생님이 실종되었다고 말씀하셨나요?"

마쓰나미의 머릿속에서는 각성제를 판매한 사람이 자칭 영능력자라는 사람이 아닐까 하는 의혹이 연신 소용돌이쳤다.

"전화가 걸려와서 말했어요."

"뭐라고 하던가요?"

"그게 좀 이상했어요. 저에게 전화를 걸기 전부터 선생님이 사라진 걸 아는 것 같았어요." 아키는 미간을 찡그리더니 허공을 바라보면서 말했다.

"그게 무슨 말씀이시죠?" 마쓰나미는 의아한 표정을 지으며 되물었다.

"제가 무슨 말을 하기 전부터 '이번에는 정말로 생각지도 못한 일이었습니다'라고, 마치 애도의 말처럼 말해서 깜짝 놀랐거든요."

그렇다면 역시 그 여자가 아오야마의 실종을 도와준 걸까.

"선생님이 어디에 계신지 아는 것처럼 말하지 않던가요?"

"아니요. 시종 이미 돌아가신 듯한 말투였어요. 그리고 역시 그건 잘못 생각했다, 너무나 부끄러워 견딜 수가 없다, 라고도 했고요."

"그거라뇨?"

"아마 침실에 납 시트를 붙인 걸 말하는 걸 거예요. 그 방법은 가

르쳐주지 말았어야 했다, 거미 감옥이 실패로 끝난 시점에서 우주의
의지에는 저항하면 안 된다고 깨닫게 했어야 했다, 라고 했거든요."

"그 후에도 연락이 있었습니까?"

"아니요. 전화도 발신번호 제한으로 와서 제 쪽에서는 연락을 할
수 없어요."

어떻게 된 걸까? 그 여자가 아오야마와 한패인 경우, 무슨 목적으
로 일부러 의미심장한 전화를 걸어온 걸까?

뭐, 상관없다. 지금 그것을 생각해봤자 진상은 알 수 없을 테니까.
일단 아오야마가 모습을 드러내면 확실하게 따지자. 마쓰나미는 그
렇게 생각하고 발길을 돌렸다.

아키로부터 전화가 걸려온 것은 그로부터 사흘 후의 일이었다.

"여보세요."

마쓰나미는 곧바로 전화를 받았지만 아키는 아무 말이 없었다.

"여보세요? 마쓰나미입니다. 무슨 일이 있으신가요?"

숨소리 같은 것은 들렸지만 말소리는 들리지 않았다.

"여보세요?"

기묘한 상황에서 통화가 끊겼다.

곧장 다시 걸었지만 아키는 받지 않았다. "지금 거신 전화는 전파
가 닿지 않는 곳에 있거나 전원이 켜 있지 않아서 연결되지 않습니
다"라는 메시지만 흘러나올 뿐이었다.

어떻게 된 걸까? 마쓰나미는 불길한 예감에 휩싸였다. 아오야마

레이메이의 작업실에 걸어보았지만 이쪽은 자동응답기로 이어졌다.

"마쓰나미 씨, 히가시하라 선생님이에요."

다른 전화가 걸려와서 받을 수밖에 없었지만, 통화를 하는 동안에도 아키의 전화가 마음에 걸려서 견딜 수 없었다.

그 이후 한동안은 밀린 서류 작업을 했지만, 더는 견딜 수 없어서 결국 아오야마의 작업실로 향했다. 도중에 몇 번이나 전화를 걸었지만 아키는 받지 않았다.

회사에서 나올 때 한두 방울씩 떨어지던 빗발이 점차 거세지더니, 어느새 장대비가 되어서 아스팔트를 세차게 때렸다. 우산을 써도 순식간에 재킷의 안쪽까지 비가 들이쳤다.

물에 젖은 생쥐 꼴로 겨우 도착해 인터폰 버튼을 눌렀지만 응답이 없었다. 몇 번이나 문을 두들겨도 마찬가지였다. 왠지 아키가 안에 있을 듯한 생각이 들었지만 안에서는 아무 소리도 들리지 않았다.

밑져야 본전이란 심정으로 손잡이를 돌려보았다. 열렸다. 문은 잠겨 있지 않았다. 마쓰나미는 약간 망설이다가 문을 열어보았다. 현관에는 검은색 펌프스가 한 켤레 놓여 있었다. 아키의 신발이다.

"아키 씨? 안에 있죠? 마쓰나미입니다. 무슨 일이 있나요?"

마쓰나미는 집 안쪽을 향해 목소리를 높였다. 역시 대답은 없었다. 불길한 예감이 점점 강해졌다. 무슨 일이 있었던 걸까?

그 순간, 유리가 깨지는 듯한 소리가 울려 퍼졌다. 1층의 주방 쪽이다.

"잠시 들어갈게요!"

마쓰나미는 우산을 내던지고 황급히 주방으로 뛰어들었다.

"아키 씨?"

있다. 아키다. 그녀는 망연자실한 모습으로 의자에 앉아 있었다.

"왜 그러세요? 무슨 일입니까?"

아키의 옆으로 달려가도 그녀는 아무 반응이 없었다.

"아키 씨! 정신 차리세요!"

마쓰나미가 어깨를 세차게 흔들자 그녀는 겨우 얼굴을 들었다. 마쓰나미는 아키의 옆에 있는 의자에 앉아서 마음을 가라앉히고, 되도록 조용하게 말을 걸었다.

"무슨 일이 있었나요?"

아키의 눈은 더할 수 없이 공허했다. 입술이 희미하게 떨렸지만 말을 이루지는 못했다.

"왜 그러세요?" 마쓰나미는 인내심을 가지고 그녀의 말을 기다렸다. "혹시 아오야마 선생님이?"

그 순간, 아키의 얼굴에 공포의 그림자가 드리웠다. 그녀는 두 손으로 입을 가렸다. 그러곤 얼굴을 움직이지 않고 천장을 올려다보았다. 무표정한 얼굴로 눈알만을 위로 올리고. 순간적으로 무슨 뜻인지 알아차리고 마쓰나미는 황급히 일어섰다.

침실이다.

그곳에 무엇이 있다고 생각했는지는 그 자신도 알 수 없었다. 하지만 그녀의 시선 끝에 있는 것은 틀림없이 아오야마가 사라진 방이었다.

마쓰나미는 천천히 걸음을 옮겨서 계단으로 향했다. 물방울이 바닥에 떨어졌지만 신경 쓸 여유는 없었다. 심장이 격렬하게 고동쳤다.

계단을 올라가면서 도망치고 싶은 마음과 이를 악물고 싸웠다.

가고 싶지 않다. 보고 싶지 않다. 지금 당장 이 집에서 나가고 싶다.

하지만 그렇게 할 수 없다는 것도 알고 있었다. 그것은 이미 호기심이 아니라 공포를 향해 어쩔 수 없이 끌려 들어가는 저주 같은 것이었다. 등을 돌릴 수 없다. 무슨 일이 있었는지 자신의 눈으로 확인할 때까지는.

침실 문은 열려 있었다.

마쓰나미는 손수건으로 얼굴을 닦고 천천히 문으로 다가갔다.

침실 안의 모습이 눈으로 뛰어 들어왔다.

5평쯤 되는 방 한가운데에 킹사이즈의 물침대가 떡하니 놓여 있었다. 하지만 그 모습은 사흘 전에 봤을 때와는 완전히 달라졌다.

뭐지, 이건.

자신의 눈에 비치는 것이 무엇인지 한동안 이해할 수 없었다. 물침대가 지금이라도 터질 것처럼 빵빵하게 부풀어 있었다.

도대체 왜, 이런 일이…….

그리고 서서히 이해하기 시작했다.

아오야마 레이메이는 역시 순간이동을 했다. 하지만 납 시트의 저지를 받고 이 방에서 나갈 수 없었다.

그의 모습이 사라진 이후, 대신 남은 것은 바닷물이 아니었다. 왜 알아차리지 못했을까? 방에는 약품 냄새 같은 기이한 냄새가 떠다니고 있었다. 그것은 물침대의 물에 들어가는 방부제 냄새였던 것이다.

마쓰나미의 뇌리에 아오야마가 미래를 예지한 듯한 악몽이 생생하게 되살아났다.

그것은 맹장지에 어울리지 않는 음산한 그림이었다. 연못에는 잉어가 헤엄치고 하얀 연꽃이 피어 있었지만, 연잎 사이에서 내장이 부패하여 가스로 부풀어 오른 파란 도깨비 같은 사체가 보였다.

그 얼굴을 보고 나는 마음 깊은 곳에서 전율했다. 나를 올려다보는 탁한 눈에서는 온몸의 털이 곤두설 만큼 어마어마한 원통함이 전해졌다.

백조의 노래

秋雨物語

白
鳥
の
歌

1

오니시 레이분은 지하철 가라스마선의 기타오지역에서 내려 지
상으로 올라왔다. 어제부터 계속 내리는 가을비는 옛 도읍지를 옅은
먹색으로 물들이고 있었다.

약속한 시간까지는 아직 여유가 있었고, 옛날부터 비 오는 날의
산책만큼 가슴 설레게 하는 일은 없었다. 좋아하는 펄튼 우산을 쓰
고 기타오지거리를 동쪽으로 걸어가, 가모강을 건너 북쪽으로 걸어
갔다. 교토부립식물원의 정면으로 이어지는 느티나무 가로수는 어
느새 화려하게 물들었다.

지나가는 사람이 거의 없어서 비에 젖은 낙엽을 마음껏 밟고 걸
었다. 이 얼마나 사치스러운 시간인가. 그렇게 생각했더니 저절로
미소가 떠올랐다.

역시 이곳은 소설의 무대에 잘 어울리지 않는가.

그는 여기서 우연히 만난 남녀를 상상해보았다.

이제 와서 학생은 좀 그렇다. 마음을 쉽게 상상할 수 있는 동년배…… 30대 초반의 사회인이 좋겠다. 운명적인 만남을 느끼게 하기 위해선 공통점이 필요하다. 음악이 좋겠다. 고베라면 재즈가 좋지만 교토의 거리에는 클래식이 잘 어울린다.

여성이 바이올린이나 플루트를 가지고 있었던 걸로 할까? 아니, 소도구에 기대는 건 너무 억지스럽다. 대화의 행간을 통해 우연히 알아차리든지, 음악가 특유의 습관을 알아차려서 흠칫 놀라게 하는 편이 좋다.

여성은 피아니스트가 되기 위해 음대를 나왔지만 꿈을 이루지 못한 채 지금은 집에서 아이들에게 피아노를 가르치고 있다. 남성은 예전에 천재라고 찬사를 받던 피아니스트였지만, 복잡한 사정으로 화려한 무대에서 모습을 감추고는 피아노 조율사가 되었다든지.

……아니다. 그런 설정의 소설이라면 이미 얼마든지 있다.

무엇보다 농밀한 분위기를 자아내고 싶다. 그러기 위해선 임팩트 있는 설정이 필요하지만 너무 기이함을 내세우면 리얼리티가 무너진다. 살아 숨 쉬는 인간의 한순간을 클로즈업하는 것, 그것이야말로 소설의 본질이 아닌가.

이런 식으로 다음 작품을 구상하는 순간이 그에게는 가장 행복한 시간이다.

전업 작가로서 절벽 끝에 있는 현실을 잠시 잊고 싶었지만, 아무래도 떠올릴 수밖에 없었다. 자신의 책이 팔리지 않는 이유는 요즘 젊은이들의 활자 무관심이나 출판업계의 불황 탓이 아니라 독자의 관심을 끌지 못했기 때문이다. 그것은 자신도 절실하게 알고 있다. 꼼꼼하게 읽고 높이 평가해주는 소수의 팬은 있지만 처녀작인 《도게쓰다리》로 주목을 받은 후에는 계속 초판으로 끝난 탓에, 다음 책의 출간이 점점 어려워지고 있었다. 인터넷 소설은 의뢰가 있었지만 1킬로바이트에 얼마라는 원고료를 들은 순간, 동기부여는 어딘가로 멀리 날아갔다. 글은 돼지고기처럼 중량으로 파는 게 아니라는 자신의 감각은 이미 낡아빠진 걸까?

어쨌든 기획안을 가져가든 원고를 가져가든, 다음 작품을 책으로 만들어 승부를 내는 수밖에 없다. 하지만 지금까지와 똑같은 방식으로 연애소설을 쓴다면 똑같은 결과로 끝나리라. 뭔가 새로운 요소가 필요하다. 글 쓰는 것에만 집착하며 인풋을 게을리한 탓에 아웃풋을 내지 못하는 상황에 부딪힌 것이다.

……그런 면에서 볼 때, 오늘 맡기로 한 일은 어쩌면 좋은 돌파구가 될지도 모르겠다.

논픽션은 한 번도 써본 적이 없지만 매절이라고 해도 원고료가 파격적이고, 무엇보다 그가 모르는 세계의 이야기를 들으면 지금의 상황을 타개할 만한 실마리를 얻을 수 있지 않을까 하는 기대감이 있었다.

오니시는 다시 시라카와소스이거리를 지나 비 오는 날의 산책을 만끽했다. 생각에 푹 잠겨서 그런지, 꽤 여유 있게 집을 나왔음에도 도착했을 때에는 약속 시간에서 5분 정도 지나 있었다.

시모가모는 교토에서 인기 있는 고급 주택지 중 하나인데, 땅값이 워낙 비싸서 그런지 큰 집보다는 아담한 집이 많다. 사가 저택은 그중에서 유난히 시선을 끄는 거대한 저택이었다. 천연토인 백아로 지은 초호화 저택은 아니지만, 우아한 곡선의 외관은 자신의 모습을 지나치게 뽐내지도 않고 정원의 나무와 함께 주변 경관에 잘 녹아들었다. 아마 유명한 건축가의 작품일 것이다.

그는 철 대문에 있는 인터폰을 눌렀다.

"……네."

"오니시입니다. 좀 늦었습니다."

"잠깐만 기다리세요."

양문형 대문이 열리고, 가사도우미처럼 보이는 중년 여성이 나타났다.

"기다리고 계십니다." 여성은 생긋 웃지도 않고 대문을 열더니, 갑자기 이마를 찡그렸다. "세상에, 이렇게 젖으시다니."

우산을 쓰곤 있었지만 빗속에서 너무 오래 돌아다녔나 보다. 여성은 오니시를 현관으로 안내한 뒤 수건을 가져다주었는데, 감기에 걸릴까 봐 걱정한다기보다 집 안에 물방울이 떨어지면 곤란하다는 표정이었다.

"……고맙습니다. 저기, 사가 씨는 어디에 계시죠?"

"아까부터 지하의 청음실에서 기다리고 계세요."

오니시는 여성의 뒤를 따라 현관 옆에 있는 홈 엘리베이터를 타고 지하 1층으로 내려갔다. 밖에서는 잘 몰랐지만 집 안은 생각보다 훨씬 넓어 보였다.

"이쪽이에요."

여성은 먼저 엘리베이터에서 내려 오니시를 이끌었다. 복도에는 와인레드의 카펫이 온통 깔려 있고, 양옆에는 영화관을 연상케 하는 쿠션이 있는 커다란 가죽 문이 있었다. 막다른 곳에서는 그것보다 작은 나무 문이 보였다.

여성은 말없이 오른쪽 방음문의 손잡이를 돌렸다. 노크하지 않아도 될까 걱정했지만, 생각해보니 문이 소파처럼 부드러워서 노크해봤자 소용없을 것 같았다.

두꺼운 문을 연 순간, 피아노 음색이 흘러나왔다. 그것도 상당히 큰 음량이었다. 오니시는 문이 소리를 완벽하게 차단한 것에 깜짝 놀랐다. 지하인 만큼 소리가 새어나갈까 봐 이렇게까지 걱정하지 않아도 될 텐데.

안은 15평쯤 됨직한 공간이었다. 벽에는 콘서트홀처럼 복잡한 모양의 우드블록이 자리하고, 방의 모양도 단순한 직사각형이 아니라 바닥과 천장이 완만한 경사를 이루고 있었다. 아마 음향을 완벽하게 계산해 설계한 것이리라. 가장 천장이 낮은 오른쪽에는 거대한 스피커가 몇 쌍이나 놓여 있고, 왼쪽으로 갈수록 바닥이 서서히 높아졌다. 왼쪽 끝에는 일인용 리클라이닝 의자가 다섯 개 놓여 있었는데, 그중 한가운데에 노인이 느긋하게 몸을 기대고 있었다. 머리칼은 새하얗고 정수리에는 숱이 거의 없었으며, 실내인데도 옅은 갈색 선글라스를 쓴 채 가만히 눈을 감고 있었다.

"회장님, 오니시 씨가 오셨습니다."

여성이 말을 걸자 노인은 천천히 눈을 떴다. 팔걸이에 있던 아이패드를 들어서 화면을 터치하자 음악이 멈추었다.

"이런이런, 잘 오셨습니다. 사가 헤이타로입니다."

"늦어서 죄송합니다."

사가는 아뇨아뇨, 라고 말하면서 손을 흔들었다. 여성이 고개를 숙이고 물러갔다.

오니시는 재킷 안주머니에서 명함 지갑을 꺼내, 사가에게 명함을 내밀었다. 최근에는 영업 활동이 완전히 몸에 배었다. 명함에 직책 없이 이름만 쓰면 허전해서, 까마귀 그림과 함께 'Raven Ohnishi'라는 영어 필명을 곁들였다.

"자, 이쪽으로 와서 앉으시구려."

사가는 오니시의 명함에는 눈길도 주지 않고, 자신의 왼쪽에 있는 리클라이닝 의자를 가리켰다. 오니시는 살짝 당황했지만 시키는 대로 의자에 앉았다. 몸을 뒤로 젖힐 수는 없어서, 야트막하게 앉아서 등줄기를 쭉 폈다.

"오니시 씨는 유명한 작가님이라고 하더군요." 사가는 의자 등받이를 신칸센의 좌석보다 깊이 뒤로 젖히더니 오니시를 보지 않고 말했다.

오니시는 머리를 긁적이며 말했다. "아뇨, 아는 사람만 아는 정도입니다. 모르는 사람은 아예 모르죠."

사가가 웃음을 터뜨렸다. "그야 그렇겠죠. 누구나 그렇답니다. 모르는 사람이 안다고 하면, 그것이야말로 이상한 일이죠."

교토인 중에는 이렇게 빈정거리기를 좋아하는 사람이 많은데 오니시는 오히려 친밀함을 느꼈다.

"대학에 다닐 때부터 유명한 상을 받고 화려하게 데뷔했다고 들었습니다. 나처럼 평범한 사람 쪽에서 보면 재능을 타고난 사람은 부럽기 그지없답니다."

"그 후에는 일절 두각을 나타내지 못했습니다."

반쯤 겸손하게 말했지만 사가는 깊숙이 고개를 끄덕였다.

"역시 어떤 세계에서도 한 번 세상에 나가서 시달려야 하지 않나요? 그 유명한 마쓰모토 세이초 사회파 추리소설의 아버지로 불리는 일본 추리소설의 거장도 고생하면서 수많은 직업을 전전했기에 인간을 관찰하는 눈이 키워졌고요."

"그럴지도 모르죠."

그것은 엔터테인먼트 계통의 작가 이야기라고 생각했지만, 여기서 이 영감님과 작가론을 놓고 토론할 마음은 들지 않았다.

"나도 중학교를 나와서 엄격한 스승 밑에서 심부름꾼부터 시작했답니다. 뭐, 처음에는 힘든 일도 있었지만 젊었을 때 남의 밥을 먹었기에 지금의 내가 있는 거라고 생각하지요."

20세기 초반도 아니고 당신 나이에 스승 밑에서 심부름꾼을 했다니, 그게 말이 되는가. 사가의 외모는 여든 살이 넘은 것처럼 보이지만 아직 70대 초반일 것이다. 그때는 이미 그런 시절이 아니지 않는가? 절반은 비유하기 위해 한 말이겠지만, 이쪽이 모른다고 생각해서 이야기를 과장하지는 않았으면 한다.

오니시는 그렇게 생각했지만 구태여 반론하지는 않았다. 괜히 섣불리 들쑤셨다가 젊은 시절에 고생한 이야기를 끊임없이 늘어놓으면 곤란하다.

"그나저나 정말 굉장하군요."

그는 화제를 오디오로 바꾸었다. 똑같은 자랑이라도 이쪽이라면 그래도 들을 만한 가치가 있으리라.

"굉장하다는 건 소리를 말하는 건가요? 겨우 몇 초 들었을 뿐이잖습니까?" 사가는 빙긋이 웃으면서 말했다. "아니면 장비가 굉장해 보인다든지, 가격이 굉장할 것 같다는 얘기인가요?"

"아뇨, 오디오에는 저도 관심이 있습니다. 잡지 같은 데서 이런 청음실을 볼 때마다 한숨을 내쉬곤 하죠." 사가의 신랄한 말투에 주눅이 들어서 오니시는 무의식중에 변명처럼 말했다.

사가는 아무렇지도 않게 말했다. "예전에 〈스테레오 사운드〉란 음악 잡지에서 취재하러 온 적이 있지요. 평론가 선생이 이것저것 그럴듯한 말을 늘어놓았는데, 정말로 소리를 아는지 의심스럽더군요."

"……하긴 그래요. 평론가들은 벽의 콘센트를 바꾸면 소리가 좋아진다든지, 일반인은 이해할 수 없는 얘기를 많이 하더라고요."

사가는 당연하다는 듯 말했다. "콘센트를 바꾸면 소리는 좋아진답니다. 오디오용 콘센트 가격은 어마어마한데, 호스피털 그레이드라는 걸로 바꾸기만 해도 소리가 달라진다는 걸 금세 알 수 있어요."

"네에…… 그런가요?"

"이 집을 지을 때도 처음부터 플래티넘 도금 콘센트를 사용했답니다. 옥내 배선도 고품위 케이블로 지정했고요. 솔직히 말하면 전봇대도 내 돈으로 만들었지요."

"철저하시군요."

자신의 전봇대를 만드는 것에 어떤 의미가 있을까. 오디오 기기에서 시작해 점점 상류로 거슬러 올라가는 오디오 마니아가 있다고 들은 적은 있는데, 궁극의 목표는 자신의 발전소를 갖는 걸까.

"기왕에 오셨으니까 잠시 소리를 들어보십시오." 사가는 아이패드를 손에 들고 말을 이었다. "이건 리모컨 대신입니다. 오디오에 리모컨을 사용하는 건 옳지 않다는 사람도 있지만 막상 사용해보면 아무런 문제도 없지요."

사가가 버튼을 누르자 피아노 선율이 흐르기 시작했다. 어디선가 들어본 익숙한 선율이다.

"이건 들어본 적이 있습니다. 유명한 곡이죠?"

"유명한 곡이요? 슈베르트의 〈세레나데〉입니다." 사가는 황당한 얼굴로 대답했다. "개인적으로는 슈베르트의 작품 중에서 가장 백미라고 생각합니다. 〈백조의 노래〉는 슈베르트의 유작이니까 그야말로 '백조의 노래'라고 할 수 있죠."

무슨 뜻인지 몰라서 오니시는 입을 다무는 수밖에 없었다. 사가는 어이없는 표정으로 머리를 가로저었다.

"〈세레나데〉는 〈백조의 노래〉 안에 있는 곡인데, 백조는 죽기 직전에 가장 아름다운 소리로 노래한다는 전설이 있답니다. 그래서 흔히 마지막 작곡이나 연주, 노래 같은 걸 백조의 노래Swan Song라고 하지요."

그러고 보니 그런 이야기를 들은 적이 있는 것 같았다.

"그보다 소리는 어떤가요?"

"역시 굉장합니다. 한마디로 라이브 연주 같습니다!"

그건 결코 빈말이 아니었다. 건반에 닿는 손톱 소리까지 생생하게 들리는 듯했다. 만약 눈을 감고 들었다면 바로 앞에서 연주했다고 생각했을 것이다.

"그러세요? 그렇다면 이쪽은 어떤가요?"

사가는 다시 아이패드를 들어서 화면을 클릭했다. 음악이 흐르는 도중에 확실히 알 수 있을 만큼 소리가 바뀌었다. 오니시의 입에서 가느다란 신음이 흘러나왔다.

"이건 뭐죠? ……이쪽도 굉장합니다. 그런데 소리가 완전히 다르군요."

"어떻게 다른가요?"

자신을 시험하고 있다는 생각이 들었지만 오니시는 솔직하게 감상을 말했다. "처음에 들었던 음악은 굉장히 단단하고 정확하게 재현한 소리라는 느낌이 들었습니다. 반면에 두 번째 들은 음악은 경쾌하고 이곳 전체에 소리가 화악 퍼져나가는 듯한……."

사가는 처음으로 환하게 웃었다.

"오니시 씨는 클래식 지식은 없지만 귀는 좋은 것 같군요. 정확한 지적입니다. 지금은, 재생하는 기기는 똑같고 스피커만 바꿨답니다. 물론 플레이어나 앰프는 중요하고 케이블이나 콘센트도 결코 무시할 수는 없지요. 하지만 소리를 정하는 건 결국 스피커입니다." 사가는 청음실 안쪽에 늘어서 있는 스피커들을 가리키며 말을 이었다. "처음 들은 스피커는 맨 안쪽에 있는 B&W입니다. 흔히 모니터 스피커라고 하는데, 결점이 거의 없는 우등생 같은 소리지요. 두 번째 스피커는 마틴로건이라는 회사의 콘덴서 스피커랍니다. 맨 바깥쪽에 있는 키가 큰 녀석이지요."

"콘덴서요?"

고등학교 물리 시간에 배운 것 같지만 어떤 것인지 기억나지 않았다. 기억의 밑바닥을 뒤집어봐도 과자 재료로 사용하는 콘덴스밀크 정도밖에 나오지 않았다.

"보통 스피커인 다이내믹 스피커는 코일을 흐르는 전류가 변하면 자석과의 사이에 자력선이 흐르고 그로 인해 진동판이 떨려서 소리를 내보내는 시스템이지만, 실은 이 진동판에 최대의 문제가 있습니다."

사가는 스위치가 켜진 것처럼 손짓과 몸짓을 섞어서 말하기 시작했다. 이런이런! 오니시는 혀를 차고 싶은 심정이었다. 이 이야기는 쉽게 끝나지 않으리라.

"일단 문제는 재질입니다. 앞소리의 울림이 끝나도 진동판의 떨림이 멈추지 않으면 다음 소리와 섞이게 되지요. 소리가 탁해지는 겁니다. 그래서 내부 손실을 크게 해야 하는데, 응답성을 좋게 하려면 고강성高剛性 쪽이 좋고, 너무 부드러우면 분할진동이나 기생진동 같은 문제가 나오지요. 그래서 콘지에 수지를 스며들게 하거나 다이아몬드를 증착하곤 하는데 당연히 그만큼 중량이 늘어납니다. 고음용 스피커인 트위터에는 베릴륨을 사용하기도 하는데 아무리 베릴륨이 가볍다고 해도 금속이니까 어느 정도 무게가 있지요. 무거우면 진동시키는 데 여분의 에너지가 필요해져서 응답성이 나빠집니다. 아무리 노력해도 다람쥐 쳇바퀴 돌듯 똑같은 문제가 발생하지요."

무슨 말을 하는지 절반 정도는 알아듣지 못했지만, 요컨대 진동판은 가볍고 강하며 더구나 소리를 적당히 흡수해야 한다는 뜻인 것 같다.

"그래서 태어난 것이 콘덴서 스피커랍니다. 서로 마주 보는 두 장의 전극인 콘덴서 사이에 폴리에스테르 같은 박막薄膜을 치고, 전압의 변화로 소리를 울리게 하는 거죠. 박막은 일반적인 진동판보다 훨씬 가벼울 뿐 아니라 부드러워서, 앞소리의 울림을 뒤로 넘기지 않고 응답성도 좋습니다. 지금 들은 상쾌한 소리나 기분 좋은 통과성은 콘덴서 스피커가 아니면 느낄 수 없어요." 사가는 다시 아이패드를 조작하며 덧붙였다. "특히 여성 보컬을 들으면 차이점을 금방 알 수 있습니다."

아! 이거라면 알고 있다.

"세라 브라이트먼이군요. 〈Dans La Nuit〉였던가요?"

"오호, 세라는 잘 아시는군요."

사가는 쓴웃음을 지었다. 오니시는 자기의 얄팍한 지식을 지적당한 듯한 느낌이 들었다.

"원곡은 쇼팽의 에튀드10의 제3번 마장조, 통칭 〈이별의 곡〉이니까, 누구라도 한 번쯤 들어봤을 겁니다."

그나저나 몇 번이나 들은 노래인데도, 그때는 노랫소리가 이렇게 아름다운 줄 몰랐다.

한 음 한 음이 알알이 솟구치는 듯했다. 음표가 반짝반짝 빛나면서 공간 가득히 퍼져나가는 것이 느껴졌다. 클라이맥스에서 노랫소리가 플루트와 겹쳐졌을 때는 저도 모르게 온몸에 소름이 돋았다.

노래가 끝나고 나서 사가는 말했다. "결국, 그 어떤 악기도 인간의 목소리에는 상대가 안 됩니다. 그것도 여성의 목소리엔 말이죠. 내 오디오 편력도 궁극에는 최고의 소프라노를 듣고 싶기 때문이랍니다. 마리아 칼라스, 갈리쿠르치, 달 몬테, 레나타 테발디…… 요즘이라면 안나 네트렙코겠죠. 그들의 노래를 즐길 때 가장 좋은 건 콘덴서 스피커입니다. 중저음을 내기에는 맞지 않지만, 투명하고 부유감이 있는 노랫소리를 재생하기에는 이것보다 더 좋은 건 없답니다."

오니시는 지금 들은 소리에 완전히 매료되었다. "정말 멋진 소리입니다. 그런데 왜 세상에 더 많이 보급되지 않는 건가요? 지금까지 한 번도 들은 적이 없는데, 굉장히 비싼가요?"

"물론 싸지는 않지만 수많은 하이엔드 스피커 중에 더 비싼 기종은 얼마든지 있답니다. 문제는 오히려 소리 자체에 있지요."

"네? 이렇게 멋진 소리에 문제가 있다고요?" 오니시는 당황해서 물었다.

"최대 단점은 저음이 나지 않는다는 거지요. 그리고 콘덴서형으로 풀레인지를 갖추는 건 상당히 어려워서, 저음역대에는 다른 유닛을 조합하기도 하는데, 그렇게 하면 아무래도 소리의 이음매가 부자연스러워집니다. 뿐만 아니라 콘덴서 스피커는 다루기가 몹시 힘들죠." 사가는 미간에 주름을 잡고 말을 이었다. "특히 일본처럼 습기가 많은 나라에서는 장마 때나 지금처럼 가을비가 내릴 때는 박막이 늘어납니다. 그냥 내버려두면 곰팡이가 생기는 일도 있는데, 그렇게 되면 버려야 하니까 이 방에서는 항상 공조에 신경을 쓰고 있지요."

"그렇군요."

어차피 자신의 수입으로 오디오에 빠지는 일은 불가능하리라. 5평짜리 방 하나뿐인 일본식 집에 대형 스피커를 놓아둘 수도 없고.

"만약 콘덴서 스피커의 소리가 마음에 드신다면, 헤드폰이라면 몇몇 업체에서 내놓고 있습니다. 추천하고 싶은 건 뭐니 뭐니 해도 일본의 STAX죠."

헤드폰이라면 살 수 있을지도 모른다. 그렇게 생각하고 가격을 물어본 순간, 실망을 금할 수 없었다. 그렇게 비쌀 줄이야.

"그렇지만 난 최근에 마음을 바꿨습니다. 이 소리는 멋있긴 하지만 진정한 최고는 아니라고 말이죠."

"그게 무슨 말씀이시죠?"

사가는 뜻밖의 말을 했다. "오래된 소프라노의 음원을 수집하는 사이에 SP 소리에 빠진 거지요."

"SP……? 레코드의 숏 플레이 말인가요?"

사가는 노골적으로 얼굴을 찡그렸다. "레코드에 숏 플레이 같은 건 없습니다. LP는 롱 플레잉Long Playing이지만 SP는 스탠더드 플레잉Standard Playing의 약자지요."

"그런가요?"

스탠더드 푸들은 꽤 큰데, 라고 오니시는 생각했다.

"⋯⋯뭐 지금까지 이것저것 들었지만, 좋은 축음기로 듣는 SP 소리만큼 좋은 건 아마 없을 겁니다."

설마, 하는 생각이 얼굴에 나왔는지 사가가 히죽 웃었다.

"한번 들어보시겠습니까?" 그러곤 일어서면서 덧붙였다. "축음기는 리모컨으론 작동할 수 없으니까요."

사가는 기이하리만큼 신중한 발걸음으로 스피커가 늘어선 곳으로 향했다. 오니시도 사가의 뒤를 따라갔다. 사가는 맨 안쪽 중앙에 있는, 오래된 나무 캐비닛 같은 것의 뚜껑을 열었다. 안에는 작은 턴테이블과 S자로 구부러진 암arm이 있었다.

사가는 캐비닛 오른쪽에 붙어 있는 핸들을 빙글빙글 돌리며 말했다. "빅터 빅트롤러 크레덴자 8-30입니다. 이것보다 더 비싼 축음기는 얼마든지 있지만, 음질을 따지면 이게 최고봉이겠지요. 6피트짜리 호른이 내는 소리는 타의 추종을 불허하는 수준이니까요."

사가는 턴테이블에 검고 두꺼운 SP를 세팅한 뒤 바늘을 내렸다.

흘러나온 소리를 들은 순간, 오니시는 입을 다물지 못했다. 물론 지금 막 들은 하이파이 소리에 비하면 바늘 끝에서 나오는 잡음뿐만 아니라 한 바퀴 돌 때마다 나는 회전 소리도 섞여 있었다. 상하 음역도 좁은 데다 소리도 입체적이 아니라 모노럴이고.

그런데 이 박력은 도대체 무엇일까. 소리가 곧장 그에게 부딪혀왔다. 더구나 일그러짐이 일절 없는 원음 자체 같은 느낌이 들었다.

"그랜드 오페라 〈유대 여인〉의 유명한 아리아인, 〈라헬, 주께서 은혜로 구원하실 때〉입니다. 노래하는 사람은 황금의 트럼펫이라고 불리는 테너, 마리오 델 모나코고요."

사가는 오니시의 압도된 모습을 보고 만족한 미소를 지었다.

"디지털이나 아날로그를 따지기 이전에 SP는 모노럴이라고 얕잡아보는 사람이 많은데, 스테레오 녹음 자체가 3D 영화 같은 거라서 단지 진기함을 자랑하는 허세에 불과합니다. 음장현장과 같은 청취감을 형성해주는 것이나 정위스테레오 스피커에서 재생되는 음원들의 음향적 위치는 음악 본래의 매력과는 다른 것이죠." 사가는 확신에 찬 목소리로 말을 이었다. "SP 소리에 왜곡이 없고 과도특성순간 신호를 정확하게 재생하는 기기의 능력이 좋은 건 도중에 증폭 장치를 일절 두지 않기 때문입니다. 지금 듣고 있는 소리는 쇠바늘이 SP의 음구를 할퀴며 내는 소리죠. 그래서 이만한 음량이 되는 거랍니다."

"그렇군요……."

오니시는 SP 소리가 이토록 훌륭하다는 걸 알아서 다행이라고 생각했다. 어쩌면 다음 소설에 살릴 수 있을지도 모르겠다.

그런데 이것은 정말로 단순한 여담일까? 오니시의 마음속에서 의아함이 고개를 치켜들었다. 오늘 자신에게 여기로 오라고 한 이유는 누군가의 전기를 써달라는 것이었는데, 아무리 오디오 마니아라도 일과 관계없는 이야기를 이렇게까지 장황하게 늘어놓는 건 이상하지 않은가.

그때 마치 오니시의 마음을 읽은 것처럼 사가가 돌아보았다.

"그러면 SP를 한 장 더 들으시겠어요? 이게 오늘 오니시 씨를 오시라고 한 진짜 이유입니다."

사가는 검은 가죽으로 된 작은 가방을 꺼내더니, 안에서 정중한 손놀림으로 SP를 한 장 꺼내 턴테이블 위에 올렸다.

"여기에만큼은 열화를 방지하기 위해서 쇠바늘을 사용하지 않습니다. 선인장 바늘…… 미국의 소노라사막에 자생하는 사와로선인장의 바늘을 사용합니다."

사가는 연필처럼 끝이 뾰족한 선인장 바늘을 SP에 살며시 내려놓았다.

잠시 동안은 바늘이 음구를 긁는 희미한 잡음과 음반이 회전하는 소리밖에 들리지 않았지만, 별안간 여성의 목소리가 흐르기 시작했다. 음계가 복잡하게 위아래로 움직이는 불안정한 멜로디였다.

그 순간, 오니시는 온몸의 털이 일제히 곤두서는 듯한 느낌에 휩싸였다.

"가극 〈라크메〉에 나오는 〈종의 노래〉입니다." 사가가 혼잣말처럼 중얼거렸다. "이다음입니다."

여성의 목소리는 이 세상의 소리 같지 않은 기이한 울림을 띠기 시작했다. 거의 초음파에 가까운 하이톤 보이스인데, 미니 리퍼튼이나 머라이어 캐리 같은 휘슬 보이스와는 달랐다. 대부분은 스캣가사

대신 즉흥적으로 의미 없는 소리를 연속적으로 부르는 것이었지만 도중에 가사로 바뀌었다. 모음만이 아니라 자음까지, 나아가서는 숨소리까지 똑똑히 알아들을 수 있었다. 후반부는 마치 이승과 저승의 경계에서 새어나오는 소리처럼, 한없이 아름다우면서도 왠지 모르게 섬뜩해졌다. 성질聲質이 다른 두 가수가 번갈아 노래하는 것처럼도 들렸는데, 두 개의 목소리는 끊김이 없이 이어져 있었다.

이것은 정말로 사람의 목소리일까?

"도대체…… 이건 뭔가요?" 오니시가 저도 모르게 물었다.

"미쓰코 존스라는 무명 가수의 노래랍니다." 사가가 미소를 지으며 덧붙였다. "오니시 씨에게 부탁하고 싶은 건 그녀의 전기입니다. 알려지지 않은 가희歌姬, 희대의 천재의 존재를, 꼭 세상에 알리고 싶습니다."

이 정도 가수가 왜 지금까지 세상에 알려지지 않은 걸까.

오니시는 클래식, 특히 성악에 관한 지식은 거의 없지만, 지금 들은 노래가 얼마나 굉장한지는 알 수 있었다.

사가는 SP에서 바늘을 올리며 말했다. "이건 환상의 SP로, 손에 넣을 수 있었던 건 그야말로 행운이었지요. 오랜 미국인 친구가 세상을 떠나는 바람에 무턱대고 산 2500장쯤 되는 레코드판 안에 있더군요. 골판지 상자를 열고 목록을 만들 때 발견했는데, 처음에는 설마라고 생각했지요. 바늘을 내리자마자 진짜란 걸 알고 잠시 망연자실했답니다."

"환상이라고 하면 시중에서 판매하는 레코드가 아니었나요?"

오니시의 머릿속에서는 여전히 조금 전의 노래가 울려 퍼지고 있었다.

"네, 물론 개인이 만든 사제품입니다."

사가는 사랑스러운 손길로 SP를 턴테이블에서 들어 올려 표면을 오니시 쪽으로 향했다. 무지 라벨에 손 글씨 같은 섬세한 글자로 'Bell Song'이라고 쓰여 있었다.

"원래 많이 만들지 않았을 겁니다. 지금 이것 말고 남아 있는 건 미국에 두 장, 영국에 한 장밖에 없지요."

전부 네 장. 아무리 사제품이라고 해도 레코드를 만들려면 백 장 단위나 적어도 수십 장은 만들지 않았을까.

"왜 그렇게 조금밖에 남아 있지 않나요?"

사가는 희미하게 고개를 옆으로 흔들었다.

"미쓰코는 이걸 녹음하고 얼마 되지 않아서 세상을 떠났는데, 마침 장례식 도중에 완성된 SP가 전해졌다고 합니다. 추도를 하기 위해 축음기에 걸었는데, 참석자 중 한 명이 갑자기 흥분해서 SP를 전부 2층 창문에서 도로로 내던졌다고 하더군요." 사가는 얼굴을 찡그리며 말을 이었다. "SP는 염화비닐로 만든 LP에 비하면 소재가 단단한 편이긴 하지만 그래도 몹시 약합니다. 지금 남아 있는 네 장은 우연히 잘 날아서 연착륙했겠지요."

사가의 설명에 따르면 LP의 침압은 2.0그램이지만 SP는 자릿수가 다른 120그램이나 되어서, 쇠바늘의 마모에 견디기 위해 셸락ᴸ 깍지벌레의 체액과 분비물을 추출하여 만든 페인트을 이용해 산화알루미늄과 황산

바륨, 카본 등을 굳힌 특수한 소재로 만든다고 한다. 반면에 충격에 매우 약해서 바닥에 떨어뜨리기만 해도 쉽게 깨진다는 것이다.

"……뿐만 아니라 원래 원료가 곤충의 분비물인 만큼 금방 곰팡이가 생긴답니다. 소재가 단단해서 수세미로 빡빡 문질러 씻어도 상관없지만, 애초에 SP의 음구라는 건 SP보다도 훨씬 깊고……."

사가는 말을 하다가 또 옆길로 새서 오디오에 관해 일장 연설을 하려고 했다.

"저기, 그 사람은 왜 이렇게 훌륭한 레코드판을 깨버린 건가요?"

아깝다기보다 제정신으로 한 일이라곤 여겨지지 않았다.

"그것 또한 어리석은 이야기지요. 이 레코드판이 저주를 받았다며 목이 터져라 소리를 질렀다고 하더군요."

등줄기에 또 오한이 내달렸다. 물론 말도 안 되는 이야기였지만 그 노랫소리를 들은 다음에는 망상이라고 여겨지지 않았다.

"설마 들은 사람이 잇따라 죽는다든지……?"

사가는 빙긋이 미소를 지으며 대답했다. "〈글루미 선데이Gloomy Sunday〉 말인가요? 나도 오리지널인 헝가리 음반과 영국 음반을 가지고 있어요. 분명히 어둡고 나른한 곡조지만, 아직 죽고 싶다고 생각한 적은 없답니다."

제2차 세계대전이 일어나기 전날 밤의 어두운 세상. 헝가리에서 세계로 퍼져나가, 들은 사람이 잇따라 자살했다는 소문이 있는 레코드판이다. 오니시도 소설에서 사용할 수 없을까 해서 조사한 적이 있었는데, 결국 도시전설의 소재 이상은 얻을 수 없었다.

"이 SP에서는 사람이 죽었다는 소문은 확인할 수 없었지만, 한번 들으면 그것으로 끝이고, 음악의 악마에게 홀려서 마지막엔 절망의 늪에 떨어진다는 이야기가 있다고 합니다. 지금도 이 SP만은 절대로 듣고 싶지 않다는 사람이 꽤 많다고 하더라고요."

……그렇게 불길한 노래를 사전에 한마디 말도 없이 듣게 한 것인가!

"어떤 저주인가요?"

그 이전에 음악의 악마라는 게 뭐지?

"어떤 맥락인지는 잘 모르겠지만, 혼란에 빠져 레코드판을 던진 남자는 원주민의 저주라고 소리쳤다고 합니다."

"네에……."

황당하기 짝이 없는 이야기였다. 왜 여기서 뜬금없이 미국의 원주민이 나오는가. 그러고 보니 미국 호러 영화에는 종종 원주민의 저주가 등장한다. 미국인의 깊은 무의식에는 원주민을 학살한 저주스러운 기억과 죄책감이 달라붙어 있는지도 모르겠다.

"좌우지간 이렇게 멋진 소프라노가 영문을 알 수 없는 오명을 쓰고 음악사의 전면에서 말살되었다면 너무나 안타까운 일이 아닌가요? 미쓰코에게는 일본인의 피가 흐른다고 하니까 일본인의 손으로 명예를 회복해줘야 할 것 같습니다."

"이름으로 볼 때, 일본계라고 생각했습니다."

사가는 고개를 끄덕이며 말했다. "혼혈입니다. 어머니는 미네야마 초, 지금의 교탄고시 출신이라는 것까지는 알아냈습니다. 뭐, 꼭 긴

키 지방 사람이라서 응원하고 싶은 건 아니지만요."

"조사하셨습니까?"

"여기저기 연줄을 통해서요."

사가는 몸짓으로 오니시에게 자리로 돌아오라고 권했다.

"음대 교수한테 들려줬더니, 미쓰코는 벨칸토 창법을 완벽하게 마스터했다고 하더군요." 사가는 다시 조금 전의 의자에 몸을 깊숙이 묻고는 허공을 바라보면서 말을 이었다. "벨칸토라는 건 이탈리아의 오페라 창법인데, 독일 창법과는 호흡법이나 발성법이 다르다고 합니다. 양쪽 모두 흉성인 지성地聲과 두성인 이성裏聲을 끊지 않고 연결하는 게 중요하겠지요. 구태여 비교하자면 콘덴서 스피커에 있는 박막의 진동이 내는 고음과, 콘지로 된 스쿼커중음 전용 스피커나 우퍼가 내는 저음을 절묘하게 융합시키는 것과 비슷하다고 할까요?"

"소프라노도 이성을 사용하나요?" 오니시는 깜짝 놀라서 물었다.

이성을 확실히 알 수 있는 남성 보컬과 달리, 여성은 지성으로 노래한다고 막연히 생각한 것이다.

"물론입니다. 그렇지 않으면 하이E나 하이F 같은 초고음은 도저히 나오지 않지요! 인간의 성대 길이는 개인에 따라 모두 다르지만 길수록 저음이 됩니다. 이성은 성대를 분할진동시켜서 지성으로는 낼 수 없는 고음을 내고 있지요. 오니시 씨가 좋아하는 세라 브라이트먼은 팝 창법에서 벗어나고 싶어서 이를 악물고 벨칸토 창법을 마스터했다고 하더군요."

그러고 보니 세라 브라이트먼이 부른 〈Piano〉는 〈Memory〉와 멜로디가 똑같지만, 창법은 오페라 같다고 생각한 적이 있었다.

"……그런데 그 교수 말에 따르면 이 SP 노래에는 이해할 수 없는 점이 있다고 하더군요."

"어느 부분이죠?"

오니시는 어느새 사가의 이야기에 완전히 빨려들었다.

"〈종의 노래〉 악보에 있는 가장 높은 음은 하이E입니다. 이것만으로도 노래를 제대로 부를 수 있는 소프라노 가수는 얼마 되지 않지요. 그런데 미쓰코의 바리안테조바꿈의 방식을 쓰지 않고 장조에서 단조로, 또는 단조에서 장조로 갑자기 옮겨가는 일는 심상치 않습니다."

"바리안테요?"

"고음이 장점인 소프라노는 노래할 때 악보보다 높은음으로 올려서 부르기도 하지요. 보통은 하이F나 고작해야 하이G에 머무르지만요." 사가는 다시 아이패드를 들어 올리면서 말했다. "다시 들어보십시오. 매번 축음기에 걸면 아무리 선인장 바늘이라도 마모되니까 이번에는 하드디스크에 녹음한 겁니다."

마틴로건 스피커에서 다시 그 노래가 흘러나왔다. 축음기로 들었을 때의 생생한 박력은 없었지만 디지털 방식으로 잡음을 제거했는지 소리는 더 깨끗해졌다. 아카펠라 노래인데 교향악처럼 복잡하게 들렸다. 방 전체에 소리의 입자가 가득 차면서 새로운 공간이 나타난 듯한 느낌이 들었다.

오니시는 온몸을 떨었다. 역시 이 노래엔 어딘지 모르게 신성하고도 저주스러운 느낌이 감돌고 있다. 감정이 풍부하고 살짝 허스키한 목소리지만, 초고음역대에서는 사람의 목소리를 듣는 느낌이 아니었다. 눈을 감고 가만히 듣고 있자니 가수의 어깨에 앉아 있던 음악의 천사, 또는 음악의 악마의 모습이 보이는 듯한 느낌마저 들었다.

"바리안테에서는 하이하이F에서 하이하이G, 일부는 하이하이하이A에서 하이하이하이B까지 나온다고 합니다."

A는 라 음이고, B는 시 음이라고 한다. 분명히 들린다. 초음파의 영역으로 스윽 빠져나가는 듯한 고음은 마치 신시사이저로 만들어낸 것 같았다.

"이른바 휘슬 보이스라면 머라이어 캐리는 하이하이G#까지 낼 수 있다더군요. 하지만 미쓰코의 목소리는 탄탄한 중심이 있고, 가사도 또박또박 잘 들립니다. 단순한 음표가 아니라 진짜 노래죠. 그것까지는 교수님도 감탄했지만, 더 이해할 수 없는 부분을 한 군데 발견했습니다."

사가는 아이패드의 믹서 같은 화면을 조작해 곡을 빨리 돌렸다.

"여기입니다." 그는 곡의 후반에 있는 한 소절을 들려주고 나서 말했다. "한순간이지만 고음과 저음이 같이 나오고 있죠?"

"이…… 가사에서 스캣으로 돌아가는 부분 말인가요?"

"스캣은 재즈에서 사용하는 용어니까 보컬리즈라고 해주십시오." 사가는 씁쓸한 표정을 지으며 덧붙였다. "문제 부분을 살짝 가공해봤습니다. 잘 들어보시지요."

사가가 아이패드 화면을 옆으로 밀었다.

조금 전과 똑같은 부분이 흐른다. 이번에는 고음은 그대로였지만 저음이 똑똑하게 들렸다. 허밍…… 벌의 날갯짓 같은 소리.

오니시는 흠칫 놀랐다.

"아시겠습니까?" 사가가 가볍게 미소를 지으면서 말했다. "아주 짧은 순간이지만 목소리 두 개가 오버랩해서 동시에 들렸지요?"

분명히 그렇다. 그렇다면 이것은 두 명이 노래한 것인가?

……설령 그렇다고 해도 초고음을 쉽게 낼 수 있는 것에 대한 설명은 되지 않지만.

"그래서 이번에는 음향을 분석하는 연구소에 의뢰해보았습니다."

아무리 부자 노인의 취미 생활이라고 해도 도가 지나치지 않은가. 이 열정은 어디에서 오는 걸까.

"우선 두 목소리의 성문聲紋을 조사해달라고 했는데, 이게 생각만큼 쉽지 않더군요. 사람의 목소리는 여러 주파수의 집합체이고 성문은 그 조합으로 이루어지는데, 초고음에다 순도가 너무 높은 탓에 상당히 힘들었다고 하더라고요." 사가는 함박웃음을 지으며 즐겁게 설명했다. "그런데 곡의 구석구석까지 분석한 결과, 두 목소리는 분명히 한 가수가 냈다는 걸 알게 되었습니다."

오니시는 혼란스러웠다. "어떻게 된 건가요?"

"두 가지로 생각할 수 있습니다. 하나는 녹음된 소리에 SP 소리를 입힌 거죠. 하지만 그런 일은 있을 수 없습니다. 당시에는 아직 테이프 녹음기가 존재하지 않았고, 집어넣은 소리가 그대로 음구에 새겨지는 다이렉트 커팅이 유일한 녹음 방식이었으니까요." 사가는 손가락을 두 개 세우며 말을 이었다. "즉, 미쓰코는 동시에 목소리를 두 개 낼 수 있었다고 생각할 수밖에 없습니다.”

그렇게 말도 안 되는 일이…….

오니시는 벌린 입을 다물지 못했다.

“그건 불가능하잖습니까?”

“아니, 꼭 그렇다곤 할 수 없습니다. 어쩌면 미쓰코는 목노래배음을

이용해서 낮은음과 높은음을 동시에 내는 창법 같은 테크닉을 구사하고 있었을지

도 모르고요.”

아까부터 들은 적이 없는 단어가 잇따라 나왔다.

“목노래라는 건 또 뭔가요?”

“혹시 흐미란 걸 아시나요? 한때 화제가 되었잖습니까?”

아아, 그러고 보니……. 오니시는 생각이 났다. 흐미란 몽골 유목

민의 독특한 창법으로, 나니와부시샤미센의 반주에 곡조를 붙여서 부르는 일본 고

유의 창 같은 노래를 허스키한 목소리로 부르면서, 그 배음인 신비한

공명음을 내는 것이다.

“그런데 지금 들은 노래는 그것과는 조금도 비슷하지 않은데요?”

사가는 고개를 끄덕였다.

“분명히 차원이 다르지요. 그래서 초고음을 너무도 쉽게 내는 있

을 수 없는 현상을 보고, 나름대로 가설을 세워보았습니다.” 사가의

목소리에 한층 힘이 담겼다. “이성을 낼 때는 성대를 분할진동시키

는데, 미쓰코는 그걸 더욱 자유자재로 조종하는 방법을 찾은 게 아

닐까 합니다. 일반적으로 노래할 때보다 훨씬 좁은 범위에서 성대를

떨게 함으로써 초고음을 내거나, 동시에 두 곳을 따로 진동시켜 하

나의 목소리를 내거나 하는 방식으로요."

그런 게 가능할까. 만약 그게 사실이라면 음악 역사상, 성악이론상 엄청난 발견일지도 모르지만.

"나는 어떻게 해서라도 그 사실을 밝혀내기로 결심했지요. 그래서 미국인 탐정에게 의뢰했답니다. 음악 업계를 잘 알고, 또한 백 년 전 어둠에 묻힌 기록을 발굴해낼 만큼 인내력과 탐구심을 가진 사람이죠. ……이제 슬슬 도착할 때가 됐습니다."

사가는 오른손으로 왼손목에 찬 시계를 만졌다. 그러곤 유리 뚜껑을 열더니 문자반을 손가락으로 더듬었다.

오니시는 깜짝 놀랐다. 사가는 앞이 잘 보이지 않는 모양이다. 아이패드를 조작하고 축음기에 레코드도 걸 수 있는 걸 보면 어느 정도는 보이겠지만.

"오니시 씨가 나와 같이 탐정의 보고를 들어주세요. 궁금한 게 있으면 질문도 해서, 오늘 여기서 전기의 방향성을 대충 잡았으면 합니다. ……오니시 씨는 어렸을 때 외국에 살아서 영어도 잘하신다고 들었습니다."

그래서 나를 선택한 것인가. 오니시는 그제야 겨우 이해가 되었다. 역시 작품(전부 상실을 주제로 한 연애소설뿐이지만)을 높게 평가해서 그를 선택한 게 아니었던 것이다.

"그나저나 내가 왜 이렇게까지 깊이 빠졌는지 이상하지 않나요?"

사가는 그렇게 말하고 나서 오니시에게 얼굴을 향했다. 선글라스 안쪽의 두 눈이 일절 깜박이지 않았다.

"이미 눈치채셨겠지만 나는 앞이 잘 보이지 않습니다. 망막색소변성증이죠. 이제 곧 완전히 빛을 잃어버려서, 남은 생을 암흑 속에서 보내야 합니다."

"그런…… 뭐라고 말해야 좋을지……." 오니시는 말을 더듬었다.

소설을 생업으로 삼고 있어도, 이런 때에는 말이 너무도 무기력하다는 사실을 새삼 깨달을 수밖에 없었다.

"상관없습니다. 음악을 친구로 삼는다면 상상력은 끝없이 넓어지니까 따분하지는 않습니다. 추악한 세상사들을 언제까지나 계속 보고 싶지도 않고요."

사가의 신랄한 말투도, 스스로를 북돋우기 위해 일부러 그렇게 말하는 것처럼 들렸다.

"그렇기 때문에 진실을 확인하고 싶습니다. 소리만 있는 세계에 틀어박히기 전에 역사상 가장 아름다운 목소리로 노래한, 일본인의 피가 흐르는 가희의 진실을."

그 순간, 오니시의 마음속에서는 상반된 두 가지 감정이 치열하게 싸웠다. 알고 싶다는 강렬한 호기심과, 알고 싶지 않다는 거부반응이었다. 이유는 모르겠지만 미쓰코에 관해서 깊이 파고 들어가면 안될 것 같은 생각이 들었다. 세상에는 모르는 편이 행복한 일도 있으니까.

거절할까. 이 영감님의 의뢰를 거절하고 지금 당장 여기서 나가면 된다. 거액의 원고료는 매력적이지만, 자신과 아무 인연이 없는 어리석은 저주 따위에 얽히고 싶지 않다.

몇 초 망설이고 나서 오니시는 입을 열었다. "저기, 이번……."

그때 현관 인터폰의 초인종이 울렸다. 방음 시설이 잘 되어 있는 지하의 청음실에도 들리도록 되어 있는 것 같았다.

사가가 빙긋이 미소를 지었다. "온 것 같군요."

어떻게 할까?

오니시는 돌아가고 싶다고 말할 타이밍을 놓치고 말았다.

잠시 후, 청음실의 두터운 문이 열리고는 오니시를 안내해준 중년 여성이 얼굴을 내밀었다.

"로스 씨가 오셨습니다."

"들어오시라고 하게." 사가는 만족한 얼굴로 고개를 끄덕였다.

2

청음실 안으로 들어온 사람은 중년의 흑인 남성이었다. 눈이 움푹 들어가고 얼굴에는 쓸쓸함이 감돌고 있었다. 키는 평범한 일본인과 비슷하고, 넥타이는 하지 않았지만 검은색 상의로 몸을 감싼 채 서류가방을 들고 있었다. 밖에는 아직도 비가 내리고 있는지, 손에 걸친 베이지색 트렌치코트에는 물방울이 맺혀 있었다.

"처음 뵙겠습니다. 제임스 로스입니다."

그는 일본인도 알아듣기 쉬운 또렷한 영어 발음으로 말했다. 목소리에서는 품위와 교양이 느껴졌다.

"교토에 잘 오셨습니다. 헤이타로 사가입니다."

사가는 앉은 채 미소를 지으며 말했다. 오니시가 깜짝 놀랄 만큼 유창한 영어였다.

"자, 앉으십시오."

로스는 어디에 앉아야 할지 잠시 망설이다가, 두 사람의 앞자리에 비스듬하게 앉아서 앞을 향했다.

"오늘 당신의 보고를 즐겁게 기다리고 있었습니다. ……이쪽은 작가인 오니시 씨입니다. 미쓰코의 전기를 써주기로 했지요."

"처음 뵙겠습니다."

오니시는 로스에게 명함을 내밀었다. 까마귀 일러스트와 'Raven Ohnishi'라는 장난스러운 이름을 보아도 로스는 별다른 반응을 보이지 않았다.

"벤저민 랜드 씨는 건강하신가요? 벌써 꽤 오랫동안 만나지 못했네요." 사가가 물었다.

영어로 말해도 기묘하게 교토 사투리 같은 느낌이 들었다.

"네, 건강하십니다. 올해 여든한 살이신데, 지금도 제일선에서 활약하고 계시죠." 로스는 신중한 얼굴로 대답했다.

흑인은 보통 쾌활하다는 것은 미디어가 만든 이미지일지도 모르지만, 아무리 그래도 로스의 어두운 표정이 마음에 걸렸다. 여기에 들어오고 나서 의례적인 미소도 짓지 않고, 어딘지 모르게 기운이 없는 것처럼 보였다.

"벤저민 랜드 씨는 할리우드의 거물 음악 프로듀서인데, 나하곤 오랜 친구 사이랍니다. 로스 씨도 업계 최고의 엘리트라고, 랜드 씨가 소개해주었지요." 사가는 오니시를 향해 일본어로 말했다.

로스가 기침을 하며 조심스럽게 말을 꺼냈다. "미쓰코 존스에 관한 조사 내용입니다만, 자세한 건 여기에 쓰여 있는 대로입니다."

사가가 오니시를 가리키자 로스는 오니시에게 서류를 건네주었다. 보고서는 상당히 두꺼웠다. 사진도 많이 첨부되어 있는 걸 보니 철저하게 조사한 것 같다. 그런데 로스는 뜻밖의 말을 꺼냈다.

"하지만 저로선 조사 내용을 읽으시라고 권하고 싶지 않습니다."

"그게 무슨 뜻이죠? 이해가 되지 않는군요." 사가가 당황한 목소리로 말했다.

"이 세상에는 모르는 편이 행복한 일도 있는 법이죠." 로스가 진지한 표정으로 말했다.

속으로 똑같은 생각을 하고 있었기에 오니시는 순간 움찔했다.

"잠시만요. 그걸 판단하는 건 당신 일이 아니잖습니까?" 사가가 화난 표정을 지었다.

"전 이 업계에서 오랫동안 탐정 일을 해왔습니다. 성공한 수많은 아티스트가 술이나 여자, 마약에 빠져 인생을 망치는 걸 제 눈으로 봐왔지만, 그건 자업자득이라고 할 수 있습니다. 그런데 개중에는 너무 순수해서 함정에 빠지는 사람도 있지요." 로스는 진지한 표정으로 말을 이었다. "미쓰코는 모든 인생을 음악에 바친 결과, 불행하게도 천사가 아니라 악마에게 홀려버렸습니다."

순간 오니시의 몸에 있는 모든 털이 일제히 곤두섰다. 눈앞에 있는 탐정은 절반은 픽션의 세계에 살고 있는 자신과는 비교도 되지 않을 만큼 현실에서 치열하게 싸워온 사람임이 틀림없다. 그런 사람의 입에서 나온 말인 만큼, 현실과 동떨어진 말에서도 섬뜩한 리얼리티를 느낀 것이다.

"그 말을 듣고 이제 와서 '네, 알겠습니다, 그럼 보고서는 읽지 않겠습니다'라고 말할 수 있을까요?" 사가는 입술을 일그러뜨리며 빈정거렸다.

"벤저민 랜드 씨께서 편지를 전해달라고 하시더군요." 로스는 서류가방에서 편지 한 통을 꺼냈다. "제가 대신 읽겠습니다. ······친애하는 헤이타로, 미쓰코에 관해선 잊어버리는 편이 좋을 걸세. 자네는 제임스의 보고를 들을 권리가 있지만, 그 결과 자네 안에 있는 가장 소중한 게 무너질지도 모른다네. 자네의 벗, 벤저민."

로스는 편지를 오니시에게 주었다. 미국인치고는 보기 드물 만큼 유려한 필체로, 지금 읽은 것과 똑같은 문장이 쓰여 있었다.

"잠깐만요. 로스 씨, 당신은 내가 의뢰한 내용을 나보다 먼저 랜드 씨에게 보고한 건가요?"

몹시 자존심이 상했는지, 사가의 얼굴이 붉으락푸르락했다.

"그 점은 깊이 사죄드립니다. 다만 랜드 씨의 행동은 당신에 대한 배려 때문이었음을 양해해주시기 바랍니다."

사가가 얼굴을 찡그리며 날카롭게 말했다. "내가 지금 문제로 삼고 있는 건, 랜드 씨의 행동이 아니라 당신의 행동입니다! 난 이미 조사 비용의 절반을 보냈습니다. 여기까지 오는 당신의 항공료도 말이죠. 나보다 랜드 씨에게 먼저 조사 내용을 말한 건 나무라지 않겠지만, 보고를 거부한다면 나머지 절반은 지불할 수 없고, 이미 지불한 선금도 돌려주셔야겠습니다."

로스가 고개를 끄덕이며 말했다. "조사는 끝났으니까 돈은 돌려드릴 수 없습니다. 단, 당신이 보고서를 읽지 않고 제게 돌려준다면, 나머지 조사 비용은 랜드 씨가 내겠다고 하셨습니다."

말도 안 돼……. 오니시는 로스의 말을 들으면서 경악했다. 미국인, 특히 유태계 부자는 아무런 의미도 없이 거금을 시궁창에 버리는 짓은 하지 않는다.

"그러면 먼저 지불한 선금은 그대로 죽은 돈이 되는 건가요? 그리고 당신은 공짜로 교토 관광을 할 수 있는 거고요."

사가는 자신에 대한 배려를 알아차릴 여유도 없이, 전투력을 최대로 끌어올렸다.

"아니, 그 이야기는 받아들일 수 없습니다. 예정대로 보고해주십시오. 아무리 충격적인 이야기라도 들을 준비가 돼 있습니다."

사가는 이 이상의 논의는 하고 싶지 않다는 듯, 리클라이닝 의자에 깊숙이 몸을 맡겼다. 오니시는 다시 생각해보라고 말하고 싶었지만 도저히 끼어들 분위기가 아니었다.

"……알겠습니다." 로스는 희미하게 고개를 가로저으며 작게 기침을 하고 나서 말을 이었다. "그러면 일단 제가 구두로 설명하겠습니다. 궁금한 게 있으시면 언제든지 질문해주십시오."

사가는 오만한 얼굴로 고개를 끄덕였다. 자신의 요구가 통해서 만족스러운 듯했다.

"미쓰코 존스는 1897년 11월 21일, 캘리포니아주 로스앤젤레스에서 태어났습니다."

어? 그렇다면 오늘은 미쓰코의 생일이 아닌가. 오니시는 왠지 운명적인 느낌을 받았다.

"아버지는 마이크 존스라는 트럼펫 연주자였고, 어머니는 후미코 이토라는 일본 교토에서 이민 온 사람의 딸이었습니다. 나중에 일본계 사람이 많이 이민 와서 리틀 도쿄라고 불리게 되는 마을이지만, 당시만 해도 일본계 사람은 손으로 꼽을 정도였지요." 로스는 미리 적어온 메모를 보면서 말하고는 다시 작게 기침을 했다.

사가가 눈치 있게 재빨리 반응했다. "이거 죄송합니다. 커피라도 드시겠어요?"

"아니, 물을 주시겠습니까?"

사가는 고개를 끄덕이고, 인터폰을 들었다.

"우메다 씨, 물 좀 부탁해. 세 잔 가져다주겠어?"

알겠습니다, 하는 대답이 희미하게 들렸다.

"마이크 존스는 흑인이었습니다. 트럼펫 연주자로서는 재능이 있었던 것 같지만, 아직 사치모, 즉 루이 암스트롱도 태어나지 않았고 재즈가 태어나기 이전이라 흑인 차별이 심해서 연주할 자리는 별로 없었던 것 같습니다. 그와 더불어 당시에는 일본인에 대한 배척 운동도 상당해서, 후미코와 마이크가 사랑에 빠졌을 때는 양쪽 가족으로부터 큰 반대에 부딪히는 바람에 도망치듯 결혼한 모양입니다."

그래도 두 사람은 사랑을 관철했는가. 오니시는 보고서에 시선을 떨구었다. 당시에는 아직 드물었을 후미코와 마이크의 사진 복사본이 첨부되어 있었다. 키가 큰 마이크는 사람 좋아 보이는 미소를 지었고, 후미코는 통통한 체형에 야무진 얼굴로 앞을 쳐다보고 있었다.

오니시는 갑자기 자신이 구상하는 연애소설의 줄거리가 삼류처럼 여겨졌다. 현대 일본에서는 아무리 가혹한 환경에 있더라도, 시대의 거친 파도에 휩쓸렸을 이 시대 사람들에 비하면 따뜻한 물에 몸을 담그고 있는 것이나 마찬가지가 아닐까.

"실례하겠습니다."

중년 여성이 카트에 물병과 컵 세 개를 싣고 들어왔다. 여성이 따라준 물을 로스는 벌컥벌컥 맛있게 마셨다.

"미쓰코는 무럭무럭 자랐지만 열 살이 되었을 때 돌연 아버지가 사라졌습니다. 이 무렵, 마이크는 술독에 빠졌고 또한 흑인 여성과 깊은 관계라는 소문도 있었는데, 확인할 수는 없었습니다. 어쨌든 그때부터 미쓰코는 모녀 가정에서 자라게 됩니다."

로스의 목소리는 담담했지만 앞으로 맞이할 불길한 사건을 예고하는 것처럼 들렸다.

"그 이후, 미쓰코는 삶이 바뀌는 계기를 맞이합니다. 그 지역의 흑인 교회 합창단에 들어간 것이죠. 미쓰코는 나이에 비해 체격도 크고 성량도 풍부하며 음역대도 넓었습니다. 그때까지 내성적이었던 소녀는 겨우 자신이 있을 곳을 발견했지요. 그리고 그곳에서 그녀의 인생을 결정하는 사람을 만나게 됩니다." 로스는 가볍게 기침을 하고 말을 이었다. "미쓰코가 만난 사람은 토니 갠돌피니라는 인물이었습니다."

로스는 거기까지 말하고, 오니시가 들고 있는 보고서에 첨부된 사진을 가리켰다. 이름으로 볼 때, 이탈리아계 사람이리라. 사진에는 체구가 작고 눈빛이 날카로운 남자가 찍혀 있었다.

"갠돌피니는 은퇴한 오페라단의 성악 지도자였는데, 목사의 부탁으로 합창단을 지도했습니다. 새로 들어온 미쓰코의 노래를 들은 순간 재능을 알아차리고, 그 이후 맨투맨으로 음악의 기초를 가르쳐주었죠."

팔짱을 낀 채 로스의 이야기를 듣고 있던 사가가 물었다. "갠돌피니는 미쓰코 노래의 어느 부분에 감명을 받았나요? 내가 알고 싶은건 그때부터 이미 〈종의 노래〉에서 들었던 천상의 목소리가 있었느냐 하는 겁니다."

로스는 고개를 가로저으며 대답했다. "그렇게까지 높은 평가는 아니었을 겁니다. 미쓰코는 그때까지 클래식 음악 교육을 받은 적이 없었으니까요. 당시에 유행했던 민스트럴 송minstrel song의 음원이 남아 있지 않아서 확실한 말은 할 수 없지만, 아마 노래를 좋아하는 평범한 소녀의 수준을 크게 뛰어넘지는 않았을 겁니다."

사가는 실망한 표정을 지었다.

"그런데 훗날 현지 신문사와 했던 갠돌피니의 인터뷰 기사를 보면, 목소리에는 장점이 있었던 것 같습니다. 흑인의 파워풀함과 일본인의 섬세함이 어우러진 목소리라고 평가했더군요. 또한 미쓰코는 독특한 비브라토를 특기로 내세우고 있었는데, 그것은 오히려 올바른 창법을 가르치는 데 방해가 되었다고도 말했습니다."

독특한 비브라토란 일본인 특유의 미묘한 가락이 아닐까, 라고 오니시는 생각했다.

"갠돌피니는 미쓰코에게 발성의 ABC부터 가르쳤습니다. 태어나서 처음으로 다른 사람에게 재능을 인정받은 미쓰코는 기대에 부응하기 위해 열심히 노력해 장족의 발전을 이루었지요. 갠돌피니도 제자의 진가를 깨달은 다음부터는 열과 성을 다해 가르쳐서, 미쓰코는 결국 궁극의 비법인 이탈리안 벨칸토 창법을 완성할 수 있었습니다."

여기까지는 흔히 있는 성공 스토리의 프롤로그라고 할 수 있다.

하지만 로스의 경고에 따르면 이 이야기가 해피 엔딩을 맞이하는 일은 없다. 오니시의 마음속에서는 다음 이야기를 듣고 싶다는 마음과 듣고 싶지 않다는 마음이 치열하게 싸우고 있었다.

"사가 씨는 벨칸토 창법에 대해서 잘 아시리라고 생각합니다. 완성하면 흉성과 두성의 양쪽을 이음매 없이 자연스럽게 융합할 수 있어서 넓은 음역에서 자유자재로 노래할 수 있는 데다가 풍부한 성량으로 장시간 동안 발성할 수 있게 되죠."

사가는 고개를 끄덕이며 말했다. "〈종의 노래〉를 들으면 금방 알 수 있습니다. 미쓰코는 벨칸토 창법을 완벽하게 마스터한 것 같더군요. 하지만 그것만이 아닙니다. 나는 지금까지 모든 소프라노의 노래를 들었는데, 그 기적의 노랫소리인 초절기교超絶技巧는 모든 벨칸토 창법을 뛰어넘었지요."

로스의 표정이 한층 어두워졌다. "분명히 그렇습니다. 그 노래가 세상에 태어나기 위해서는 두 가지 요소를 갖추어야 합니다. 하나는 벨칸토 창법을 완전히 마스터할 것, 또 하나는⋯⋯."

드디어 미쓰코 노래의 비밀을 들을 수 있을 줄 알았는데, 로스는 화제를 바꾸었다.

"갠돌피니의 지도 덕분에 미쓰코는 순조롭게 가수로서의 커리어를 쌓는가 했는데, 거기에는 몇 가지 장애물이 있었습니다. 우선 당시의 미국에는 오페라 가수에 대한 수요가 별로 없었어요. 19세기 초반에 이탈리안 오페라가 유행했지만, 이윽고 대중들이 미국의 현실에 맞는 이야기를 요구하면서 화려한 연출의 멜로드라마가 유행하게 됐습니다. 오페라는 나중에 브로드웨이 뮤지컬로 다시 태어나 한 시대를 풍미하게 되는데, 당시만 해도 아직 과도기라서 오페라의 아리아도 잘게 잘라서 팝뮤직으로 소비하곤 했지요."

사가는 조바심을 감추지 못하고 투덜거렸다. "미국 음악사에 관한 설명은 그 정도면 됐습니다. 나도 대강은 알고 있으니까요. 그래서 미쓰코는 어떻게 됐나요?"

"⋯⋯미쓰코 앞을 가로막은 또 하나의 장애물은 그녀의 인종이었습니다." 로스는 안타까운 목소리로 말했다. "최근엔 흑인 소프라노가 많이 늘었지만, 당시엔 거의 없었으니까요. 오페라의 주인공은 대부분 백인이니까 일부러 흑인을 기용할 이유가 없는 겁니다."

최근에는 미국 건국의 아버지인 알렉산더 해밀턴을 푸에르토리코계 배우가 랩으로 연기한 〈해밀턴〉이라는 걸작 뮤지컬도 있었는데, 라고 오니시는 생각했다.

"오페라는 유럽 권력사회의 문화였던 만큼, 그곳에는 확실한 차별이 존재했습니다. 더구나 미쓰코는 일본인과의 혼혈이었기에, 순수한 흑인보다 더 불리한 위치에 있었지요."

훌륭한 재능을 가지고 태어나 열심히 노력해서 꽃을 피웠는데, 인종차별로 기회를 빼앗긴다면 기분이 어떨까? 오니시는 미쓰코의 심정을 생각하고 마음이 아팠다.

"미쓰코는 순수한 오페라가 아니라 발라드 오페라나 멜로드라마, 코믹 오페라, 〈엉클 톰스 캐빈〉 등의 무대에서 노래를 들려주었다고 합니다. 하지만 열심히 배운 벨칸토 창법은 사용할 수 없어서 진심으로 무대를 즐기지 못한 채 계속 우울한 날들을 보냈을 겁니다. 그럼에도 용기를 잃지 않고 끊임없이 노력했던 그녀 앞에 새로운 비극이 다가왔지요."

로스는 물병에서 컵에 물을 따라 한 모금 마셨다. 오니시와 사가는 말없이 다음 이야기를 기다렸다.

"토니 갠돌피니가 심장발작으로 세상을 떠난 겁니다. 그녀에게 음악뿐만 아니라 인생의 지도자이자 아버지 같은 존재였던 갠돌피니의 죽음은 충격이라는 말 정도로는 표현할 수 없을 만큼 그녀에게 깊은 절망을 안겨주었어요. 그녀는 마치 실이 끊어진 연 같은 상태가 되어버린 겁니다."

오니시는 마이크 타이슨을 떠올렸다. 거칠고 피폐하게 살았던 어린 시절, 타이슨은 권투의 명트레이너였던 커스 다마토를 만나 철저하게 훈련을 받아서 사상 최강의 복서라고 불릴 만큼 성장했다. 그런데 다마토가 세상을 떠난 후에는 모든 면에서 하강 곡선을 그리고, 복서 인생의 만년에는 도쿄돔에서 KO패를 당하더니 결국엔 성폭행으로 체포된 끝에 링 위에서 상대의 귀를 물어뜯는 어리석은 행동을 저지르기에 이르렀다.

그러고 보니 커스 다마토도 이탈리아계였을 것이다.

"……이렇게 해서 미쓰코는 콤플렉스 덩어리가 됩니다. 어머니에게는 사랑을 받았지만 아버지에게 버림받았다는 생각 때문인지 자신이 사랑받기에 충분한 존재라는 확신을 가지지 못한 채 병적일 만큼 내성적인 성격이 되었지요. 미국 사회는 지금도 그렇지만 당시에도 철저하게 자기주장을 펼치며, 자신이 있을 곳은 싸워서 쟁취해야 합니다. 그렇게 하지 못하는 사람은 끝없이 궁지에 몰리게 되지요."

오니시가 머릿속으로 딴생각을 하는 동안에도 로스의 이야기는 계속되었다.

"그녀가 콤플렉스 덩어리가 된 이유 중 하나는 용모 때문입니다. 원래 덩치도 크고 키도 180센티미터가 넘었는데, 갠돌피니가 수영과 심호흡을 가르치면서 흉곽이 발달해 스모 선수 같은 체격이 된 것입니다. 마리아 칼라스가 다이어트로 105킬로그램에서 55킬로그램까지 감량한 탓에 노래의 파워를 잃어버린 것과 좋은 대조를 이루는데, 미쓰코는 앞으로 평생 연애를 할 수 없다고 비관했습니다."

"카스트라토는 보이소프라노의 고음을 유지하기 위해 거세할 정도니까요. 정점에 오르기 위해서는 대가가 필요하겠지요."

아름다운 노래를 듣는 것만이 삶의 보람인 사가는 너무나 당연하다는 반응을 보였다. 가수의 연애 같은 것에는 처음부터 관심이 없는 것이리라.

로스는 사가의 비정함에 항의하듯 기침을 하고 나서 말했다. "그런데 그런 미쓰코 앞에 어느 날 백마 탄 왕자님이 나타났습니다. 아담 알베르게티라는 테너 가수였지요. 너그러운 데다가 박애주의 사상을 가지고 있던 그는 미쓰코의 재능을 인정하고 따뜻하게 대해 주었습니다. 연애 감정과는 거리가 멀었지만, 그녀는 하늘에라도 올라갈 것처럼 기뻐했죠."

로스는 오니시가 들고 있는 보고서를 가리켰다. 마치 광고용 프로필 같은 사진이 한 장 첨부되어 있었다. 똑같은 이탈리아계라도 갠돌피니와 달리 상당한 미남이었다.

……안타깝지만 미쓰코의 사랑이 이루어진다고는 도저히 생각할 수 없었다.

오니시는 아담을 애타게 사랑했던 미쓰코의 행동을 상상해보았다. 커다란 가슴 안쪽에서는 애절한 사랑의 불꽃이 타오르고 있었으리라. 아담과 겨우 한마디 대화를 나눈 것만으로 그날 하루는 행복에 휩싸이지 않았을까? 어쩌면 그의 무대와 연습 광경을 몰래 훔쳐보았을지도 모른다. 커튼 뒤에 커다란 몸을 숨기고.

"하지만 아담의 결혼으로 미쓰코는 다시 절망의 밑바닥으로 떨어졌습니다." 로스는 무표정하게 말을 이었다. "아담에게 열을 올린 반동으로 미쓰코는 예전보다 더욱 사람의 눈을 피하게 되었지요. 외출도 거의 하지 않고, 가수 활동으로 벌어들인 얼마 안 되는 저금을 쓰면서 세상을 버린 사람처럼 생활하게 된 겁니다."

너무나도 처절하고 비참한 이야기에 오니시는 한숨을 쉬었다. 이렇게 어두운 이야기뿐이라면 과연 전기를 쓸 수 있을까?

아니, 잠깐만. 아직 역전의 기회가 남아 있다. 미쓰코는 그 기적의 노랫소리를 어떻게 손에 넣었을까? 그 이야기를 들은 다음이 아니면 아직 결론을 내릴 수 없다.

"그런 때였습니다. 미쓰코는 우연히 오래된 SP 레코드를 손에 넣었지요. 누군가가 선물해준 것 같은데, 유감스럽게도 보낸 사람은 확인할 수 없었습니다. 미쓰코는 레코드를 듣고 어마어마한 충격을 받았습니다." 로스는 서류가방을 열고 CD처럼 보이는 물건을 하나 꺼내며 말을 이었다. "오늘날 SP 자체는 〈종의 노래〉 이상으로 입수하기 힘들지만, 다행히 SACD Super Audio Compact Disc, 고품질의 디지털 오디오 디스크에 녹음한 걸 구할 수 있었습니다. ……직접 들으시는 게 가장 이해하기 쉬울 겁니다."

사가는 일어서서 SACD를 받아 들고 플레이어에 장착했다.

"푸치니가 작곡한 〈마농 레스코〉의 '홀로, 외로이 버려져'입니다." 로스가 곡명을 말했다.

음악이 흘러나왔다. 디지털로 처리해 노이즈는 최대한 제거한 듯하지만 그래도 바늘 끝에서 나오는 잡음이나 SP 특유의 불규칙한 회전 소리가 귀로 파고들었다.

현악기의 장엄한 전주. 이윽고 흘러나온 노래를 듣고 오니시는 충격을 받았다.

"이럴 수가……!" 사가도 깜짝 놀라며 소리를 질렀다.

노래하는 소프라노 가수의 목소리는 미쓰코와 조금도 비슷하지 않았다. 더 맑긴 했지만 파워풀함은 부족하다. 그럼에도 미쓰코의 노래와 놀라울 만큼 비슷했다.

악보대로인지 바리안테인지는 모르겠지만, 아름다운 목소리는 초고음역대로 빠져나갔다. 하지만 어디까지 올라가도 피리 같은 '소리'가 아니라 사람의 '목소리'이고, 마치 인간의 육체에서 빠져나온 작은 요정이 노래하는 것처럼 들렸다.

거룩하고도 심오한 노랫소리였다. 그런데 그 안에는 악마적인 느낌을 주는, 벌의 날갯짓 같은 소리가 섞여 있었다. 본래의 목소리에 그림자처럼 딱 달라붙어 있는 배음이다. 한 사람이 동시에 내는 목소리일까?

노래가 끝나자마자 사가는 흥분한 모습으로 중얼거렸다. "굉장하군, 바로 이거야! 도저히 믿을 수 없어! 이런 일이 있으리라고는 상상도 못 했어! 미쓰코 말고도 이런 목소리를 낼 수 있는 소프라노가 있었다니……!"

그런데 로스는 열광하는 사가의 모습을 차가운 눈으로 바라볼 따름이었다. 왜 이 남자는 이렇게 냉정한 모습으로, 벌레 씹은 듯한 표정을 짓고 있는 걸까. 오니시는 마음속으로 고개를 갸웃거렸다.

"이 사람은 누구인가요?" 사가는 시력을 잃은 탓인지 로스의 어두운 표정을 알아차리지 못한 채 흥분한 모습으로 물었다.

"메리 켐프라는 무명의 소프라노 가수입니다."

미쓰코도 그렇고 메리 켐프도 그렇고, 왜 무명으로 끝났을까? 이렇게 훌륭한 노랫소리를 가지고 있었는데. 오니시는 가져온 메모지에 '의문 1'이라고 적었다.

사가는 고개를 옆으로 비틀면서 말했다. "메리 켐프? 한 번도 들어본 적이 없군요. 어느 나라 사람이고, 어떤 배경을 갖고 있나요?"

로스는 자신의 메모지를 보면서 대답했다. "독일에서 이민 온 여성입니다. 기록이 없어서 자세한 건 알 수 없었습니다."

뭐, 이름이 독일계인 걸 보니 그 정도는 말하지 않아도 짐작할 수 있었다.

"미국의 독일계 이민자는 현재 5000만 명이 넘는데, 그 당시에도 일본계와는 자릿수가 달랐지요. 켐프 일가가 로스앤젤레스에 정착했다는 건 알았지만, 유감스럽게도 기록이 거의 남아 있지 않아서 미쓰코에 비해 더 베일에 싸여 있습니다."

"사진도 없나요?"

오니시의 질문에 로스는 무표정하게 대답했다. "프로필 사진 종류는 한 장도 남아 있지 않았습니다. 유일하게 발견한 게 거기에 있는 사진이죠."

오니시는 보고서에 시선을 떨구었다. 교회일까? 색 바랜 단체 사진의 복사본이 첨부되어 있었다. 남성은 모두 정장을 입고, 여성은 모두 목까지 가리는 의상으로 몸을 감쌌다. 현대의 사진과 달리 웃는 사람은 한 명도 없었다.

"아마 뒷줄의 맨 왼쪽에 있는 사람 같습니다."

……이 여성이 메리 켐프인가? 하지만 검은 베일로 완전히 가린 탓에 얼굴을 알아볼 수 없었다.

"이 메리 켐프라는 여성 말입니다만, 혹시…….."

보기 흉하게 생겼습니까, 라고 물으려다가 오니시는 말을 끊었다.

"사진도 없고, 그녀를 아는 살아 있는 증인도 없어서 확실한 말은 할 수 없습니다. 하지만 몇 가지 근거를 통해 오히려 아름다운 소녀가 아니었을까 추측하고 있습니다."

로스는 오니시가 한 말의 의도를 간파하고 대답했지만 눈웃음조차 짓지 않았다.

"켐프 가족은 양친이 기독교 근본주의에 심취한 탓에 메리도 순결운동에 근거한 억압적 교육을 받은 것 같습니다. 프로필 사진이 한 장도 남아 있지 않은 것도, 검은 베일로 얼굴을 가린 것도 그것 때문이겠죠."

"하지만 가수가 되기 위한 교육은 받을 수 있었잖습니까?" 사가가 고개를 갸웃거리며 말했다.

"기독교 근본주의는 음악에는 비교적 너그러웠습니다. 지금은 선교를 위한 복음파 록음악 같은 것도 있을 정도니까요."

로스는 겨우 하얀 치아를 보이며 살짝 미소를 지었다.

"그녀도 벨칸토 창법을 마스터했나요?"

로스는 고개를 좌우로 흔들며 대답했다. "엄밀히 말하면 조금 다릅니다. 메리 켐프가 배운 건 벨칸토 창법이 아니라 독일 창법이었을 테니까요. 하지만 호흡법이나 발성법은 다를지라도 노래를 듣고 양쪽을 구별하는 건 거의 불가능합니다."

"그런데 지금 들은 노래는 어떻게 해서 부를 수 있게 됐죠?"

오니시는 가장 알고 싶은 걸 콕 찍어서 물었지만, 로스는 생각에 잠긴 표정을 지을 뿐이었다. 잠시 후, 로스의 입에서는 생각지도 못한 말이 흘러나왔다.

"……메리 켐프가 그때까지 살아온 자신의 삶을 전부 부정하고 양친과 결별한 건 실연 때문이었습니다."

잘은 모르지만 메리와 미쓰코가 같은 길을 걸었다는 말인가?

"켐프 가문 사람들은 이미 로스앤젤레스엔 없었지만, 그들과 친분이 있던 다른 독일계 미국인 댁에 조금 전의 사진과 오래된 일기가 남아 있었지요. 덕분에 무슨 일이 있었는지 알 수 있었습니다."

로스는 다시 컵에 물을 따라서 마셨다. 숙취가 아니라면 긴장한 걸까? 물을 마시는 행위는 목숨을 확인하는 일이라고 어디선가 읽은 적이 있다. 그렇다면 그는 지금부터 죽음에 대해 말하려고 하는 걸지도 모른다.

"메리에게는 그녀를 짝사랑하던 젊은이가 여럿 있었던 것 같습니다. 이게 그녀가 아름다운 소녀였던 게 아닐까 하는 근거 중 하나죠. 한편 그녀가 마음속에 품었던 사람은 교회 성가대 지휘자인 데이비드 슐츠라는 청년이었습니다. 데이비드는 그녀의 마음을 받아들여, 두 사람은 다행히 연인 사이가 되었습니다. 그녀의 부모님은 그런 사실을 몰랐던 듯하지만, 만약 부모님이 알면 못 만나게 하지 않을까 하는 그녀의 우려는 기우로 끝났지요."

"그러면 허락을 받았나요?"

"아닙니다." 로스는 다시 머리를 좌우로 흔들며 대답했다. "부모님에게 알려지기도 전에 두 사람의 관계는 파국을 맞았습니다. 데이비드의 마음이 다른 사람에게 향하는 바람에 메리는 버림을 받고 말았지요. 그 이후, 메리는 음악에 빠지게 됐습니다. 데이비드를 빼앗긴 상대에게만큼은 절대로 지고 싶지 않았기 때문이죠."

"데이비드의 새 애인도 가수였나요?" 사가가 물었다.

"네." 로스가 고개를 끄덕이며 답했다. "그것도 데이비드가 지휘하던 교회 성가대의 솔리스트였습니다."

그렇게 가까운 곳에 연적이 있었다니. 메리에게는 견디기 힘든 굴욕이었으리라.

"메리는 예전보다 더욱 하이톤에 집착하게 됐습니다. 강력함이나 풍부한 감정 표현을 희생해서라도 천사처럼 투명하고 순수한 노랫소리를 가지고 싶다…… 그것이 그녀의 새로운 목표가 되었지요."

"네? 무슨 말인지 이해가 되지 않습니다만, 혹시……." 사가가 미간에 주름을 잡았다.

"네, 그렇습니다."

"네? 무슨 말씀이시죠?" 오니시는 무슨 뜻인지 아예 짐작이 되지 않았다.

"데이비드의 마음속에 자리한 사람은 소년이었습니다."

감쪽같이 속였다고 생각했는지, 로스의 부루퉁한 얼굴에 살짝 만족스러운 미소가 감돌았다.

"토머스 슐레이터, 독일어로는 슐레히터라고 하는데, 어쨌든 기적의 목소리를 가진 사람은 열두 살의 소년이었죠. 전성기가 너무나 짧아서 음반이 나오진 않았지만, 그의 노래를 들은 사람은 모두 찬사를 보냈다고 합니다." 로스는 가볍게 기침을 하고 다시 덧붙였다. "그리고 일기 내용에 따르면 소녀로 착각한 사람이 많았을 만큼 미소년이었던 것 같습니다."

사랑하는 사람을 소년에게 빼앗긴 여인의 심정은 어땠을까. 오니시는 머리를 긁적였다. 여성에게 감정이입을 하는 것은 자신의 주특기라고 여겼지만, 이것만큼은 도저히 상상이 되지 않았다.

사가는 이해가 되지 않는다는 표정으로 말했다. "그건 좀 이상하군요. 보이소프라노의 목소리는 분명히 순수하긴 하지만 조금 어색하기도 하고 깊이가 부족하죠. 여성 소프라노 가수를 폄하할 때, 그 여자의 목소리는 마치 보이소프라노 같다고 말할 정도니까요. 아무리 그 소년이 노래를 잘했다고 해도, 진짜 소프라노한테는 상대가 되지 않았을 건데요?"

"메리는 어렸을 때부터 지기 싫어하는 완벽주의자였다고 합니다. 애인의 영혼을 빼앗아간 라이벌이 가장 잘하고 가장 빛나는 분야에서, 그 위를 뛰어넘겠다고 생각한 게 아닐까요?"

로스는 자신의 추측을 말했지만 오니시는 정곡을 찌른 정확한 분석이라고 판단했다.

"그 무렵, 메리는 한 가지 제안을 받습니다. 그녀의 노래를 SP 레코드로 만들고 싶다는 제안이었죠. 곡목은 조금 전에 들은 〈홀로, 외로이 버려져〉였습니다. 메리는 모든 힘을 쏟아 연습을 거듭했지만 생각처럼 노래가 나오지 않았어요. 그래서 결국 과감한 결단을 내렸습니다."

로스는 다시 물을 마셨다. 어찌된 영문인지 몹시 긴장한 것처럼 보였다. 말하고 싶지 않은 내용일까? 달걀처럼 아름다운 곡선을 그리고 있는 암갈색 이마에는 살짝 땀이 배어 있었다.

"《마농 레스코》의 스토리를 아십니까?"

로스의 질문에 사가는 흥 하고 가볍게 콧김을 내뿜었다.

"물론 알고 있습니다. ……뭐, 그 오페라라는 곡은 훌륭하지만 줄거리는 한숨이 나올 만큼 지리멸렬하지요."

"그렇습니다. 총 4막인데, 막과 막 사이의 스토리가 크게 생략되는 바람에 원작 소설을 읽지 않은 관객은 갑자기 상황이 격변한 것에 당황하게 되죠." 로스는 희미하게 미소를 짓고는 말을 이었다. "내용을 아신다면 설명할 필요는 없겠군요. 4막에서 마농 레스코와 데 그리외는 뜬금없이 사막에 있습니다. 3막의 끝에서는 두 사람 모두 아직 건강했는데, 어떤 이유인지 이미 죽어가고 있지요. 여기서 마농이 부르는 노래가 〈홀로, 외로이 버려져〉입니다."

《마농 레스코》를 읽은 적이 없는 오니시는 좀 더 자세히 설명해주기를 바랐지만 잠자코 있는 수밖에 없었다.

"이 무렵, 메리는 자신에게 가장 부족한 건 보이소프라노 같은 하이톤보다 풍부한 감정 표현이라고 어렴풋이 깨달은 것 같습니다. 그래서 마농의 심정으로 노래하기 위해 작품에 나오는 장소와 똑같은 곳에 가보기로 결심했지요."

그렇군. 그 이야기에는 오니시도 크게 공감했다. 자신도 그때 쓰고 있는 소설의 무대를 산책하면서 이미지를 확대시키는 일이 종종 있다. 그러면 어렴풋했던 배경이 뚜렷하게 초점을 맺고, 모호했던 등장인물의 감정이 선명해져서 이야기에 리얼리티와 깊이가 더해지는 듯한 기분이 든다. 물론 자신의 경우에 무대의 대부분은 교토 시내라서 순식간에 갔다가 돌아올 수 있지만.

"메리는 양친에게 4막의 무대인 뉴올리언스에 다녀올 테니 허락해달라고 간청합니다. 당시에는 이미 대륙횡단철도가 개통되어서 끊임없이 마차에 흔들리지는 않지만, 그래도 지금으로선 상상도 할 수 없는 시간이 걸리는 만큼, 온실의 화초인 메리에게는 결코 편한 여행은 아니었을 겁니다."

"메리의 양친은 그렇게 위험한 여행을 허락했나요? 조금 전에 엄격한 가정이었다고 하셨는데요?" 사가가 고개를 갸웃거리며 물었다.

"메리를 혼자 보내진 않았습니다. 수행원으로 피터 베커라는 청년을 딸려 보냈지요. 그는 당시에 막 설립된 웰스파고은행에 다니는 은행원이었는데, 일부러 장기 휴가를 내고 메리와 함께 여행을 떠났습니다. 실연으로 인해 절망에 빠진 메리를 걱정한 부모님이, 예전부터 그녀를 흠모했던 피터를 특별히 선택한 것 같습니다."

오니시의 머릿속에 그때의 이미지가 떠올랐다. 검은 베일을 쓴 상심한 미소녀와, 그녀에게 연정을 품은 젊은 남성. 피터는 데이비드

만큼 잘생기지는 않았지만 키가 크고 포용력이 있는 청년이었으리라. 19세기의 기차 여행은 느린 데다 몹시 시끄러우며, 창문을 열면 객석으로 연기가 들어온다. 쾌적함과는 거리가 멀었겠지만, 그래도 젊은 두 사람에게는 상당히 가슴 설레는 일이 아니었을까?

피터는 이 여행에서 어떻게든 둘 사이의 거리를 좁히고 싶었으리라. 창밖의 풍경을 바라보며 연신 메리에게 말을 걸고, 그녀를 웃게 만들려고 노력했을 것이다. 하지만 메리의 머릿속은《마농 레스코》의 해석으로 가득 찼으리라. 자신을 위해 같이 여행해주는 피터에게는 고마운 마음이 있었고, 아마 싫지는 않았을 것이다. 데이비드를 향한 마음을 완전히 끊을 수는 없었겠지만, 피터에게 호감을 갖기 시작했다고 해도 이상할 것은 없다. 태어나서 처음으로 부모 곁을 떠나 남성과 둘이 여행한다는 흥분도 작용해서, 때로는 대화에도 활기가 있었을지 모른다.

하지만 그런 와중에도 그녀의 마음은 뉴올리언스의 황야를 떠도는 마농에게로 날아갔을 것이다. 마농은 어떤 심정으로 황야를 떠돌면서 〈홀로, 외로이 버려져〉를 노래했을까? 아마 마농의 심정만 이해할 수 있다면 자신은 소프라노 가수로서 한 단계 성장할 수 있다고 생각했으리라.

"두 사람은 뉴올리언스에 도착했습니다. 아득히 먼 로스앤젤레스에서 미대륙을 횡단해 겨우 도착한 것이죠. 아직 재즈가 인기를 얻기 전입니다만, 스페인 통치시대의 길거리가 남아 있던 뉴올리언스는 로스앤젤레스밖에 몰랐던 두 사람의 눈에 마치 외국처럼 보였을 겁니다."

오니시의 머릿속에 선명한 장면이 하나 더 덧붙여졌다.

"두 사람은 호텔에 짐을 풀자마자 거리의 분위기를 즐길 틈도 없이 황야로 갔습니다. 뭐니 뭐니 해도 여행의 목적은 그곳이었으니까요. ……그리고 메리는 커다란 실망감에 휩싸이게 되었지요."

"왜 실망한 거죠?" 두 사람에게 완전히 감정을 이입했던 오니시는 묻지 않을 수 없었다.

로스는 심술궂게 말했다. "사막다운 사막은 어디에도 없었으니까요. 뉴올리언스 주변은 자연이 풍요롭지만, 대부분이 습지대라서 악어가 서식하고 있죠. 〈마농 레스코〉의 4막에 나오는 사막은 어디에서도 발견할 수 없었습니다."

"장대한 헛걸음이었다는 거군요."

비아냥꾼인 사가도 차가운 웃음을 날리고, 오니시만이 낙담한 표정을 지었다.

"원작자인 아베 프레보는 외국을 돌아다닌 경험을 통해 《마농 레스코》를 썼다고 하는데, 그의 경험은 거의 유럽에 한정되고 루이지애나에는 가본 적이 없었던 것 같습니다. 무대에는 아라비아를 연상케 하는 사막의 세트가 나오지만, 100퍼센트 상상의 산물이었던 겁니다."

말도 안 돼! 오니시는 화가 났다. 메리와 피터의 여행이 헛고생이라면 지금까지 들은 설명도 모두 쓸모없는 이야기였다는 거잖아.

"두 사람은 할 수 없이 로스앤젤레스로 돌아갔습니다. 돌아가는 길은 결코 즐겁지 않았겠지요. 메리와 피터 사이도 가까워지지 않고, 결국 싸우고 헤어지는 형태로 막을 내렸습니다."

그렇다면 그걸로 소설은 될 수 있을지도 모른다……. 아니, 틀렸다. 오니시는 머리를 가로저었다. 이야기는 완전히 막다른 골목에 봉착했다. 밝은 방향이든 어두운 방향이든 발전이 없으면 소설이 되지 않는다.

"하지만 이 여행은 메리의 마음에 중대한 변화를 가져왔습니다. 당연한 일이지만 자신이 가고 싶은 곳은 어디든 갈 수 있음을 드디어 깨달은 것이죠. 메리는 또한 이렇게 생각했습니다. 안타깝게도 실제의 뉴올리언스는 마농이 〈홀로, 외로이 버려져〉를 노래하기에 어울리는 곳이 아니었다, 그런데 어딘가에는 반드시 그 이야기에 딱 어울리는 곳이 있을 것이다, 라고 말이죠."

"하지만 그녀가 무대를 바꿀 수는 없지 않나요?" 오니시는 살짝 고개를 갸웃거렸다.

"그렇긴 하지만 메리가 정말로 알고 싶어 했던 건 사막에서 죽어가는 마농의 심정이었습니다. 실제로 뉴올리언스는 그렇지 않았지만, 정말로 광대하고 황량한 사막에 가면 마농한테 더욱 감정이입해서 노래를 부를 수 있지 않을까…… 메리는 그렇게 생각했어요." 로스는 탄식하며 말을 이었다. "그런 다음에 조사해보니 머나먼 동해안까지 가지 않아도 캘리포니아주에는 크고 작은 사막이 많이 있었습니다. 그런 사막에서 노래해보면 뭔가 달라지지 않을까, 그녀는 그렇게 기대했습니다."

로스는 말을 끊고 음울한 얼굴로 물을 마셨다. 오니시는 불길한 예감에 휩싸였다.

"그래서 메리는 어느 사막을 선택했나요?" 사가가 조바심을 드러내며 황급히 물었다.

"소노라사막입니다."

조금 전에 들었던, 축음기용 선인장 바늘을 얻을 수 있는 선인장의 산지다. 그런데 오니시의 귀에 몹시 불길하게 들린 것은 무엇 때문일까.

"꽤 유명한 사막이죠. 크기는 얼마나 되나요?" 오니시가 물었다.

"캘리포니아주와 애리조나주에서 멕시코의 소노라주까지 걸쳐 있는 광대한 사막입니다. 면적은…… 일본을 예로 들자면 혼슈와 홋카이도를 합친 정도겠죠."

너무나 커서 실감이 솟구치지 않았다. 그런 곳에서 조난하면 아마 발견될 때는 미라가 되어 있을 것이다.

"뉴올리언스에서 돌아오고 두 달 후, 메리는 혼자 여행을 떠났습니다."

오니시는 로스가 말을 하면서 살며시 고개를 가로젓는 걸 알아차렸다.

"자세한 경위는 모르지만 메리는 태어나서 처음으로 부모님에게 반항했습니다. 그녀를 부르는 사막의 목소리가 그렇게 강했다는 뜻이겠죠. 그 일이 있기 얼마 전에 메리의 할머니가 상당히 많은 재산을 남겨주고 돌아가신 것도 결심을 굳히게 된 계기가 됐을 겁니다."

로스는 소노라사막에서 메리한테 무슨 일이 일어났는지 상상을 섞어서 말해주었다.

3

야트막한 언덕에서 소노라사막(아주 작은 일부분이기는 하지만)을 내려다본 순간, 메리는 온몸이 떨리는 감동에 휩싸였다.

시선이 닿는 곳은 온통 사락사락 소리가 날 만큼 건조한 사막이 이어지고 있었다. 결코 초록색이 없는 것은 아니고 사와로라는 이름의 기둥선인장이 묘표墓標처럼 쭉 늘어서 있었으며 풀이 무성해 사바나처럼 보이는 곳도 있었지만, 그래도 그곳은 틀림없이 사막이고 성서에 나오는 죽음의 계곡과 똑같았다. 실제로 소노라사막의 표면 온도는 같은 캘리포니아의 데스밸리를 뛰어넘어, 세계기록인 섭씨 80도에 달한다고 알려져 있다.

메리는 생각했다. 여기다. 마농이 여기저기를 헤맨 끝에 죽음을 맞이한 곳은 결코 뉴올리언스의 습지대가 아니다. 〈홀로, 외로이 버려져〉는 이 웅대한 땅에서 노래해야만 설득력이 있을 것이다.

벅차오르는 가슴을 안고 살포시 미소를 지으며 사막에 발을 들인 메리의 모습은 이미 엄격한 기독교 근본주의의 감독 아래에서 온실의 화초처럼 자란 소녀가 아니었다.

메리는 안내원을 고용해 매일 사막을 돌아다녔다. 자신의 생각에 딱 맞는 풍경을 찾아 돌아다니는 사이에 마침내 그런 곳을 발견했다. 그녀는 그곳에 오두막집을 지었다. 국립공원 안이라서 불법 건축물이었지만, 목수에게 돈만 주면 아무런 문제도 없었다.

메리는 가장 가까운 마을인 투손과 오두막집을 왔다 갔다 하면서 장기간 생활할 수 있도록 실내를 꾸몄다. 또한 SP 레코딩을 할 수 있는 시설까지 갖추었다. 당시에는 아직 전기녹음 기술이 없고 이른바 어쿠스틱 녹음밖에 없었다. 축음기와 반대로 나팔을 향해 노래하고, 그 진동을 다이렉트로 음구에 새기는 것이다.

메리는 충분한 물과 식료품을 확보한 뒤, 오두막집에 틀어박혀 노래 연습에 온 힘을 쏟았다. 아무리 그래도 태양이 내리쬐는 낮은 너무 덥기 때문에, 매일 밤 사막의 바람을 향해 노래했다. 그것은 지금까지 배운 성악의 모든 것을 뒤집는 경험이었다.

노랫소리는 바람을 타고 끝없이 퍼져나갔다.

교회의 대강당 안에서 노래했을 때는 소리가 천장까지 올라가는 게 커다란 쾌감이었지만, 가로막는 것이 아무것도 없는 사막에서는 반향음이 거의 돌아오지 않아서 반응을 느낄 수 없었다. 더구나 사막은 그저 넓기만 한 게 아니라 모래가 소리를 흡수해서, 마치 무향실無響室. 소리나 전자기파의 반사를 막기 위해 흡음재로 만드는 방에서 노래하는 듯한 느낌이 들었다.

우연이지만 그것은 어쿠스틱 녹음에서 기록되는 소리인, 반향음이 일절 없는 '알몸의 소리'와도 비슷했다.

자신의 목소리는 대자연 앞에서 이토록 나약하고 초라하단 말인

가. 그녀는 자신이 얼마나 나약한 존재인지 새삼 통감하지 않을 수 없었다. 하지만 달리 듣는 사람도 없는 곳에서 오직 자신과 마주하며 노래하는 사이에, 어느새 선禪과 같은 고요한 경지에 도달했다. 흉곽에 반향하는 한 음, 한 음이 몸속에 가득 차고, 그곳에서 튀어나온 음표는 어디에도 반사하지 않고 무한한 우주의 저편으로 여행을 떠난다. 그것은 자신이 우주와 하나가 된 듯한 커다란 기쁨이었다. 그녀는 태어나서 한 번도 느낀 적이 없는 진정한 행복을 만끽하고 있었다.

그러던 어느 날 밤, 메리는 장작을 주우러 갔다가 길을 잃어버렸다. 어디까지나 훤히 보이는 데다가 발자국이 남는 사막에서 길을 잃어버릴 줄은 꿈에도 몰랐다. 그날은 바람이 조금 강했던 탓에, 오두막집으로 돌아가려고 했을 때는 그녀의 발자국이 모두 날아가버린 것이다. 빨리 돌아가기 위해 조바심을 내며 무턱대고 걷는 바람에 사태는 더욱 나빠졌다. 그동안 노래에 매달려 식사도 제대로 하지 않은 탓에 저혈당에 빠진 것이다. 다리가 휘청거리고 몸에 힘이 들어가지 않았다. 의식도 흐려지기 시작했다.

난 여기서 죽는 걸까? 메리는 기묘한 체념을 느꼈다. 자기 연민으로 가득 찬 〈홀로, 외로이 버려져〉 가사의 반대편에 있는 듯한 심경이 들었다.

사람은 누구라도 언젠가는 하늘의 부름을 받는다. 그것이 우연히 오늘일 뿐이다. 소노라사막에 온 것은 손톱만큼도 후회하지 않는다. 비록 짧긴 했지만 죽기 전에 여기에서 지낸 나날은 무엇과도 바꿀 수 없는 소중한 시간이었다.

다음 순간, 희미해지는 그녀의 눈에 언뜻언뜻 흔들리는 빛이 뛰어들었다. 저 불빛은 천국으로 가는 길을 가리키는 등불일까? 그와 동시에 그녀의 귀가 악기 소리를 포착했다. 그것은 클래식이나 교회음악과는 완전히 동떨어진 음악이었다. 우선 배에 울려 퍼지는 강력한 드럼 소리가 들렸다. 마라카스 소리처럼도 들리는 경쾌한 소리는 라틴음악에서 사용하는 귀로라는 악기 소리와 비슷했다. 또한 오카리나처럼 맑은 소리의 플루트에 이어서 소박한 이야기 같은 노랫소리도 들렸다.

메리는 어느새 저혈당으로 인한 피로를 잊어버리고, 장작불 주변에 빙 둘러앉아 음악을 연주하고 있는 미국 원주민들 쪽으로 걸어갔다. 그들은 사막의 민족Tohono O'odham이라고 불리는 파파고족 사람들이었다.

파파고족 사람들은 갑자기 나타난 메리를 보고도 놀라지 않고, 매우 자연스럽게 받아들이며 음식을 나눠주었다. 그들이 나눠준 음식은 모두 사막에서 구할 수 있는 것이었는데 그녀의 정신을 맑게 해주고 몸에 에너지를 주입해주었다. 메리는 진심으로 고마움을 전하면서 그들의 축제에 참가했다. 음악을 더할 수 없이 사랑하는 파파고족도 오페라 창법은 들은 적이 없었을 테지만 메리의 노래를 자연스럽게 받아들였다.

강력한 드럼은 바구니를 거꾸로 엎은 듯한 바스켓 드럼이었고, 귀로와 비슷한 소리는 홈을 판 나무를 스틱으로 긁어서 내는 소리였다. 양쪽 모두 반향이 부족해서 사막의 대지에 빨려 들어가는 듯했다. 오카리나처럼 맑은 소리는 등나무로 만든 플루트에서 나오고 있었다.

메리는 그때까지 한 번도 느낀 적이 없는 강렬한 흥분에 사로잡힌 채, 그들의 멜로디에 맞춰 보컬리즈로 노래하고, 파파고족 무희들과 같이 모래 위에서 맨발로 춤을 추었다. 그로 인해 피어오르는 흙먼지는 대기를 눈뜨게 하고 비구름을 낳는다고 파파고족은 믿는 것 같았다.

메리는 밤새워 그들과 음악을 즐기고 새벽에 오두막집으로 돌아왔다. 파파고족 사람들은 메리의 오두막집이 어디 있는지 정확히 알고 있어서 그곳까지 배웅해주었다.

해먹에 들어간 순간 메리는 죽은 듯이 잠들고, 눈을 떴을 때는 이미 해가 중천에 떠올라 있었다. 메리는 콘브레드와 콩 통조림, 짭짤한 육포로 맛없는 식사를 하고, 서쪽 지평선으로 떨어지는 태양을 바라보면서 노래 연습을 했다. 그러곤 주변이 완전히 어두워지자 어젯밤에 파파고족을 만난 곳으로 갔다.

그들은 어제와 똑같은 곳에서 똑같이 음악을 연주하고 있었다. 그러곤 당연한 것처럼 메리를 받아들였다.

"파파고족과의 만남이 그 놀라운 노래의 비밀이란 겁니까?" 사가가 믿을 수 없다는 얼굴로 물었다.

"그 계기가 되었다고 할 수 있겠지요." 로스는 웃지도 않고 대답했다.

파파고족과의 만남이 거듭될수록 메리는 자기 안에서 무언가가 크게 달라지는 것을 느꼈다. 그중 첫 번째는 소년의 가냘픈 목소리를 흉내 내는 일이 얼마나 어리석은 일인지 겨우 깨달은 것이다.

보이소프라노는 진짜 소프라노에 비할 바가 못 된다는 사실은 이미 알고 있었다. 그런데 데이비드에 대한 마음이 사라졌어도 노래로 대갚음하겠다는 집착은 남아 있었다. 그런 집착 자체가 지금도 상대에게 얽매여 있는 증거라는 사실을 깨달음으로써 겨우 해방될 수 있었다.

메리는 물과 식료품이 떨어질 때까지 오두막집에 있다가 투손으로 철수했다. 그리고 필요한 물품을 조달하면 다시 오두막집으로 돌아갔다. 그때마다 파파고족과의 교류는 더욱 깊어졌고 어느새 사막의 민족과 거의 동화했다.

부스스한 머리칼을 질끈 묶고 햇볕에 탄 얼굴에 온화한 미소가 감도는 메리를 보고, 예전의 얼굴이 하얗고 예민한 성격의 소녀를 떠올리는 사람은 아무도 없었다.

메리는 어느새 그들과 보내는 마지막 계절을 맞이했다.

그날 밤도 그들과 밤새도록 노래를 불렀다.

파파고족 사람들은 별을 보고 시간을 알 수 있었다. 특히 시계 대신 플레이아데스성단을 사용했다. 밤에 플레이아데스성단이 동쪽 하늘에서 떠오르면 신화의 시간이 시작된다. 그러다 하늘의 꼭대기를 지나 해가 뜨기 조금 전에 서쪽 하늘로 들어가면 축제는 끝을 맞이하는 것이다.

그날 밤은 그들의 신화에 나오는 중요한 캐릭터 중 하나인 대지의 마술사의 노래를 불렀다. 파파고족 신화에서는 모든 병은 마음의 문제이며 사악한 대지의 마술사 때문이라고 한다. 대지의 마술사가 패배해서 땅으로 가라앉아 모습을 감추었을 때, 모든 병의 씨앗을 지상에 남겨두었다는 것이다.

메리는 오두막집으로 돌아가 낮이 되기 전에 일어났다. 그리고 자신의 목소리에 이변이 발생했다는 사실을 처음으로 깨달았다.

로스는 조금 지쳤는지 잠시 숨을 돌리고는 컵의 물을 전부 마셨다. 이마에는 비지땀이 송골송골 맺혀 있었다.

사가도 물을 마시고 싶을 것 같아서, 오니시는 물병을 들고는 사가에게 물을 따라주었다.

"고맙습니다. 이야기가 기묘한 방향으로 갈 것 같군요." 사가는 쓴웃음을 지으며 말했다. "파파고족이 나온 부분부터 이야기가 어떻게 나아갈까 고개를 갸웃거렸습니다. 설마 그렇진 않겠지만 원주민의 악마가 메리 켐프에게 씌기라도 한 건가요?"

"대답은 예스와 노입니다." 로스의 표정은 조금도 변하지 않았다.

"양쪽 다라는 건 이해할 수 없군요. 무슨 뜻인가요?"

"끝까지 들으면 아실 겁니다. 그런데 여기서 다시 생각해주십시오. 처음에 제가 한 제안은 아직 유효합니다." 로스는 몸을 앞으로 내밀며 말을 이었다. "다음 이야기를 듣지 않고 보고서를 저에게 돌려주시면 나머지 조사 비용은 주실 필요가 없습니다. 이번이 마지막 기회입니다. 다시 한번 생각해보시지 않겠습니까?"

사가는 웃으면서 머리를 좌우로 흔들었다. "그 건에 대해선 아까 드린 대답과 똑같습니다. 더구나 여기까지 이야기를 듣고 나서 어떻게 그만둘 수 있겠습니까?"

로스는 잠자코 고개를 끄덕이며 말했다. "알겠습니다. ……그러면 말씀드리지요."

메리는 처음에 감기에 걸린 줄 알았다. 평소 자신의 목소리가 아니었다. 평소보다 훨씬 낮고 잘 울려 퍼지는 것이다. 그러고 보니 예전에도 비슷한 일이 있었다. 감기 초기에는 인두나 성대가 붓는 탓인지 오히려 발성하기 편한 것이다. 이번에도 그런 거라고 생각했다.

"아하, 눈병 걸린 여자와 감기 걸린 남자라는 거군요." 사가가 오니시 쪽을 향해 일본어로 말하고는 히쭉 웃었다.

"네?" 오니시는 한순간 무슨 뜻인지 몰라서 멍한 표정을 지었다.

"눈병에 걸려서 눈이 촉촉한 여자와 감기에 걸려서 목소리가 촉촉한 남자는 섹시하다고 하잖습니까? 작가라면 무슨 뜻인지 아시지요?"

"저, 그런 말이 있었나요?"

감기에 걸린 에도_{도쿄의 옛 이름} 남자의 목에 감은 하얀 스카프가 멋

있다는 말이 아니었던가?

"그런데 그게 메리와……."

무슨 관계가 있느냐고 물으려고 하다가 오니시는 알아차렸다. 메리가 감기에 걸려서 목소리가 달라졌다는 것이다.

로스는 알아들을 수 없는 일본어 대화는 무시하고 다음 이야기로 나아갔다.

"……메리는 홍차에 벌꿀을 넣어 마시고 목에 찜질을 했습니다. 사막은 워낙 건조해서 평소에도 목 관리는 거르지 않았지만 이날은 밤에 대비해 특히 꼼꼼하게 한 것이죠. 저녁 무렵에는 목소리가 조금 좋아졌습니다. 그래서 그날 밤에도 파파고족 사람들을 만나러 갔지요." 로스는 침울한 목소리로 말을 이었다. "불행하게도 그녀에게는 두 가지 악조건이 겹쳤습니다. 우선 전날 수십 킬로미터 떨어진 곳에서 대규모 모래 폭풍이 발생한 겁니다. 산불의 연기처럼 하늘을 뒤덮었던 모래 알갱이는 반나절 만에 사라졌지만, 먼지나 흙의 미세한 알갱이는 하늘 높이 솟구친 채 장시간 떠돌아다녔죠."

미세한 모래 먼지로 인해 편도선을 다쳤든지, 진폐증에 걸리기라도 한 걸까.

오니시가 물어보려고 했을 때 사가가 먼저 물었다. "아무리 생각해도 좀 이상하군요. 로스 씨는 아까 메리 켐프에 관해서는 거의 자료가 남아 있지 않다고 하지 않았던가요? 파파고족과의 만남도 그렇고, 어떻게 그렇게까지 자세히 알고 있지요?"

로스는 고개를 끄덕이며 말했다. "모래 폭풍에 관해선 주변 농지에 피해가 있었다는 기록이 남아 있었습니다. 그리고 미리 말씀드리지 않았지만, 소노라사막에 오고 나서 메리는 일기를 썼습니다. 평범한 일기라기보다 연습 일지 같은 것인데, 파파고족을 만난 후에는 내용이 늘어났지요. ……일기에는 또한 다른 사실도 쓰여 있었습니다. 메리는 당시 임신 중이었는데, 안타깝게도 그것 또한 악조건의 하나가 되었어요."

그 악조건이란 건 도대체 무엇인가. 오니시는 조바심이 났다.

"임신한 게 사실이라면 아버지는 누구였나요?"

"그것에 관해선 확실히 쓰여 있지 않았습니다. 아마 뉴올리언스에 같이 갔던 피터 같지만 확증은 없습니다." 로스는 슬픈 얼굴로 고개를 가로저었다.

그 모습은 한 번도 만난 적이 없는, 100여 년 전 여성에 관해 말하는 것처럼 보이지 않았다.

"그날 밤, 메리와 파파고족 사람들 사이에 무슨 일이 있었는진 확실하지 않습니다. 메리는 큰 충격을 받았는지, 일기도 지리멸렬하게 쓰여 있었어요. ……하지만 제 상상으론 이렇지 않았을까 합니다."

그날 밤에도 파파고족 사람들은 메리를 자연스럽게 받아들였다. 마치 가족을 만난 것처럼 편안해진 메리는 바스켓 드럼이나 등나무 플루트에 맞춰서 노래를 부르려고 했다.

그런데 그녀의 목소리를 들은 순간, 파파고족 사람들 사이에 긴장감이 내달렸다. 그들은 서로 얼굴을 마주 보더니 동시에 연주를 중

단했다. 무슨 일이 일어났는지 모른 채, 메리는 당황한 얼굴로 멍하니 서 있었다. 그러곤 그들에게 배운 몇 마디 파파고어를 이용해 어떻게 된 일이냐고 물었다.

그들은 슬픈 얼굴로 메리를 바라볼 따름이었다. 잠시 후 한 사람이 그녀에게 이제 이곳에 와서는 안 된다고 말했다.

왜죠, 라고 메리는 물었으리라. 파파고족 사람들과의 밤의 축제는 그녀에게 무엇보다 소중한 시간이었다. 갑자기 그 시간을 빼앗기는 것은 가족과 떨어지는 것보다 괴로운 일이었다. 더구나 문제가 무엇인지, 자신이 어떤 실수를 저질렀는지 모르는 상태에서는 순순히 받아들일 수 없었다.

파파고족 사람들의 대답은 단순했다. 너무나 단순해서 오히려 이해하기 힘들었다. 그들은 메리에게 사악한 대지의 마술사가 씌었다고 말한 것이다.

그 말을 끝으로 그들은 모든 커뮤니케이션을 끊었다. 악기를 연주하기는커녕 한마디도 하지 않았고 그녀를 보려고도 하지 않았다. 그들에게 완전히 거부당했음을 깨달은 메리는 절망에 빠져 그 자리를 떠날 수밖에 없었다.

그 이후, 메리는 오두막집에 틀어박혀 어느 누구와도 만나지 않은 채, 자신의 목소리만을 들으며 매일을 보내게 되었다. 다행히 잠시 지나자 감기는 나은 듯했다. 다만 메리의 다리에는 결절을 동반한 붉은 반점이 생겨서 언제까지나 사라지지 않았다. 그것을 볼 때마다 메리는 정말로 대지의 마술사가 자신에게 씐 게 아닐까 하는 공포와 비슷한 감정에 휩싸였다.

그러던 어느 날, 갑자기 목소리가 나오지 않게 되었다.

"무슨 일이 있었나요?" 오니시는 더는 견딜 수 없어서 물었다.

"……암두스키아스입니다." 로스는 수수께끼 같은 말을 입에 담았다.

"네?"

"음악의 악마로군." 사가가 일본어로 중얼거렸다.

그러니까 그건 또 뭐냐고!

오니시가 사가에게 묻기 전에 로스가 말을 이었다.

다시는 목소리가 나오지 않는 게 아닐까 하는 메리의 공포는 기우로 끝났다. 다음 날에는 다시 목소리가 나오게 된 것이다. 하지만 이번에는 다른 절망이 기다리고 있었다.

메리의 목소리는 자신의 목에서 나왔다고 생각할 수 없을 만큼 갈라져 있었다. 마치 무서운 악마가 쒼 것처럼. 메리는 노래하고 싶은 마음이 들지 않았다. 그리고 예전 목소리가 돌아오지 않는다면 스스로 목숨을 끊기로 마음먹었다.

"그런데 예전 목소리가 돌아왔죠?" 오니시는 스스로를 안심시키려고 하듯 물었다.

그렇지 않으면 이상하다. 목소리가 돌아오지 않았다면 그 SP의 노래는 무엇이란 말인가.

"네에. ……하지만 그건 치료된 게 아니었습니다. 불가역적인 변화였어요." 로스는 점점 더 우울한 얼굴로 컵의 물을 단숨에 마신 뒤, 물병의 물을 직접 따랐다. "그녀도 예감을 했던 것 같습니다. 이제 자신에게 남은 시간이 얼마 없다는 것을……."

메리의 오두막집에는 생활을 위한 시설뿐만 아니라 SP 녹음을 할 수 있는 기자재가 갖추어져 있었다. 축음기의 혼보다 구경이 좁은 메가폰의 넓은 쪽을 향해 노래하고, 그 음성을 직접적으로 원반에 새기는 것이다.

겨우 목소리가 나오게 되자 메리는 곧바로 노래 연습을 재개했다. 몸에 새겨진 독일 창법만이 유일한 희망이었지만, 다행히 서서히 고음을 낼 수 있게 되었다. 더구나 놀랍게도 예전에는 낼 수 없었던 초고음까지 편안히 낼 수 있게 되었다.

메리에게는 이 녹음이야말로 자신의 '백조의 노래'가 되리라는 확신이 있었다. 〈홀로, 외로이 버려져〉는 예전에 감정이입해서 불렀을 때와는 180도로 달라져서, 소름 끼칠 만큼 박력이 넘쳤다.

그리하여 최초이자 최후의 SP 원반原盤을 녹음한 것이다.

로스는 거기서 말을 끊었다. 오니시와 사가는 다음 이야기를 기다렸지만 계속 침묵이 이어졌다.

"그런 다음에 어떻게 되었나요?" 조바심을 견디지 못하고 오니시가 물었다.

로스는 침묵을 깨뜨리고 작게 기침을 했다. "조금 전에 들은 SP가 메리 켐프의 최고의 노래이자 그야말로 백조의 노래입니다. 아마 충격을 받으셨겠죠. 미쓰코 존스도 그러했습니다. 실연의 충격으로 집에 틀어박혔던 미쓰코는 몇 번이고 이 SP를 듣고 이 노래의 포로가 되었죠. 그리고 마음 깊은 곳에서 꿈을 꾸었습니다. 평생에 단 한 번이라도 좋다, 이런 목소리로 노래해보고 싶다, 라고."

잠깐만! 오니시는 잠시 생각했다. 메리 켐프의 몸에 일어난 일은 도대체 무엇이었나. 설마 정말로 음악의 악마가 씌었다고 말할 생각은 아니겠지.

문득 노래하는 메리의 모습이 머릿속에 떠올라 오니시는 저도 모르게 몸을 떨었다. 전기적 처리를 일절 하지 않고 자신의 목소리를 곧바로 레코드의 홈에 새기는 작업에서 어딘지 모르게 주술적이고 신비한 느낌을 받은 것이다. 그녀의 숨결도, 그 자리의 공기도, 레코드에 모조리 봉인된다. 갈 곳이 없는 애절함과 원한도 또한.

이윽고 오랜 시간을 거쳐 소노라사막에서 살아남은 선인장 가시가 그녀의 노래를 재생할 때, 봉인되었던 저주가 다시 이 세계에 풀려나오는 게 아닐까……. 로스는 오니시의 망상을 아랑곳하지 않고 다음 이야기로 나아갔다.

"미쓰코는 메리 켐프에 관해 알고 싶어서, 몇 안 되는 음악업계의 연줄을 최대한 이용해서 조사했습니다. 그런데 그렇게 오래되지도 않았는데 거의 아무것도 알 수 없었지요. 미쓰코가 알아낸 건 메리가 〈홀로, 외로이 버려져〉를 녹음한 뒤 시신으로 발견되었다는 것, 유족이 남은 원반을 SP로 만들었다는 것뿐입니다. 그런데 적어도 200장은 만들었을 SP 중에 현재까지 남아 있는 건 단 한 장으로, 그 것도 소유자와 연락이 되지 않았어요. 메리의 노랫소리를 조금이라 도 듣기 위해서는 복사된 음원을 듣는 수밖에 없었고, 조금 전의 SACD는 그중에서 가장 상태가 좋긴 하지만 10년이 넘은 복사본의 복사본입니다."

"메리 켐프의 SP는 왜 거의 남아 있지 않지요?" 사가가 물었다.

오니시는 미쓰코의 SP가 거의 부서졌다는 이야기를 떠올렸다. 설마 이쪽도 원주민의 저주라는 이유로 없애버린 걸까.

"메리의 유족은 처음에 그녀의 노래를 한 사람이라도 많이 들려 주고 싶어 했어요. 그런데 갑자기 태도를 바꾸어 SP를 전부 회수해 서 소각하려고 했습니다. 이때 겨우 네다섯 장만이 그 상황을 피할 수 있었던 것 같습니다."

그중 한 장이 우연히 오지랖 넓은 사람의 손에 들어가 미쓰코에게 보내졌던 것이다. 그나저나 메리의 유족은 왜 그녀의 유작인 SP를 이 세상에서 없애려고 한 걸까. 그 노래에 세상 사람들에게 알리고 싶지 않은 비밀이 숨어 있었던 걸까. 메리나 그 가족에게, 후대까지 수치가 될 만한 비밀이…….

켐프 가문은 기독교 근본주의에 심취해 있었던 만큼, 어쩌면 SP에 서 반기독교적인 느낌을 받았을 수도 있다. ……예를 들면 악마에게 빙의되어서 노래를 불렀다든지.

로스는 오니시의 상상을 읽어낸 것처럼 고개를 끄덕였다.

"메리의 유족은 이미 로스앤젤레스에서 이사 갔지만, 미쓰코는 온갖 고생 끝에 이사 간 곳을 찾아내 편지를 썼습니다. 하지만 답장은 냉정하기 그지없었어요. 메리에 관해서는 이야기하고 싶지 않으니까 더는 연락하지 말라는 내용이었습니다."

"하지만 미쓰코는 포기하지 않았군요." 사가는 확신한 것처럼 말했다.

"그렇습니다. 미쓰코에게 메리는 이미 우상, 아니, 신으로 변해 있었습니다. 무슨 일이 있어도 그 노래의 비밀을 알고 싶다…… 그런 일념으로 미쓰코는 메리의 유족에게 편지를 수십 통이나 보내며 필사적으로 애원했습니다. 그리하여 결국 유족으로부터 메리 켐프가 마지막으로 녹음한 장소를 알아냈어요. 유족이 미쓰코의 열의에 패배한 것인지, 아니면……."

로스는 말을 끊었지만 오니시는 등줄기에 섬뜩한 오한을 느꼈다. 정 그렇다면 당신도 메리와 똑같은 말로를 겪으면 된다는 냉혹한 악의를 느낀 것이다.

"미쓰코는 메리와 달리 마음대로 쓸 수 있는 돈이 거의 없었어요. 그래도 쓸 만한 가재도구를 팔고 몇 푼 안 되는 저축을 긁어모아 가방 하나를 들고는 소노라사막으로 향했습니다." 로스는 하늘을 올려다보듯 눈을 감은 채 말을 이었다. "어쨌든 소노라사막은 광대합니다. 메리의 유족이 미쓰코에게 얼마나 자세히 말해주었는지는 모르겠지만, 메리가 남긴 작은 오두막집을 찾아내는 건 드넓은 모래사장에서 바늘을 찾아내는 것처럼 힘들었을 겁니다. 더구나 메리가 멋대로 국립공원에 지은 집인 만큼 이미 철거됐을 수도 있고, 그대로 방치해둔 가구나 녹음장치를 누군가가 훔쳐갔을 수도 있고요. 미쓰코를 위해서는 차라리 아무것도 남아 있지 않는 편이 좋지 않았을까요? 그런데 현실은 어느 쪽도 아니었습니다. 미쓰코는 무엇인가에 이끌린 것처럼 오두막집에 도착했어요."

그녀를 이끌어준 것은 천사인가, 아니면 악마인가.

"메리 켐프의 오두막집을 발견한 순간, 미쓰코는 온몸을 덜덜 떨었을 겁니다. 마침내 왔다. 그 대단한 노래를 부른 가희가 살았던 오두막집에."

하지만 그곳은 저주받은 곳이었다.

오두막집에 들어간 미쓰코는 깜짝 놀랐다. 마치 어제까지 누군가가 살았던 것처럼 정돈되어 있었던 것이다. 유리창도 깨지지 않고 벽도 튼튼했다. 문틈으로 스며들어온 모래 먼지만 치우면 잘 수 있을 만큼 침대도 깨끗했다. 미쓰코가 준비해온 식료품으로는 메리처럼 장기간 머물 수 없었지만, 아끼면 닷새 정도는 버틸 수 있을 것 같았다.

오두막집에 도착했을 때는 아직 해가 중천에 떠 있었지만, 미쓰코는 오후 늦게까지 집 안 구석구석을 청소했다. 다행히 오두막집에는 빗자루와 먼지떨이, 걸레도 남아 있었고, 200미터쯤 떨어진 곳에는 우물도 있어서 물 걱정을 할 필요도 없었다.

청소를 마친 미쓰코는 침대에 쓰러지듯 누워서 잠시 눈을 감았다. 그리고 몇 초 후에 눈을 떴다고 생각했는데, 이미 해가 떨어지고 주변에는 캄캄한 어둠이 자리하고 있었다.

미쓰코는 가져온 랜턴에 불을 붙이고 오두막집 밖으로 나왔다.

하늘에 떠 있는 수많은 별이 그녀를 맞아주었다. 그녀는 잠시 그 아름다운 모습을 멍하니 바라보았다. 똑같은 밤하늘이건만 로스앤젤레스의 밤하늘과 이렇게 다를 줄이야. 태어나서 처음으로 자연에 감싸이고 하늘과 대지에 안긴 감각에 휩싸인 채 미쓰코는 감격의 눈물을 흘렸다. 그리고 메리와 마찬가지로 사막을 향해 노래를 불렀다.

여기에서 부를 노래는 오기 전에 이미 정해놓았다. 가극 〈라크메〉에 나오는 〈종의 노래〉였다. 〈라크메〉에서는 예전부터 〈꽃의 이중창〉을 가장 좋아했지만, 메리 켐프의 〈홀로, 외로이 버려져〉를 듣고 나서는 〈종의 노래〉(그 어린 인도 소녀는 어디로 가는가) 이외에 생각할 수 없었다.

Où va la jeune Indoue, Fille des Parias,
Quand la lune se joue Dans les grands mimosas?
Quand la lune se joue.

그 어린 인도 소녀는 어디로 가는가? 파리아의 소녀여.
미모사의 거목 사이에서 달빛이 희롱거릴 때.

달빛이 희롱거릴 때.

그것은 너무나 신비한 감각이었다.

〈라크메〉는 인도 브라만교 사제의 딸인 라크메와 영국인 장교 제럴드의 슬픈 사랑 이야기인데, 아버지의 명령을 받은 라크메가 사랑하는 제럴드를 부르기 위해 노래하는 아름다운 아리아다. 사막에서는 소리가 메아리치지 않을까 하고 막연히 생각했지만, 거의 잔향이 없고 소리가 빨려 들어가는 듯한 신비한 느낌이 들었다.

미쓰코는 두 시간 정도 간절한 마음으로 노래했다.

대자연 앞에서 자신의 목소리는 너무나 가늘고 무기력했지만 이렇게 즐거운 시간은 지금까지 없었다. 반향은 없어도 자신의 목소리가 바람에 실려 몇 킬로미터 떨어진 곳까지 닿는 듯한 느낌이 든 것이다.

노래가 끝났을 때, 미쓰코는 자신의 몸속에 사막의 정령이 깃든 듯한 신비한 느낌에 사로잡혔다.

"미쓰코는 메리와 달리 임신은 하지 않았습니다." 로스는 무거운 목소리로 말했다. "그런데 우연히 메리 때와 비슷한 악조건이 있었죠. 전전날에 캘리포니아에 강한 지진이 발생한 탓에 소노라사막에서도 사력층의 경사면에 땅이 깊숙이 갈라지고 무너지면서 수많은 분진이 바람에 휘말려 올라가서 공중을 떠다닌 겁니다."

도대체 그게 미쓰코와 무슨 관련이 있단 말인가.

"더구나 그녀에게는 메리와는 다른, 더 결정적인 악조건이 있었습니다."

선글라스를 쓰고 있어도 사가가 미간에 주름을 잡는 것을 알 수 있었다.

로스는 신음하는 듯한 목소리로 덧붙였다. "미쓰코가 흑인의 피를 이어받았다는 겁니다."

그게 무슨 뜻이지? 오니시는 한순간 당황했지만 섣불리 물었다가 인종 문제에 휘말리고 싶지 않아서 잠자코 있었다. 미쓰코가 일본인과 흑인의 피를 이어받았다는 건 알고 있지만 그것이 왜, 애초에 무엇에 대한 악조건이란 말인가.

"미쓰코는 불행하게도 불과 하루 만에 씌었습니다." 로스는 보일 듯 말 듯 고개를 옆으로 가로저었다. "밤에 잠자리에 들 때, 그녀는 몸에 위화감을 느꼈지요. 그리고 다음 날 아침에 눈을 떴을 때는 메리와 마찬가지로 목소리가 나오지 않았습니다."

"도대체 미쓰코에게 무엇이 씌었다는 건가요?" 사가가 가래가 섞인 목소리로 물었다.

"암두스키아스입니다." 로스는 무표정하게 대답했다.

"조금 전에도 그렇게 말씀하셨는데, 그것은 '지옥의 공작'이라고도 불리는 음악의 악마의 이름이지요? 악마가 씌었다…… 그게 당신이 조사한 결론인가요?" 사가는 무서운 표정으로 물었다.

로스는 다시 머리를 가로저으며 대답했다. "미쓰코에게 들러붙은 건 지옥에서 온 초자연적인 존재가 아닙니다. 지하에서 나타난 건 사실이지만 우리와 마찬가지로 현실에, 이 세상에 존재하는 크리처(생물)이지요."

"크리처(괴물)라고요?" 오니시는 자기도 모르게 되물었다.

"정식으로는 콕시디오이데스 이미티스 암두스키아스Coccidioides immitis amduscias라고 합니다. 지금은 콕시디오이데스 이미티스의 아종이라는 위치에 있지만, 완전히 별종이라는 견해가 유력해지고 있습니다."

"그 콕시디오이데스 이미티스란 게 대체 뭡니까?" 더는 참을 수가 없었는지 사가의 목소리가 높아졌다.

"콕시디오이데스 이미티스는 진균fungus의 일종입니다. 캘리포니아, 애리조나, 네바다, 뉴멕시코, 유타, 텍사스에서 멕시코에 걸친 반건조 지역의 토양 속에 널리 서식하고 있어요."

'fungus'라는 단어는 보통 버섯류를 뜻하는데, 병원성을 가지고 있다면 곰팡이의 일종일까.

"이 진균의 포자를 흡입하면 나타나는 증상을 콕시디오이데스증이라고 하는데, 계곡열이나 산 호아킨 밸리 병, 사막 류머티즘, 포사다스병이라고 부르기도 합니다. 강풍이나 토목공사로 인해 흙먼지와 함께 피어오른 분절형 분생자를 흡입함으로써 감염되죠. 그 이후, 콕시디오이데스증은 네 종류의 경과를 거칩니다. 첫째, 원발성 폐 콕시디오이데스증입니다. 증상은 거의 없지만 환자 중 약 40퍼센트가 가벼운 감기와 비슷한 증상을 보이죠. 오염 지역 주민의 대부분은 단기간에 자연적으로 치유되는 것 같더군요. 또한 환자 중

10퍼센트의 종아리에는 결절을 동반한 붉은 반점이 생긴다는 특징이 있습니다. 둘째, 원발성 피부 콕시디오이데스증입니다. 매우 드물게 피부에 초발병소가 생긴다고 합니다. 자상 또는 외상으로 감염되어 증상이 나타나는데, 궤양이 생겨서 꽃양배추 모양의 종기가 되지요. 셋째, 양성 잔류성 콕시디오이데스증입니다. 증상이 나타난 원발성 콕시디오이데스증에 걸린 2퍼센트에서 8퍼센트의 환자의 폐에 결핵과 비슷한 구멍이 생기죠. 구멍의 벽은 얇고 낭종처럼 생겼으며, 종종 액이 들어 있습니다. 염증 반응은 거의 없고, 병소는 그이상 진행되지 않으며 감염의 우려도 없습니다. 자각증상도 거의 없어서 X선으로 촬영하지 않으면 발견할 수 없고, 콕시디오이도마(콕시디오이데스종)라고 하는 일도 있어요. 마지막이 가장 무서운 파종성 콕시디오이데스증입니다. 콕시디오이데스 육아종이라고도 하고, 진행성 또는 2차성 콕시디오이데스증이라고도 하지요. 피가 돌면서 폐의 초감염병소가 온몸에 퍼지는 겁니다. 원발성 폐 콕시디오이데스증 환자의 약 0.5퍼센트에 발생해 그중 절반이 사망하는데, 면역부전증 환자는 특히 경과가 좋지 않은 것 같더군요. 피부나 피하조직, 뼈, 관절, 간, 신장, 그리고 임파 조직이 손상되고, 급성인 경우에는 수막염을 일으키는 일도 있습니다. 참고로 이 진균의 포자는 한 개만 흡입해도 감염될 가능성이 있어서, 각국의 연구소에서 취급할 때 생물안전도는 페스트균과 같은 레벨3이라고 합니다."

로스는 메모를 보면서 담담하게 설명을 이어갔다.

"제가 악조건이라고 한 건 전부 감염 위험에 관해서입니다. 흙을 파헤치는 직업인 건설업이나 농업, 유적 발굴에 종사하는 사람들은 감염 위험이 높아지는데, 특히 임신을 했거나 에이즈에 감염되어 면역력이 저하된 사람들, 인종으로는 흑인이나 필리핀인은 더 감염되기 쉬우며 증상이 심해지는 경향이 있습니다.”

“그러면 미쓰코와 메리가 사막의 무서운 풍토병에 걸렸다는 건가요? 사망한 이유도 그것 때문이고요?”

“그렇습니다.” 로스는 고개를 끄덕이며 말했다.

“그건 매우 가슴 아픈 일이지만 내가 알고 싶은 건 그녀들의 사인이 아닙니다.” 사가가 누리끼리한 이를 드러내며 말했다. “그녀들이 어떻게 해서 그토록 훌륭한 고음을 낼 수 있었는가 하는 것이죠.”

“실제로 그 두 가지는 표리일체의 관계에 있습니다.” 로스는 잠시 기침을 하고는 다시 말을 이었다. “암두스키아스가 일반적인 콕시디오이데스 이미티스와 다른 최대의 특징은 자릿수가 다를 만큼 감염력이 강하고 중증화율과 치사율도 거의 100퍼센트에 가깝다는 것 말고도, 호흡기 중에서도 특히 성대를 좋아한다는 점이죠.”

불길한 예감이 극에 달했다. 로스의 이야기는 생각지도 못한 방향으로 급 핸들을 꺾으며, 오니시가 듣고 싶은 이야기와는 정반대 방향으로 나아갔다. 충격을 받은 것은 사가도 마찬가지인 듯했다. 아니, 온몸이 얼음처럼 굳은 모습으로 볼 때 오니시보다 더 심한 충격을 받은 모양이었다.

“처음에는 감기에 걸린 듯한 목소리가 나오지만, 그것이 나왔다고 생각할 무렵에 몸의 어딘가에 결절을 동반한 붉은 반점이 나타납니다. 그러곤 갑자기 목소리가 나오지 않게 되지요."

"……메리 켐프에게 나타난 증상이 그랬다는 건가." 사가는 혼잣말처럼 중얼거렸다.

"그렇습니다. 그 이후, 감염자를 더욱 절망의 늪에 빠뜨리는 증상이 나타납니다. 마치 악마가 씐 것처럼 목소리가 기이하리만큼 갈라지게 되죠. 그래서 사람들은 종종 감염자에게 정말로 악마가 씌었다고 믿은 것 같습니다."

오니시는 파파고족의 신화를 떠올렸다. 그들은 분명히 옛날부터 이 질환의 존재를 알고 있었으리라. 그리하여 대지의 마술사의 전설을 남겼다. 기괴한 마술사는 땅으로 가라앉아 모습을 감출 때, 모든 병의 씨앗을 지상에 남겨두었다고 한다.

잠깐만. 혹시 피어오르는 흙먼지는 대기를 눈뜨게 하고 비구름을 낳는다는 것도 콕시디오이데스증과 관련이 있는 게 아닐까?

"이때 감염자의 성대에는 무수한 수포가 생기는데, 그것이 모두 터진 다음에는 얇은 껍질이 벌의 날갯짓 같은 소리를 내게 됩니다. 또한 성대 전체에 진동하기 힘든 힘줄이 몇 개 들어가는데, 각각의 파트가 분할진동함으로써 초고음을 낼 수 있게 되죠."

그럴 수가. 그것이 그 놀라운 노랫소리의 정체였단 말인가. 오니시는 말을 할 수 없을 만큼 큰 충격을 받았다.

하지만 그렇다면 앞뒤가 맞다. 보통이라면 도저히 낼 수 없는 초고음을 쉽게 낼 수 있었던 것도, 한번에 두 개의 목소리를 낼 수 있었던 것도.

"그게 말이 됩니까! 그런 이야기는 믿을 수 없습니다! 만약 그렇다면 옛날부터 그 병에 감염된 사람은 모두 똑같은 초고음을 낼 수 있었다는 거잖습니까?" 분노로 인해 사가의 얼굴은 창백해지고 입술은 바들바들 떨렸다.

"물론 그렇지는 않습니다. 성대가 그런 상태가 되더라도 그 소리를 내기 위해서는 또 한 가지 조건이 필요하죠. 진동하기 힘든 성대를 엄청난 에너지와 테크닉으로 작동시키는 벨칸토 같은 오페라 창법을 마스터하지 않으면 도저히 불가능합니다." 로스는 사가로부터 눈길을 돌리며 말을 이었다. "이야기를 원점으로 돌리죠. 목소리가 나오지 않자 미쓰코는 큰 충격을 받고 소노라사막을 뒤로했습니다. 상심한 그녀는 가까스로 집으로 돌아왔지만, 그녀의 목소리는 마치 악마에게 씐 것처럼 기이하게 쉬고 갈라졌습니다."

로스의 이야기를 계속 듣는 것에 무슨 의미가 있을까? 오니시는 메모하던 펜을 물끄러미 바라보았다. 애초에 사가는 이런 이야기를 정말로 책으로 만들고 싶은 걸까.

"불행 중 다행인 것은 미쓰코는 메리 켐프처럼 신앙심이 깊은 커뮤니티에 속한 게 아니라서 강제로 악마 퇴치를 받는 일은 없었습니다. 그로부터 며칠 후, 그녀는 목소리가 돌아왔다는 걸 알아차렸습니다. 아마 기쁨의 눈물을 흘리며 신에게 감사의 기도를 올렸겠죠. 그러곤 재빨리 노래를 녹음하기 시작한 겁니다." 로스는 〈종의 노래〉의 SP를 힐끔 쳐다보며 덧붙였다. "이건 제 상상이지만 그녀는 자신의 죽음이 머지않았다는 걸 어렴풋이 알아차리지 않았을까요?

그래서 자신만의 〈백조의 노래〉를 남기려고 했겠죠. 메리 켐프가 그 렇게 했던 것처럼요."

무거운 침묵이 내려앉았다. 사가는 마치 돌덩이로 변한 것처럼 손 가락 하나 움직이지 않았다. 선글라스 안쪽의 눈은 꼭 감겨 있었다. 한 시간도 되지 않는 사이에 완전히 생기를 잃어버렸는지, 피부는 흙빛으로 변했다.

로스가 사가 쪽으로 몸을 돌리며 말했다. "마음은 충분히 이해합 니다."

"마음을 이해한다고? 당신이 뭘 이해한다는 거지?" 사가는 눈을 감은 채 갈라진 목소리로 말했다. "나는 이제 곧 완전히 빛을 잃어버 려. 소리의 세계는 내게 남은 유일한 성역이었지. 소리만 있으면 나 는 살아갈 수 있어. 그리고 이 세상 모든 소리 중에서 가장 빛나고 아름다운 게 여성의 보컬, 즉 가희의 소프라노야. 난 모든 가수가 남 긴 음원을 섭렵한 끝에, 마침내 최고의 보석을 발견했다고 생각했 어. 이것이야말로 기적의 노랫소리이자 신의 축복을 받은 특별한 소 리다, 그렇게 확신했지. 그런데……."

얼굴을 위로 향한 사가의 입에서 오열하는 듯한 희미한 소리가 새어나왔다.

"그게 전부 악마의 선물이었다는 건가? 이렇게 불길하고 저주스 러운 노래는 두 번 다시 들을 생각이 없네."

로스는 깊숙이 고개를 끄덕였다.

"그래서 랜드 씨는 당신이 제 보고를 듣지 않았으면 했습니다. 저도 몇 번이나 경고했고요. 하지만 당신은 끝까지 듣겠다고 고집을 부렸습니다."

오니시는 마음속으로 반박했다. 그 말은 너무 심하지 않은가. 과연 그곳에서 진실을 듣지 않고 포기할 사람이 있을까? 인간은 어떤 때라도 진실을 알고 싶어 하는 법이다. 그것이 아무리 무섭고 추악한 진실일지라도.

로스가 혼잣말처럼 중얼거렸다. "저는 진심으로 당신을 동정해야겠죠. 하지만 저에게는 그렇게 할 수 없는 사정이 있습니다."

"어떤 사정인가요?" 사가를 대신하여 오니시가 물었다.

오니시도 역시 큰 충격을 받았지만, 로스의 태도에서 어딘지 모르게 석연치 않은 느낌을 받은 것이다.

"저는 메리 켐프와 미쓰코 존스의 발자취를 쫓아서 소노라사막으로 갔습니다."

로스는 잠시 말을 끊고 물을 마셨다. 하지만 물을 다 마시고 나서도 입을 열지 않았다.

왜 입을 다문 걸까? 오니시는 멍하니 입을 벌린 채 로스의 얼굴을 쳐다보았다. 다음 순간, 그는 흠칫 놀라며 눈을 크게 떴다. 설마.

"조금 전에 하신 말씀 중에 흑인은……."

로스는 오니시를 힐끔 쳐다보고 천천히 입을 열었다. "나름대로 조심한다고 했는데도 감기에 걸린 것 같습니다. 그 이후, 미열이 계속되고 목에도 위화감이 있더군요."

로스의 이마에는 작은 구슬땀이 맺혀 있었다.

"안심하십시오. 저에게서 2차 감염이 되는 일은 없다고 합니다. 하지만……."

사가가 무슨 말인가 할 것처럼 입술을 떨었지만 좀처럼 말이 나오지 않았다.

"그러셨나요? 그것참 미안한 짓을 했군요."

간신히 짜낸 목소리는 괴로움으로 가득 차 있었다.

"당신 탓이 아닙니다."

"내가 이런 의뢰를 하지 않았다면……."

"콕시디오이데스증에 관해선 일본인인 당신보다 제가 더 자세히 알았어야 했습니다. 미리 대비를 하고 조심했어야 하는데……." 로스는 처음으로 하얀 치아를 보이며 환한 미소를 지었다. "그러면 보고도 끝났으니까 그만 실례하기로 하지요."

로스가 서류가방을 들고 일어서는 걸 보고도 사가는 보일락 말락 고개를 끄덕일 뿐이었다. 완전히 자신의 세계에 틀어박힌 것 같았다.

"제가 배웅해드리죠."

오니시가 일어서서 청음실의 두터운 문을 열어주었다. 홈 엘리베이터를 타고 1층으로 올라가자 우메다란 여성이 얼굴을 내밀었다.

"어머나, 벌써 가시나요?"

"일단은 로스 씨뿐입니다." 오니시는 잠시 망설이다가 덧붙였다. "사가 씨의 컨디션이 좀 안 좋은 것 같은데 잠깐 봐주시겠습니까?"

여성은 당황한 모습으로 황급히 지하의 청음실로 향했다.

로스는 베이지색 트렌치코트를 입고 신발을 신더니 오니시 쪽으로 몸을 돌렸다. "그럼 그만 가보겠습니다."

일본인의 관습을 알고 있는지, 악수를 하기 위한 손은 내밀지 않았다.

"안녕히 가십시오."

오니시가 고개를 숙이자 로스도 똑같이 따라 했다.

"……부디 몸조심하시기 바랍니다."

로스는 말없이 고개를 끄덕이고는 양문형 대문의 한쪽을 열었다.

밖에는 오니시가 왔을 때와 똑같이 가을비가 추적추적 내리고 있었다. 한순간 습기를 머금은 싸늘한 공기가 뺨에 닿았다. 문이 차가운 소리를 내며 냉정하게 닫혔다.

오니시는 지금부터 쓰려고 하는 소설의 내용을 생각했다. 교토에서 우연히 만난 남녀의 고전적인 사랑 이야기를.

미쓰코의 이야기는 쓸 수 없다. 소노라사막의 어두운 밤하늘은 자신의 머리로는 상상도 할 수 없다. 이 세계는 거대하고 복잡하며 기묘하고…… 잔혹한 일이 너무도 많다.

지하로 발길을 돌리면서 그는 한순간 공상에 잠겼다. 옛 도읍지의 차분한 공기에 감싸인, 빛나는 왕조시대처럼 화려한 이야기의 세계에.

고쿠리상

秋雨物語

こっくりさん

1

2003년 11월 28일 금요일

아이들이 함부로 올라갈 수 없도록 낡은 책상과 의자로 계단을 막고 그 위에 골판지 상자를 쌓아두었지만, 곤도 다쿠야는 좁은 틈을 빠져나가 초등학교 옥상문의 손잡이를 잡았다.

예상한 대로 문은 잠겨 있었다. 다쿠야는 직원실 열쇠함에서 슬쩍 해온 열쇠를 끼우고는 소리가 나지 않도록 살며시 비틀어 철제문을 열었다.

그 순간, 눈앞에서 빛이 넘치고 숨을 쉴 수 없을 만큼 강한 바람이 밀려왔다. 옥상으로 나가서 문을 닫자 갈 곳을 잃어버린 바람이 차분히 가라앉았다.

다쿠야는 텅 빈 공간을 둘러보았다. 농구 코트 정도는 충분히 될 것 같았다. 높은 펜스가 사방을 둘러싸고 있어서 넘어가려면 조금 힘들 것 같지만, 막상 기어오르면 충분히 넘어갈 수 있으리라.

다쿠야는 천천히 펜스로 다가갔다. 누가 밑에서 보면 곤란하다. 그는 몸을 낮추고는 살며시 펜스에 얼굴을 가까이 댔다.

교정에는 저학년 아이들이 드문드문 있었으나 대부분은 이미 하교한 것 같았다. 이쪽을 쳐다보는 아이는 아무도 없다.

……지금이 기회일지도 모른다.

다쿠야는 펜스를 올려다보았다. 한가운데에 이음매가 툭 튀어나와서 기어오르기는 쉽지 않겠지만, 어떻게든 넘어가서 뛰어내리기만 하면 모든 것이 끝난다. 최근 며칠간의 괴로움도, 끝없는 후회와 공포의 시간도, 고작 12년의 인생도.

눈을 감으면 아무리 고개를 흔들어도 그 광경이 떠오른다.

지저분한 텐트가 강력한 불길을 내뿜으며 마구 흔들렸다. 마치 단말마의 비명을 지르며 몸부림치는 괴물처럼 보였다.

이윽고 사나운 짐승이 절규하는 듯한 무시무시한 비명이 들렸다. 하지만 다쿠야는 손쓸 도리가 없이 망연히 지켜보는 수밖에 없었다.

잠시 후, 가장 무서운 시간이 다가왔다. 기이한 냄새와 시커먼 연기를 모락모락 내뿜던 텐트가 움직이지 않더니, 무거운 정적이 이어진 것이다.

다쿠야는 몸을 파르르 떨었다. 싫다. 도저히 견딜 수 없다. 이제,

이제 더는…….

그는 일어서서 두 손으로 철망을 꽉 잡았다. 그래도 결국은 아무것도 할 수 없다는 걸 알고 있지만.

그때 등 뒤에서 철문 열리는 소리가 들렸다. 흠칫 놀라서 돌아보니 니지마 하루토가 옥상으로 나오는 참이었다.

이런. 문 잠그는 걸 깜빡했다. 하루토라서 다행이지만, 선생님이었다면 난감한 상황에 처할 뻔했다. 잠긴 문을 어떻게 열었느냐고 물으면 대답할 도리가 없는 것이다.

"지금 뛰어내리고 싶었지?" 하루토가 나른한 걸음걸이로 다가오면서 가볍게 물었다.

"무슨 말이야? 내가 왜 그런 짓을 해?"

다쿠야는 시치미를 뗐지만 하루토의 눈을 속일 수 없다는 건 알고 있었다.

"이렇게 아름다운 날에 죽을 수 있다면 최고지." 하루토는 가을 햇살이 비치는 길거리를 내려다보면서 혼잣말처럼 중얼거렸다.

"넌 급하게 죽지 않아도 되잖아?"

하루토는 날카로운 눈길로 다쿠야를 노려보며 반문했다. "앞으로 내가 어떻게 되는지 알고 있다는 거야?"

"……아니."

"지금은 아직 괜찮아. 가끔 두통에 시달리고 머리가 멍해질 뿐이니까. 하지만 조만간 손발이 마비되고 시야가 좁아지면서 말하기도 힘들어질 거야. 뇌종양이 더 커지면 더욱 비참해질 거고. 자세히 가르쳐줄까?"

"아니야, 미안해."

다쿠야가 순순히 사과하자 하루토는 얼굴을 찡그렸다.

"나야말로 미안. 엉뚱한 곳에 화풀이할 생각은 없었어." 하루토는 서 있기도 힘든지 옥상 바닥에 주저앉으면서 덧붙였다. "혼자선 용기가 안 나지?"

"응."

그런 감정은 지금 온몸으로 실감하는 중이다. 이런 상황에서도 마음의 한쪽 구석에서는 아직 살고 싶다는 욕망이 피어오르고 있었다.

"기왕 이렇게 된 거, 넷이 한꺼번에 '하나, 둘, 셋' 하고 같이 죽을까?" 하루토가 기묘한 말을 꺼냈다.

"넷이? 가에데는 그렇다 치고 또 한 명은?"

"신이치." 하루토는 초등학생답지 않게 냉소적인 미소를 지으며 말했다. "아버지가 돌아가시는 바람에 앞이 캄캄해진 것 같아. 지금 급식비도 낼 수 없어서 나중에 대학에 가는 건 도저히 불가능하대. 어른이 돼봤자 어차피 쓰다 버리는 비정규직 사원이 되든지 악덕 기업에서 밤새 일하다 과로사할 뿐이야. 아무런 꿈도 희망도 없으니까 차라리 지금 죽고 싶다더라고."

멍청한 녀석. 벌써 그렇게 패배자 의식에 젖어서 어쩌자는 거야? 다쿠야는 마음속으로 한심한 녀석이라고 욕설을 퍼부었다. 겨우 그까짓 일로 죽고 싶어 하다니. 다른 세 명에 비하면 그 정도 고통은 새 발의 피가 아닌가.

"뭐, 내 처지에서 보면 웃기는 소리 작작 하라고 하고 싶지만, 본인이 진심으로 절망해서 죽고 싶다면 딴 사람이 이러쿵저러쿵 비난할 일은 아니잖아?"

하루토의 이야기를 들으면 도저히 같은 나이라곤 생각할 수 없다. 그러고 보니 소문에 따르면 하루토의 IQ는 200이 넘는다고 한다. IQ라는 건 정신연령을 실제 연령으로 나눈 백분율이라고 하던데, 그렇다면 하루토의 정신연령은 스물두 살 정도일까.

"넷이 같이 죽자니, 어떻게 할 건데?" 그런 게 성공할 리 없다고 생각했지만 다쿠야는 일단 물어보았다.

"손을 잡고 뛰어내리는 건, 전원의 타이밍이 맞지 않으면 실패할 확률이 높아. 누군가가 먼저 뛰어내려서 엉겁결에 떨어지는 건 너무 끔찍하고."

하루토는 모든 방법을 생각해본 듯했다.

"한 줄로 서서 목을 매는 것도 겁을 먹고 혼자만 살아남으면 최악이잖아? 만약 성공한다 해도 나중에 시신을 발견한 사람의 엄청난 트라우마를 생각하면 할 짓이 못되고. 가장 최악인 건 염화수소야. 관계없는 사람까지 휘말려서 죽을 수도 있으니까."

"그럼 어떻게 하자는 거야?"

"가장 현실적인 방법은 역시 연탄이겠지. 머리가 깨질 것처럼 아픈 게 단점이지만."

제발 그것만은 참아줘. 옛날부터 차멀미가 심해서 소풍 갈 때 버스를 타는 것도 질색이었는데, 인생의 마지막 순간에 왜 그런 고통을 겪어야 하는가.

"그건 뭐야?" 다쿠야는 하루토가 들고 있는 프린트물 다발을 가리키며 물었다.

"이건 말이지……." 하루토가 고개를 끄덕이며 말했다. "우연히 인터넷에서 재미있는 도시전설을 발견했어. 그래서 좀 조사해봤거든."

"도시전설? 그게 뭔데?"

다쿠야는 황당한 표정을 지었지만, 하루토의 대답을 듣고는 더욱 아연해할 수밖에 없었다.

하루토가 진지하게 말했다. "고쿠리상_{동전을 이용해 귀신을 불러내는 주술.}"

"엉?"

고쿠리상? 하루토의 입에서 나오리라곤 꿈에도 생각하지 않았던 말이다.

"지금 제정신이야? 넌 그런 걸 제일 싫어했잖아?"

"응. 멍청한 여자애들이 10엔짜리 동전으로 집단 히스테리 놀이를 하는 사이코 같은 장난이라고 생각했어."

하루토는 프린트물 다발을 다쿠야에게 내밀었다. 읽으라는 것 같았지만 보고 싶은 마음이 없어서 다쿠야는 되밀었다.

"됐어."

"그러지 말고 한번 봐. 기껏 조사했으니까."

하루토가 육체의 고통을 참아가면서 컴퓨터 앞에 앉아 있는 모습이 눈에 떠올랐다. 다쿠야는 어쩔 수 없이 프린트물을 받아 휘리릭 넘기며 대충 읽어보았다. 그리고 다시 처음으로 돌아가 이번에는 정신을 집중해서 제대로 읽었다.

　산더미 같은 건초더미 안에서 바늘 찾기라는 이름의 홈페이지에서 발췌한 내용인 듯했다. 그곳에서는 도시전설의 99퍼센트는 단순한 과장이고 허풍이지만, UFO를 봤다는 이야기와 마찬가지로 1퍼센트의 진실이 섞여 있다고 주장했다. 그러곤 통계의 해석에 관해 쓰여 있었는데, 그 부분은 재미없어서 건너뛰고 읽었다.

　문제는 고쿠리상 부분이다. 일반적인 고쿠리상과는 다른, 이른바 어둠 버전이 존재한다는 내용이었다.

　고쿠리상은 원래 입에서 입으로 전해지거나, 자기 눈으로 보고 흉내 내면서 대충 해왔기 때문에 종류가 매우 다양하다. 학교에서 고쿠리상 금지령을 내린 후에는 엔젤상이나 큐피드상 같은 이름으로 불리고, 또한 10엔짜리 동전이 아니라 가까이에 있는 연필을 사용하기도 한다.

　물론 대부분은 아무 일도 일어나지 않는다. 그런데 매우 드물게 근처를 떠돌던 저급 영혼이나 동물 영혼을 불러내는 일이 있어서, 그런 **성공 사례**(어디의 개뼈다귀인지 모르는 영혼이 나온 것뿐이지만) 덕분에 고쿠리상은 사라지지 않았다. 또한 드물기는 하지만 가끔 무시무시한 악령을 소환하는 경우도 있다. 그런 경우에 고쿠리상은 누군가를 제물로 삼지 않는 한 돌아가지 않아서, 현실에서는 지옥 그림이 펼쳐진다.

　만약 실제로 그런 호러 영화 같은 일이 일어났다면 어마어마한 사건이니까 세상의 주목을 받았을 테지만, 의외로 그렇게 되지는 않는다. 실제로 사건을 처리하는 경찰이 오컬트적인 해석은 일절 배제하는 데다가 정신착란이나 약물의 영향이라는 적당한 이유를 붙여서 **억지로** 현실적인 스토리로 만들기 때문이라는 것이다.

다쿠야는 프린트물을 읽으면서 생각했다. 뭐야? 진짜야? 하지만 고쿠리상을 하다가 정신이 이상해진 참가자들 사이에서 살인사건이 일어났다는 이야기는 한 번도 들은 적이 없어.

그런 와중에 있을 수 없는 우연이 몇 가지 겹치면서 어둠 버전이 태어났다고 한다. 그런 다음에 '있을 수 없는 우연'이라는 것은 통계적으로 얼마든지 일어날 가능성이 있다는 이해할 수 없는 이야기가 이어지는데, 이것도 건너뛰었다.

어둠 버전은 일명 러시안룰렛 버전이라고 하는데, 네 명이 한 팀으로 이루어진다. 첫째, 전원이 목숨을 걸어야 할 만큼 궁지에 몰려 있어야 하는 것이 필수 조건으로, 그중 세 사람은 인생을 역전시킬 귀중한 조언을 얻을 수 있지만, 그 대가로써 나머지 한 명은 목숨을 잃게 된다고 한다.

다쿠야는 얼굴을 들고 물었다. "이게 뭐야? B급 호러야?"

"잔말 말고 끝까지 읽어봐. 실제 사례 부분까지." 하루토는 축 늘어져서 펜스에 기댄 채 눈을 감고 말했다.

다쿠야는 할 수 없이 프린트물로 시선을 돌렸다.

어둠 버전에서 강림하는 영혼은 일반적인 고쿠리상에서 나타나는 저급 영혼과는 근본적으로 격이 다른 존재로, 의식을 거행할 때는 엄격하게 정해진 조건을 충족할 필요가 있다. 자세한 사항은 여기에 적을 수 없지만…….

다쿠야는 차가운 미소를 지었다. 이럴 줄 알았다. 결국 방법을 몰라선 시도해볼 수 없지 않은가. 새빨간 거짓말을 자기 멋대로 쓴 것이다. 이런 걸 지적할까, 하고 하루토를 보았지만 그는 여전히 눈을 감고 있었다. 참, 실제 사례 부분까지 읽으라고 했었지. 다쿠야는 조금만 더 참고 읽기로 했다.

필자는 어둠 버전이 실제로 이루어진 경우를 철저하게 조사했지만 대부분이 엉터리 정보라서 좌절할 뻔했다. 그런데 2000년 11월에 했을 때는 실제로 소환에 성공해서, 그 이후 네 명 중 한 명이 정말로 사망했다는 확증을 얻을 수 있었다.

정말인가? 다쿠야는 침을 꿀꺽 삼켰다.

지금부터 3년 전의 이야기다. 이때의 참가자는 다음의 네 명이었다. 본명은 확인했지만, 프라이버시를 지켜주기 위해 이름은 이니셜로 해두겠다.

A는 20대 초반의 남성이다. 오토바이 퀵서비스 아르바이트를 하다가 우연히 배달하러 간 회사에서 책상 매트 밑에 붙어 있는 금고 비밀번호를 발견했다. 그래서 한밤중에 몰래 들어가 돈을 훔치려고 하다가 경비원에게 들키는 바람에 뒤엉켜서 싸우다 때려죽였다.

으아, 이 녀석은 뭐야. 최악이잖아?

다쿠야는 얼굴을 찡그렸지만 바꿔서 생각해보면 자신은 A와 비슷하든지 더욱 나쁠지도 모른다.

B는 20대 후반의 여성이다. 믿었던 애인에게서 배신당하고 쓰레

기처럼 버려져서 살아갈 희망을 잃어버렸다고 한다. 초등학생인 다쿠야는 그 마음을 100퍼센트 공감할 수는 없었다. 하지만 수많은 사람이 실연으로 자살하는 걸 보면 분명히 모든 걸 잊고 살 수 없을 만큼 괴로웠으리라.

C는 70대 남성이다. 의지할 친척도 한 명 없고 먹고살 길이 막막해 오직 죽음만을 기다렸지만, 자살할 용기도 없었다고 한다. 이 사람도 나이 차이가 너무 많이 나서 다쿠야는 그의 심정을 상상할 수 없었다. 그렇게 될 때까지는 수십 년이라는 세월이 있었으니까 어떻게든 돈을 벌 수 있지 않았을까? 하지만 현실은 그렇게 간단하지 않을지도 모른다.

D는 30대 남성이다. 몸이 점점 움직이지 않게 되는 루게릭병 환자였다고 한다.

하루토와 처지가 비슷하군, 하고 다쿠야는 생각했다. 아무리 생각해도 본인 책임이 아니지만, 어느 누구도 도와줄 수 없었으리라. 이 사람에게만큼은 안타까움을 금할 수 없었다.

이 가운데 셋은 고쿠리상 덕분에 새로운 인생을 손에 넣었다.

A에게 주어진 조언은 여덟 자리 숫자였다. 전화번호 같아서 시험적으로 전화를 걸었더니 병원으로 연결되었다. 그 병원을 찾아가자 죽은 줄만 알았던 경비원은 살아 있고, 더구나 조금씩 완쾌되고 있었다. 또한 사건이 일어난 날의 기억을 완전히 잃어버려서, A가 범인이라는 사실도 기억하지 못했다. A는 훔친 돈을 모두 간호사실에 맡기고는 황급히 병원을 뒤로했다.

뭐야? 경비원을 죽였다고 생각했으면서 그런 다음에 악착같이 돈을 훔친 거야? 다쿠야는 어이가 없어서 입을 다물지 못했다. 그것은 어차피 돌려주었어야 할 돈이 아닌가? 훔친 돈을 돌려주고 살인미수를 없었던 걸로 하다니, 웃기는 소리 하지 마. 조금이라도 속죄할 생각이 있었다면 적어도 자기 돈으로 치료비를 주어야 하지 않는가. 고쿠리상도 이상하다. 왜 이런 녀석을 구해준 거지?

B에게 주어진 조언도 여덟 자리 숫자로 전화번호 같았다. 전화를 걸어보니 어려운 아이들에게 무료로 식사를 제공해주는 자원봉사 단체였다. 통화를 하는 사이에 감명을 받은 B는 그 단체에서 자원봉사를 하게 되었고, 그곳에서 새로운 사람을 만났다고 한다.

사랑하는 사람을 만나서 해피 엔딩이라니, 동화 같은 결말이 아닌가. 더구나 그것은 아직 행복해지기 위한 출발선에 불과하다. 다쿠야는 고개를 갸웃거렸다. 어쨌든 절망의 늪에서 살아 돌아왔으니까 일단은 다행이라고 할 수 있으리라.

C가 받은 조언은 의미를 알 수 없는 열두 자리 숫자였다.

조언이 전부 숫자라니, 너무나 냉정하다. 고쿠리상의 어둠 버전은 혹시 AI가 아닐까?

C는 귀신에게 홀린 듯한 심정으로 고쿠리상 의식을 거행했던 폐병원에서 나왔는데, 우연히 이 해부터 시작한 '로또6' 매장 앞을 지나게 되었다. 그때 문득 생각이 나서 열두 자리 숫자를 여섯 자리씩 나누어 로또를 구입했는데, 모두 당첨되어서 노후를 풍요롭게 보낼 수 있을 만한 거금을 손에 넣었다.

말도 안 돼. 다쿠야는 코끝으로 비웃었다. 그렇게 행복한 이야기 가 어디 있는가.

그런데 D의 부분이 눈에 들어왔을 때, 다쿠야는 흠칫 놀랐다. D에 게 주어진 조언은 352962813956460이라는 열다섯 자리 숫자였 다. 여기에서 기묘한 리얼리티가 느껴졌다. 당연하다. 구체적인 숫 자까지 쓰여 있었기 때문이다.

이 숫자가 무엇을 의미하는 건지는 한동안 몰랐는데, 요트가 취미 인 D의 친구에게 보여줬더니 위도와 경도가 아니냐고 했다. 그 무렵 에는 아직 구글 지도가 나오지 않아서 D는 도서관에 가서 조사해보 았다. 그러고는 열다섯 자리 숫자가 가리키는 장소가 즈시에 있는 히로야마공원이라는 걸 알았다. D에게는 소중한 추억이 있는 공원 이었다.

D는 자원봉사자의 도움을 받아 가을의 히로야마공원에 도착했 다. 숫자가 가리키는 곳은 전망대라서 안타깝게도 휠체어로는 올라 갈 수 없었지만, 그곳까지 가지 않아도 아름다운 경치를 충분히 즐 길 수 있었다. D는 자원봉사자에게 혼자 있게 해달라고 부탁한 다 음, 석양에 물든 가을 풍경을 말없이 바라보았다. 시간이 얼마나 지 났을까, 지나가는 사람이 D를 발견했을 때는 이미 숨이 끊어졌다고 한다. 마지막 순간에 고통이 없었는지, D의 입가에는 희미한 미소가 배어 있었다.

자원봉사자가 D를 공원까지 데려갔다는 사실이 알려지면서 혹시 촉탁 살인이 아닌지 사법해부를 했지만, 외상도 약물 반응도 없어서 경찰에서는 사건성이 없다는 결론을 내렸다.

다쿠야가 끝까지 읽은 것을 확인하고 하루토가 물었다. "어떻게 생각해?"

다쿠야는 잠시 머뭇거렸다. 기대에 찬 하루토의 표정을 보니 꿈을 깨뜨리는 말은 하고 싶지 않았다.

"이야기로선 흥미롭긴 하지만 이걸 믿으라고 하는 건 좀⋯⋯."

하루토는 고개를 끄덕이며 말했다. "나도 처음에는 그렇게 생각했어. 그래서 확인해봤지."

"어떻게?"

"다른 세 사람은 확인할 방법이 없지만 D는 2000년 가을에 히로야마공원에서 사망했잖아? 그래서 3년 전 뉴스를 조사해봤어."

"그래서?" 다쿠야는 저도 모르게 몸을 앞으로 내밀면서 말했다.

"찾았어. 그곳에 복사본이 있지?"

다쿠야는 프린트물을 들췄다. 분명히 D가 사망했다는 내용 뒤에도 프린트물이 몇 장 더 붙어 있었다.

가장 먼저 눈에 들어온 것은 인터넷 자료가 아니라 신문기사의 복사본이었다. 히로야마공원에서 휠체어를 탄 30대 남성의 시신이 발견되었다는 내용이었다. 그 옆의 기사를 보고 남자의 이름을 알았다. 사카모토 스구루. 36세. 루게릭병 환자라는 것도 쓰여 있었다. 다음은 홈페이지를 인쇄한 것으로, 마지막 갱신은 2000년 11월 28일이었다. 마치 운명의 장난처럼 3년 전 오늘이었고, 작성자 이름은 사카모토 스구루였다.

"D의 이름은 사카모토 스구루, 실제로 있는 사람이었어. 그 사람은 고쿠리상의 어둠 버전에서 죽음의 카드를 뽑았지."

다쿠야의 온몸에 소름이 돋았다. 하루토는 이 황당무계한 이야기를 철석같이 믿고 있는 듯했다.

"하지만 말이야, 누군가가 우연히 이 기사를 보고 이용한 걸지도 모르잖아?"

찬물을 끼얹을 생각은 없었지만 그런 의문이 솟구쳤다.

"그렇게 의심하는 건 이해하지만, 홈페이지의 내용을 보면 적어도 사카모토 씨가 고쿠리상에 참여했다는 것까지는 알 수 있어."

다쿠야는 황급히 인쇄한 홈페이지의 내용을 확인했다.

분명히 그런 식으로 쓰여 있었다. 평범한 고쿠리상과 달리 엄격한 조건과 순서가 있다거나, 네 명이 한 팀인데 세 명까지는 인생을 역전시킬 조언을 받을 수 있다거나. 나머지 한 명이 어떻게 되는지는 얼버무렸지만 왠지 위험한 분위기가 떠다니고 있었다.

"사카모토 씨는 인터넷을 통해 우연히 고쿠리상의 어둠 버전에 관해서 알았을 거야. 문제는 어떻게 해서 방법까지 알아냈느냐 하는 거지만." 갑자기 두통이 밀려왔는지 하루토는 얼굴을 찡그리면서 말을 이었다. "거기에 우시쿠보라는 사람에 관해서 쓰여 있지?"

'우시쿠보 히로키 선생'이라는 설명이 달린 얼굴 사진과, 사카모토 씨처럼 보이는 휠체어를 탄 남성과 우시쿠보가 같이 찍은 사진이 나란히 인쇄되어 있었다.

"그 사람이 유명한 오컬트 연구가 같아. 그 '산더미 같은 건초더미……'에도 이름이 몇 번 나왔어."

"그래?"

그러고 보니 어디선가 본 적이 있는 듯했다. 정수리의 벗어진 부분을 제외하곤 부스스한 머리칼을 길게 길렀으며, 얼굴은 핼쑥하고 움푹 들어간 눈은 죽은 물고기처럼 생기가 없었다. 낡아 보이는 철테 안경을 쓰고 있지 않았다면, 센고쿠시대15세기 중반부터 16세기 후반까지 사회적, 정치적으로 혼란스러웠던 내란의 시기에 패배하고 쫓겨 다니는 무사라고 생각했으리라.

"우시쿠보에게 메일을 보냈더니, 몹시 당황한 느낌으로 곧장 답장이 왔어." 하루토는 '씨' 자도 붙이지 않고 말했다. "처음에는 이해할 수 없는 말을 하면서 날 속이려고 했는데, 끝까지 캐물었더니 결국 어둠 버전 방식을 사카모토에게 가르쳐줬다고 인정하더라고."

다쿠야는 두 사람 사이에 오고 간 메일의 내용을 재빨리 읽었다.

우시쿠보는 어설픈 변명만 늘어놓았지만, 하루토의 추궁에 결국 백기를 들고 항복했다. 자신의 행동으로 인해 사망자가 나왔다는 사실이 세상에 알려지면 곤란한 것이리라.

우시쿠보는 고쿠리상에 어둠 버전이 있다는 소문을 듣고는 독자적으로 조사한 모양이다. 그리고 맨 처음 발생한 곳으로 보이는 장소를 알아냈다고 한다.

"맨 처음 발생한 곳이라니, 거기가 어딘데?" 다쿠야는 하루토를 보면서 물었다. 메일에는 그곳까지는 쓰여 있지 않았다.

"병원…… 사카모토 씨가 의식을 거행한 **폐병원**이야." 하루토가 약간 쉰 목소리로 말했다. "내일 거기서 고쿠리상의 러시안룰렛 버전을 재현하기로 했는데, 너도 할 거지?"

2

2003년 11월 29일 토요일

쾌청했던 어제와 달리 오늘은 이른 아침부터 차가운 가을비가 내리며, 빗방울이 우산을 때리는 타닥타닥 하는 소리가 멈추지 않는다. 얇은 바람막이 점퍼만 걸치고 온 것을 후회할 만큼 공기가 싸늘했다.

다쿠야는 비바람을 맞아 글자가 반쯤 사라진 '바크티 초후'라는 간판을 올려다보았다.

"병원치곤 이름이 이상하네." 다쿠야는 혼잣말처럼 중얼거렸다.

스타디움 점퍼 주머니에 왼손을 찔러넣고 서 있던 하루토가 비닐 우산 밑에서 돌아보았다.

"바크티라는 건 힌두교에서 신애信愛를 뜻하는 말이래. 이 병원은 힌두교와 아무런 관련이 없지만 호스피스 느낌을 주고 싶었겠지."

"호스피스가 뭔데?" 이번에는 오가와 가에데가 물었다.

따뜻해 보이는 코위찬 스웨터를 입고 있지만, 그래도 추운지 파스텔핑크색 우산 손잡이를 잡은 손에 연신 숨결을 불어넣었다.

"나처럼, 이미 어떻게 해도 살 수 없는 환자가 죽을 때까지 시간을 보내는 곳이지."

하루토의 대답을 듣고 가에데의 표정이 흐려졌다.

"그런데 이렇게 큰 병원이 왜 망한 걸까?" 회색 파카의 모자를 깊숙이 눌러쓴 고토 신이치가 작은 접이식 우산을 조금 올리더니 낮은 목소리로 말했다.

분명히 건물의 구조는 상당히 훌륭했다.

"왜 망했죠?" 하루토는 신이치의 의문을 우시쿠보 씨에게 넘겼다.

"……뭐, 원래부터 평판이 별로 좋지 않은 병원이었어." 우시쿠보 씨는 검은 우산을 기울여 하루토를 쳐다보고는 음침한 외모에 어울리지 않은 깊이 있는 목소리로 대답했다. "경영자는 돈벌이에만 정신이 팔린 채 환자에게는 관심이 없었던 것 같아. 약물을 몰래 빼돌렸다는 소문까지 있었고."

"집단 자살이 있었다는 기사도 봤어요."

하루토는 인터넷을 통해 미리 조사해온 모양이다.

"그래. 그래서 경찰의 강제 수사가 이루어졌어."

우시쿠보 씨는 펜스 문을 잠가놓은 자물쇠를 잡고 잠시 쳐다보더니, 우산을 접어서 펜스에 세워놓았다. 가에데가 재빨리 자신의 우산을 씌워주었다.

"고맙다."

우시쿠보 씨는 숄더백에서 케이스에 들어 있는 스패너 세트를 꺼냈다. 그중에서 작은 스패너 두 개를 선택해 자물쇠 고리에 끼운 다음, 여덟 팔八 자 모양으로 벌어진 스패너 손잡이를 꽉 눌렀다. 그러자 자물쇠 고리가 기이한 소리를 내며 튕겨나갔다.

아무리 봐도 이것은 범죄행위다. 마침내 되돌아갈 수 없는 곳으로 발을 내디뎠다는 긴장감이 다쿠야의 온몸으로 파고들었다. 그나저나 이렇게 간단히 부서지면 자물쇠 같은 건 아무런 의미가 없지 않을까?

"들어가자."

우시쿠보 씨는 철컹철컹 쇠사슬을 벗기더니 펜스 문을 열고는 사유지에 침입했다. 바로 뒤에서 잠시도 망설이지 않고 하루토가 들어갔다. 다쿠야와 가에데, 신이치는 한순간 서로 얼굴을 마주 보았지만 어쩔 수 없이 그들의 뒤를 따랐다.

건물의 그림자 안으로 들어간 순간, 다쿠야는 오한에 휩싸이며 온몸에 소름이 돋았다. 가에데와 신이치도 이상한 느낌이 들었는지 겁먹은 표정을 지었다.

하지만 우시쿠보 씨는 아무것도 느끼지 못한 사람처럼 앞으로 걸어갔다. 하루토도 무표정한 얼굴로 우시쿠보 씨의 뒤를 따라갔다.

건물의 외벽은 핑크색 벽돌 같았지만, 군데군데 가짜 벽돌이 떨어져서 무기질적인 콘크리트가 그대로 드러났다. 빨간색과 검은색 스프레이로 쓴 '살인자' '원한' 같은 어설픈 글자와 음란한 그림을 그린 낙서가 여기저기에 있었다.

"병원 문을 닫은 지 5년 정도밖에 안 됐죠?" 하루토가 얼굴을 찡그리면서 우시쿠보 씨에게 물었다.

아직 그 정도밖에 되지 않았다는 말에 다쿠야는 깜짝 놀랐다.

"건물은 사람에게 버림받은 순간부터 급속히 망가지기 시작해서, 마치 비탈길에서 굴러떨어지는 것처럼 폐허가 되는 법이지." 우시쿠보 씨는 뒤도 돌아보지 않고 대답했다. "더구나 여기는 심령 스폿귀신이나 유령이 자주 출몰한다거나, 기괴한 현상이 자주 목격되는 장소를 뜻한다으로 유명해져서, 담력 시험을 하기 위해 왔다가 낙서를 하고 돌아가는 젊은이들이 끊이지 않아. 그래서 자물쇠로 문을 잠그게 된 거야."

병원의 정면 현관이 보였다. 자동문에는 나뭇결 느낌의 보드가 붙어 있어서 안이 보이지 않았다. 앞에 서도 자동문은 반응하지 않겠지만 열쇠 구멍도 보이지 않았다. 우시쿠보 씨는 정면 현관에는 눈길도 주지 않고 거침없이 걸어갔다. 건물을 반 바퀴 돌아 뒤쪽으로 돌아가자 주차장이 있었고, 지하로 내려가는 듯한 계단이 보였다. 쓰레기 반출용 뒷문인가, 하고 다쿠야는 막연히 생각했다.

하루토가 우시쿠보 씨에게 나지막하게 묻는 소리가 들렸다. "여기 입구는 역시 그거죠?"

우시쿠보 씨가 말없이 고개를 끄덕였다.

"그거라니, 그게 뭔데?"

가에데의 귀에도 들어갔는지, 두려워하는 얼굴로 물었다.

"별것 아니야. 그냥 뒷문이야." 하루토는 의미심장한 미소를 지으며 말했다.

계단을 내려가자 황토색 철문이 있었고, 옆에는 번호자물쇠 같은 텐 키가 보였다. 전기가 필요 없는 종류인지, 우시쿠보 씨는 무표정한 얼굴로 텐 키를 눌렀다. 번호가 맞았는지 잠금쇠 돌아가는 소리가 들렸다.

우시쿠보 씨가 녹슨 손잡이를 잡아당기자 철문은 여자의 비명 같은 소리를 내면서 열렸다. 신이치가 몸을 떨면서 구원을 바라는 눈길로 다쿠야를 쳐다보았다. 들어가고 싶지 않다고 얼굴에 쓰여 있었다. 다쿠야는 신이치를 겁쟁이라고 비웃을 수 없었다. 신이치의 마음과 똑같았기 때문이다. 안으로 들어가서는 안 된다. 지금이라면 아직 돌아갈 수 있다. 이 앞에서 기다리는 게 무엇인지 모르겠지만, 사람이 손을 대서는 안 되는 것이리라.

……그렇다고 이제 와서 뒤로 돌아간다면, 원래의 지옥으로 떨어지는 수밖에 없다.

다쿠야는 우시쿠보 씨와 하루토의 뒤를 따라서 철문 안으로 발을 들여놓았다.

우시쿠보 씨가 손전등을 켰다. 보기에도 살풍경한 공간이 떠올랐다. 천장도 바닥도 벽도 기둥도, 회색 콘크리트는 모두 칙칙한 얼룩으로 뒤덮여 있었다. 공기는 차갑고 습하다. 콧구멍에는 먼지와 곰팡이 냄새뿐 아니라 정체를 알 수 없는 불쾌한 냄새도 느껴졌다.

대지를 때리는 빗소리가 한층 격렬해지면서 지하까지 들렸다.

하루토의 말처럼 이곳은 물건을 들여오고 내보내는 뒷문이었을지도 모른다. 하지만 병원, 그것도 호스피스 병원이었다는 걸 감안하면 그것만이 아니었을지도 모른다.

다쿠야가 알아차린 걸 느꼈는지 하루토가 그를 쳐다보면서 히쭉 웃었다. 하루토는 가져온 손전등을 안쪽으로 향했다. 덩달아 그쪽으로 시선을 향한 순간, 다쿠야는 등골이 오싹해졌다.

기둥 뒤쪽에 하얀 철문이 보였다. 철문에는 작은 안내판을 벗겨낸 듯한 흔적이 있었고, 그 주변에는 드라이버 같은 걸로 문지른 흠집이 잔뜩 나 있었다.

어쩌면 여기에 발을 들인 천벌을 받아 마땅한 녀석이 전리품으로 가져간 게 아닐까? 영안실이라고 쓰인 안내판을 말이다. 만약 그랬다면 그 쓰레기 같은 녀석은 저주받아 마땅하다. 가에데와 신이치는 아무것도 알아차리지 못한 것 같으니까 쓸데없는 말은 하지 않는 편이 좋으리라.

우시쿠보 씨가 비상계단이라고 쓰여 있는 묵직한 방화문을 열었다. 이어서 하루토, 다쿠야, 가에데, 신이치 순서로 캄캄한 계단실로 들어갔다. 무섭지 않다고 하면 거짓말이지만, 이곳에 계속 있는 것이 더 무서웠다.

"4층이야."

우시쿠보 씨의 목소리에서 희미한 긴장감이 전해졌다.

"엘리베이터는 사용할 수 없나요?" 하루토가 지긋지긋한 얼굴로 말했다.

아픈 몸으로 4층까지 계단을 올라가기는 쉽지 않을 것이다.

"어쩌면 어딘가에 있는 차단기를 올리면 작동할지도 모르지. 하지만 엘리베이터 안에 갇히기라도 하면 큰일이잖아?"

참고 올라가라는 뜻이다. 어쩔 수 없다. 다쿠야는 하루토의 옆으로 가서 부축해주었다.

"……고마워."

겨우 이런 것밖에 해줄 수 없어서 다쿠야는 되레 마음이 아팠다.

"이 정도로 뭘. 신경 쓰지 마."

계단을 올라갈수록 하루토의 숨소리는 점점 더 거칠어졌다. 남은 생명의 불꽃을 모두 태우는 듯한 생각이 들어서 다쿠야의 마음은 조마조마했다.

"다쿠야, 이 병원 좀 이상하지 않아?" 하루토가 다쿠야의 귓가에 속삭였다.

"이상하다고? 뭐가?"

분명히 위화감은 있지만 구체적으로 어디가 어떻게 이상한지는 알 수 없었다.

"호스피스 병원은 보통 더 개방적이잖아? 여긴…… 꼭 감옥 같아."

"그러고 보니 그러네."

우시쿠보 씨가 4층이라고 쓰여 있는 방화문을 연 순간, 오른쪽에 병실이 나란히 있는 복도가 눈에 들어왔다. 비 오는 날에도 커튼이 없는 창문에서 빛이 들어와, 조명이 없어도 막다른 곳까지 볼 수 있었다.

하지만 하루토를 부축하고 있는 다쿠야는 한 걸음도 내디딜 수 없었다. 무엇 때문일까. 스스로도 알 수 없었지만 본능적인 두려움으로 가위에 눌린 것처럼 꼼짝도 할 수 없었던 것이다.

우시쿠보 씨가 아무런 망설임도 없이 성큼성큼 걸어갔다.

하루토가 낮은 목소리로 말했다. "다쿠야, 부탁해. 가자."

"응."

다쿠야는 크게 숨을 쉬었다. 하루토가 그렇게 말하지 않아도 가는 수밖에 없었다. 여기에 있는 네 명 모두 고쿠리상의 조언을 받지 못하면 내일은 없으니까.

다쿠야는 후들거리는 다리로 4층 복도를 걸어갔다. 마치 허공에 둥실둥실 떠올라 구름 위를 걷는 듯한 느낌이 들었다.

우시쿠보 씨는 다시 묵직한 미닫이문을 열고 402호실로 들어갔다. 하루토와 다쿠야, 가에데, 신이치도 빨려 들어가듯 그의 뒤를 따랐다. 이것이 함정이라고 해도 이제 와서는 어쩔 도리가 없었다.

그곳은 흔히 볼 수 있는 커다란 입원실이었다. 방의 네 귀퉁이에는 침대 네 개가 놓여 있고, 시트도 그대로 덮여 있었다.

우시쿠보 씨는 왼쪽 앞에 있는 침대 앞에 우두커니 서서 반쯤 눈을 감았다.

"여기인가요?"

그는 하루토의 질문에 고개를 한 번 끄덕였다. "그래. 여기가 바로 고쿠리상의 어둠 버전이 맨 처음 탄생한 곳이야."

특별할 것 없는 호스피스 병실의 침대 위에서 기적이 일어났다는 것인가.

"다들 이 침대 주변으로 모여봐."

우시쿠보 씨의 지시에 따라 네 사람은 침대 양쪽에 두 명씩 섰다. 문 쪽에는 다쿠야와 하루토가, 반대쪽에는 가에데와 신이치가.

우시쿠보 씨는 누구와도 눈을 맞추지 않고 말했다. "마지막으로 확인할게. 고쿠리상의 어둠 버전은 장난으로 할 수 있는 의식이 아니야."

네 명의 초등학생은 조용히 다음 이야기를 기다렸다.

"난 지금까지 수많은 강령회에 참석했어. 대부분은 장난으로 끝낼 수 있는 정도라서 참석자들은 웃으면서 돌아갈 수 있었지. 하지만 이건 근본적으로 달라."

빗방울이 유리창을 때리는 소리가 메아리쳤다.

"과거에 이 어둠 버전은 세 번 이루어졌어. 그중 한 번은 실패해서 아무 일도 일어나지 않았지만, 나머지 두 번은 반드시 사람이 죽었지."

러시안룰렛. 죽음의 카드를 뽑다……. 하루토한테서 듣긴 했지만 어른의 입을 통해 정식으로 들은 순간, 다쿠야는 무릎이 덜덜 떨릴 만큼 공포를 느꼈다.

"본래 너희 같은 아이들이 이렇게 위험한 의식을 한다고 하면 기를 쓰고 말려야겠지. 하지만 니지마 하루토 군에게서, 너희에게는 제각기 목숨을 걸고서라도 어둠 버전을 하고 싶은 이유가 있다고 들었어. 여기서 그 이유가 무엇인지, 직접 자기 입으로 말해줬으면 좋겠어. 만약 수긍이 되면 예정대로 고쿠리상의 어둠 버전을 집행할게."

"수긍이 되지 않으면요?" 하루토가 물었다.

우시쿠보 씨가 단호하게 말했다. "중지해야지."

"잠깐만요. 여기까지 와서 중지한다고요?"

다쿠야가 항의했지만 우시쿠보 씨는 팔짱을 긴 채 무서운 얼굴로 말했다. "그래, 여기까지가 아니라 어디까지 가더라도 중지할 거야. 생명의 무게를 생각하면 당연하잖아?"

하루토가 더는 불평하지 말라는 듯이 다쿠야의 팔꿈치를 잡았다.

"어쨌든 각자 이유를 말하자. 그러면 아마 이해하실 거야."

가에데와 신이치는 서로 얼굴을 마주 보며 고개를 끄덕였다.

"저부터 말할게요." 하루토가 일단 도화선에 불을 붙였다. "전 뇌종양에 걸려서 이제 남은 시간이 6개월 남았다는 시한부 선고를 받았습니다. 이상."

뇌종양이란 건 알고 있었지만, 6개월밖에 남지 않았다는 이야기는 다쿠야도 처음 들었다. 가에데와 신이치도 충격을 받았는지 얼굴이 새하얗게 질렸다.

잠깐만. 다쿠야는 마음속으로 고개를 갸웃거렸다. 고쿠리상이 어떤 조언을 해줄지 모르겠지만, 뇌종양을 없애주기라도 한다는 걸까.

"다음은 다쿠야, 부탁해."

다쿠야의 망설임을 읽어냈는지, 하루토가 재빨리 그를 지명했다.

"저기…… 저는." 다쿠야는 잠시 말을 끊었다가 가까스로 짜냈다. "지난주 일요일에 돌이킬 수 없는 짓을 저질렀어요. 노숙자가 있는 텐트에 불이 붙은 폭죽을 던져 넣었어요."

"왜 그런 짓을 했어?" 가에데가 얼굴을 찡그리며 물었다.

"중학생 선배의 꼬임에 넘어간 거야. 담력 시험이라고 했나 봐. 이 녀석이 워낙 바보잖아." 하루토가 신랄하게 말했다.

하지만 사실이라서 다쿠야는 한마디도 반박할 수 없었다.

"하지만 그것만이라면 잘못했다고 사과하면 되잖아?"

"아! 혹시 그거……." 신이치가 짐작 가는 게 있는 모양이었다. "노숙자가 불에 타서 죽은 사건 말이야?"

그 자리의 공기가 단숨에 얼어붙었다.

다쿠야는 눈을 감고 설명했다. "그때 노숙자가 텐트 안에서 시너를 흡입하고 있었어."

신이치가 다쿠야를 비난하듯 말했다. "그럼 왜 경찰에 자수하지 않았지?"

"그 얘기는 이제 됐잖아. 다음은 오가와 가에데." 하루토가 강압적으로 신이치의 입을 다물게 했다.

"저는…… 저는……." 가에데는 울먹이며 말을 더듬었다.

"됐어. 내가 설명할게." 하루토가 나서서 가에데의 말을 받았다. "가에데는 아버지가 돌아가셨고 어머니는 재혼했어요. 그런데 새아버지란 녀석이 인간 말종이라서, 가에데를 학대하고 있어요."

……학대라면, 아마 그런 것이겠지.

"그러면 경찰에 신고하면 되잖아!" 신이치가 발끈하면서 되받아쳤다.

이 녀석, 바보 아냐? 우시쿠보 씨가 수긍하지 않으면 고쿠리상을 할 수 없잖아! 다쿠야는 그렇게 생각하며 신이치를 쳐다보았다.

"그 자식이 그랬어. 내 말은 아무도 믿어주지 않을 거라고. 그 자식은 의사인데, 경찰에 신고하면 나를 평생 정신병원에 가둔댔어."

다쿠야의 마음속에서는 격렬한 분노가 솟구쳤다.

"그게 말이 돼? 그런 일이 가능할 리 없잖아? 믿을 만한 어른에게 물어보는 게 어때?"

하루토가 한심하다는 듯 다쿠야를 쳐다보았다.

가에데가 슬픈 표정을 지으며 말했다. "이제 됐어. 엄마도 어렴풋이 눈치챘을 텐데……. 나보다 그 자식이 더 중요한 거야. 그 자식은 부자니까."

"하지만 그렇다면……."

그렇다면 가에데는 어떤 조언을 기대하는 걸까.

"괜찮아. 이게 러시안룰렛이라는 건 알고 있으니까. 내가 죽어도 나머지 세 사람이 행복해진다면 그걸로 됐어."

공기가 더욱 무거워졌다.

"마지막은 고토 신이치." 하루토가 지명했다.

우시쿠보 씨가 가장 이해해주기 어려운 사람이 신이치일 거라고 다쿠야는 생각했다.

"나도 아버지가 돌아가시면서 집안이 어려워지고……."

신이치는 어두운 말투로 더듬더듬 말하기 시작했지만, 내용을 종잡을 수 없어서 단순히 불평하는 것처럼 들렸다.

아아, 이걸로 우시쿠보 씨는 고쿠리상을 중지할 것이다. 다쿠야는 마음속으로 혀를 찼다. 하지만 우시쿠보 씨는 눈을 감고 팔짱을 긴 채 신이치가 말을 마치길 기다렸다.

"어떠세요?"

하루토의 목소리를 듣고 우시쿠보 씨는 겨우 눈을 떴다.

"다들 나름대로 사정이 있군. 알았어." 우시쿠보 씨가 탄식하듯 말했다. "그럼 예정대로 고쿠리상을 실시하지."

뭐? 다쿠야는 왠지 맥이 빠졌다. 설득력이라곤 하나도 없는 신이치의 이야기를 듣고도 수긍했다는 말인가?

"마지막으로 다시 한번 확인할게. 이 의식에 참가하면 너희에게 닥친 문제를 해결할 귀중한 조언을 얻을지도 몰라. 반면에, 한 사람 이상이 목숨을 잃을 가능성도 있어. 그래도 괜찮겠어?"

다쿠야는 흠칫 놀랐다. 잠깐만. 말이 다르잖아. 한마디이지만 도저히 무시할 수 없는 말이 들어 있다.

"한 사람 이상?" 하루토가 미간에 주름을 잡고 물었다.

우시쿠보 씨는 표정을 바꾸지 않고 대답했다. "그럴 가능성이 있다는 거야. 지난번에 사망한 사람은 한 명, 사카모토 씨뿐이야. 다시 말해, 최소한 한 명 이상이 희생될 수도 있는 거지. 딱 한 명만 희생된다는 보장은 없어."

그럴 수가……. 힐끔 쳐다보자 가에데와 신이치도 당황한 듯했다.

"또 한 번은 어땠었나요? 그때도 사람이 사망했다고 했죠? 희생자는 한 명이 아니었나요?" 하루토가 다시 추궁했다.

우시쿠보 씨는 한숨을 쉬며 말했다. "그건 잘 몰라. 내가 아는 건, 모든 건 이 병실에서 시작됐다는 것과 그때도 희생자가 나왔다는 것뿐이야. 인원수를 포함해 자세한 상황은 베일에 싸여 있어."

"그렇게 어정쩡하게 말하다니…… 우리는 목숨이 걸려 있는데!"

신이치가 씩씩거리며 화를 냈다.

"그럼 그만두겠어? 난 그래도 상관없어. 오히려 현명한 판단이라고 생각해."

우시쿠보 씨의 얼굴이 별안간 악마처럼 보였다. 여기까지 데려와 거절할 수 없는 상황을 만들고는 진짜 조건을 들이밀면서 죽음의 게임으로 유인하다니. 처음부터 그럴 목적이었던 것인가.

"……상관없잖아? 하자." 하루토가 어른스러운 태도로 말했다. "여기서 멈춰도 우리에게 미래는 없어. 지금은 앞으로 나아가는 수밖에 없다고."

정말로 그래도 될까? 다쿠야는 가에데와 신이치의 얼굴을 쳐다보았다. 가에데는 망설이는 얼굴로 고개를 끄덕였다. 신이치는 희미하게 고개를 가로저은 것 같지만 아무 말도 하지 않았다.

그런 모습을 긍정의 뜻으로 받아들였는지, 우시쿠보 씨는 숄더백을 침대 위에 놓고는 지퍼를 열었다. 안에서 꺼낸 것은 큼지막한 화지和紙 다발과 오래된 벼루와 먹, 큼지막한 안전핀, 그리고 물이 든 페트병이었다.

"이건 고치현 모노베손에서 **이자나기류** 옛날 도사국에서 독자적으로 발전한 민간신앙의 신장대 민간신앙에서 의례를 할 때 사용하는 도구를 만드는 도사 화지야."

전회지약 37×50cm로, 한국의 4절지보다 약간 작다 정도의 크기로, 서예할 때 사용하는 종이의 두 배쯤 되는 것 같았다. 우시쿠보 씨는 침대 위에 화지를 펼치더니 페트병에서 벼루에 물을 따라 먹을 갈기 시작했다. 네 사람은 완전히 압도당한 얼굴로 그 모습을 지켜보았다.

"지금부터 여기에 고쿠리상에 사용할 그림을 그릴 거야. 그러기 위해선 너희의 피가 필요해." 그는 하루토에게 크고 낡은 안전핀을 주면서 말을 이었다. "모두 이걸로 손가락을 찔러서 먹물 안에 피를 떨어뜨려줘."

실수로 찌른다면 또 몰라도 일부러 찌르는 게 가능할까? 얼마나 아플지 상상하고 다쿠야는 얼굴을 찡그렸다. 가에데와 신이치도 공포로 인해 새하얗게 질린 표정을 지었다.

하루토는 아무런 망설임도 없이 안전핀의 바늘을 꺼내 왼손의 엄지를 찌르고는 오른손으로 왼손의 엄지를 눌러 벼루 위에 핏방울을 떨어뜨렸다. 한 방울, 두 방울······.

그러곤 말없이 안전핀을 다쿠야에게 주었다. 사실은 소독해야 하지만 다쿠야는 하루토와 똑같이 왼손의 엄지를 찔렀다. 아프다. 피를 짜낼 때는 더 쿡쿡 쑤셨다.

안전핀을 넘겨주자 가에데는 티슈로 바늘을 꼼꼼히 닦았다. 당연한 행동이지만 다쿠야는 왠지 자신을 더러운 사람으로 취급하는 듯한 느낌이 들었다. 가에데도 생각한 것보다 다부지게 행동했다. 재빨리 엄지의 안쪽을 찔러서 피를 벼루에 떨어뜨리더니 안전핀과 티슈를 신이치에게 건넸다.

신이치는 티슈로 바늘을 닦지 않았다. 어쩌면 가에데를 좋아할지도 모른다고 다쿠야는 생각했다. 그런데 가장 중요한 손가락을 찌르는 단계에서 신이치의 몸이 딱딱하게 굳었다.

"무서워? 그렇게 무서우면 내가 찔러줄까?" 하루토가 놀리듯이 말했다.

신이치는 입술을 깨문 채 울 것처럼 얼굴을 일그러뜨렸다. 하지만 이윽고 결심을 굳힌 듯 바늘로 손가락을 찔러서 벼루에 피를 떨어뜨렸다.

네 사람은 우시쿠보 씨의 지시에 따라 손가락에 먹물을 묻혀 가타카나일본 문자의 하나 50음과 0부터 9까지의 숫자를 화지에 썼다. 치졸한 글자가 오히려 생생한 현실감을 안겨주었다. 먹물에 떨어뜨린 피는 얼마 안 되었지만 글자는 희미한 갈색처럼 보였다. 도리이신사 입구에 세우는 기둥 문 그림은 손가락에서 새어나오는 네 사람의 피로 직접 그렸는데, 이쪽은 혈흔과 똑같은 색이 되었다.

우시쿠보 씨가 숄더백에서 하얀색 보자기를 꺼냈다. 보자기를 펼쳤더니 반짝반짝한 5엔짜리 동전이 나왔다.

"어제 제니아라이벤자이텐가마쿠라에 있는, 돈을 깨끗이 씻는 신사에서 깨끗이 씻어서 부정을 없앴어." 우시쿠보 씨는 5엔짜리 동전을 도리이 그림 위에 올리고는 말을 이었다. "동전은 사람의 손에서 손으로 넘어가는 사이에 아무래도 욕망과 원한 같은 부정적인 감정에 오염되는 법이지. 나쁜 인연을 가지고 있는 동전은 악령을 부르거든."

가에데가 주뼛거리며 물었다. "고쿠리상에서는 10엔짜리 동전을 사용해야 하지 않나요?"

"불러낸 영혼이 쐴 위험을 줄이기 위해서는 보통 먼 인연인 10엔짜리 동전을 사용하지. 하지만 지금은 그걸론 너무 약해. 목숨을 걸고 구원을 얻기 위해선 반드시 좋은 인연인 5엔짜리 동전으로 해야

해 먼 인연과 10엔, 좋은 인연과 5엔의 일본어 발음이 같다."

이 한심한 말장난은 무엇인가. 코끝으로 비웃는 하루토의 표정이 다쿠야의 눈에 들어왔다.

이런 걸로 정말 효과가 있는 건가. 다쿠야는 조금 불안해졌다.

우시쿠보 씨는 제비뽑기로 순서를 정했다. 처음은 가에데, 다음은 다쿠야, 신이치, 하루토 순서가 되었다. 네 사람은 우시쿠보 씨가 시키는 대로 침대의 양쪽에서 두 사람씩 무릎을 꿇었다.

우시쿠보 씨는 기도의 말을 중얼거리더니 숄더백을 어깨에 메고 말했다. "다음 방법은 알지? 나는 밖에서 기다리고 있을게."

그러자 하루토도 불안한 표정을 지으며 물었다. "여기에 같이 계시는 게 아닌가요?"

"제삼자가 있으면 고쿠리상은 강림하지 않아. 행운을 빌게."

우시쿠보 씨가 병실에서 나갔다. 묵직한 소리를 내고 두꺼운 미닫이문이 닫혔다.

"좋아, 그럼 시작하자." 하루토가 결연하게 말했다.

네 사람은 5엔짜리 동전에 검지를 올렸다.

움직이지 않는다. 5엔짜리 동전은 꼼짝도 하지 않았다.

"깜빡했다. 기도의 말을 해야지."

네 사람은 우시쿠보 씨에게서 들은 기도의 말을 복창했다.

"고쿠리상, 고쿠리상, 저희 무력한 자들의 간절한 소원을, 부디, 부디 들어주십시오."

각자 마음속으로 현재 처해 있는 괴로운 상황을 떠올리고 간절하게 기도를 올렸다. 그대로 잠시 기다렸다. 조금 전보다 빗소리가 한 층 강해진 것 같았다.

"틀렸어…… 반응이 일절 없어."

가에데가 낙담하면서 고개를 숙였다. 신이치도 실망한 표정을 지었다.

"더 간절하게 기도해. 반드시 온다, 그렇게 믿고." 하루토만이 포기하지 않은 듯했다.

"하지만 역시 이런 건……."

"우리가 소환하는 건 굉장히 자비로운 존재야. 이렇게까지 했으니까 우리를 버리진 않을 거야."

다쿠야는 하루토의 말에 위화감이 들었다. 이 녀석은 지금 우리가 불러내는 것의 정체를 알고 있는 건가.

신이치가 동전에서 손을 떼려고 했다.

"야! 떼지 마!"

하루토가 버럭 화를 냈다. 신이치는 마지못해 손을 되돌렸다.

"하루토, 네 마음은 이해하지만."

다쿠야가 그렇게 말했을 때였다. 별안간 지진으로 땅이 흔들리는 것처럼 강한 충격이 네 사람을 덮쳤다. 더구나 철근 콘크리트 건물이 목조 가옥처럼 이리저리 흔들리고, 유리창에서 지이잉 하는 소리가 길게 들렸다.

네 사람은 너무나 놀란 나머지 그대로 굳어버렸다.

"지금 그건 지진이야?"

"모르겠어…… 바람 때문일지도 몰라."

"무언가 부딪힌 것 같아."

그때 5엔짜리 동전이 스윽 움직였다.

"모두 절대로 손을 떼지 마. 힘을 주지 말고 그냥 올려놓기만 해."

하루토의 지시에 따라 전원이 손에서 힘을 빼고 5엔짜리 동전의 움직임에 맞추었다. 동전은 미끄러지듯 움직여서 '요' 자 위에서 멈추었다.

어? 이번에는 숫자가 아닌가, 하고 다쿠야는 생각했다.

동전이 다시 움직이기 시작했다. 다음에 가리킨 것은 '히' 자였다.

요히? 그런 말이 있던가?

동전은 열한 글자의 메시지를 남긴 채, 그걸 끝으로 더는 움직이지 않았다.

"요, 히, 토, 요, 미, 아, 카, 시, 토, 모, 세……."

잊어버리지 않도록 가에데가 학습장에 메모한 뒤, 천천히 읽고 나서 한숨을 쉬었다.

"무슨 뜻인지 모르겠어. 혹시 엉터리 아니야?"

"아니, 무슨 뜻이 있을지도 몰라."

하루토는 엄청난 속도로 양 엄지를 움직여 휴대폰을 조작했다. 집에서 가지고 온 모바의 SO505i라는 기종으로, 인터넷에 접속해 지금 받은 글자를 한자로 변환해서 무슨 뜻인지 알아보려는 것이다.

"……흐음, 이게 아닐까?"

하루토는 제트스트림 볼펜의 뚜껑을 열고, 가에데의 학습장에 글자를 썼다. 다쿠야는 하루토의 손 밑을 들여다보았다. 그곳에는 이렇게 휘갈겨 쓰여 있었다.

밤 하룻밤 등 켜라

"이렇게 말해도 잘 모르겠어. 무슨 뜻이야?"

가에데는 노트를 보면서 귀신에 홀린 듯한 표정을 지었다.

"너희 집에 불단 있어?" 하루토가 되물었다.

"응. 증조할아버지 불단이 있어. 지금은 아빠 위패도 같이 있고."

"거기에 등불 같은 걸 켜놓지? 등이란 건 등불이나 촛불을 가리키는 것 같아. 즉, 밤새도록 촛불을 켜놓으라는 거지."

가에데는 잠시 멍하니 입을 벌리고 있다가 갈라진 목소리로 말했다. "그렇구나. 밤새 촛불을 켜놓으면 아빠가……"

"분명히 널 지켜주시지 않을까?"

하루토가 그렇게 말하자 가에데는 눈에 눈물이 가득 고인 채 몇 번이나 고개를 끄덕였다. 얼굴에서 생기가 되살아난 듯했다. 네 사람은 서로 얼굴을 마주 보았다. 조금 전과는 분위기가 180도 달라진 것을 알 수 있었다. 촛불을 켜놓는다고 가에데가 구원을 받을 수 있을지는 아직 모른다. 하지만 아무래도 이것은 가짜가 아닌 것 같다.

"좋아, 다음은 다쿠야."

다쿠야는 고개를 끄덕였다. 전원이 다시 5엔짜리 동전에 손가락을 올렸더니, 이번에는 기다린 것처럼 매끄럽게 움직이기 시작했다.

미, 즈, 카…….

학습장에 '미즈카라 사바키쓰 미쓰구나에'라고 쓰고 다쿠야는 흠칫 놀랐다. 조금 전과 달리 이번에는 바로 뜻을 알 수 있었다. 하루토가 다쿠야가 쓴 글 옆에 뜻을 썼다.

스스로 심판하고 속죄하라

그런가. 역시 그것밖에는 길이 없다. 당연한 조언일지도 모르겠지만, 다쿠야는 날카로운 칼로 가슴을 찔린 듯한 느낌을 받았다.

……자수하자. 죗값을 치르는 거다.

"알아들었어?"

다쿠야가 고개를 돌리자 하루토가 웃고 있었다. 다쿠야는 천천히 고개를 끄덕였다.

"그래, 그렇게 할게."

그렇게 말하고 나서 다쿠야는 흠칫 놀랐다. 휴대폰을 보고 있던 하루토의 표정이 달라졌다. 무언가를 알아차린 것처럼 희미하게 눈썹을 찡그린 것이다.

다쿠야는 생각했다. 그런가. 가에데와 자신은 무사히 귀중한 조언을 받을 수 있었다. 그렇다면 나머지 두 사람은 한 사람이나 어쩌면 두 사람 모두 목숨을 잃게 될지도 모른다.

"다음은 신이치야." 하루토가 낮은 목소리로 중얼거렸다.

신이치는 창백한 얼굴로 딱딱하게 굳어 있었다.

"왜 그래? 빨리해."

"있잖아, 두 사람은 이미 조언을 받았잖아? ……그렇다면."

"안 돼!" 하루토가 날카로운 목소리로 신이치의 말을 가로막았다. "모든 사람이 끝까지 하는 게 규칙이야! 도중에 포기하면 어떤 재앙이 닥칠지 몰라. 어쩌면 이 자리에서 다 같이 죽을지도 모르고."

야단을 맞은 신이치는 떨리는 손가락을 동전 위에 올렸다. 네 사람의 손가락이 모이자 동전이 매끄럽게 움직였다.

신이치의 눈이 경악으로 크게 벌어졌다. 전원이 숨을 들이마셨다.

숫자다…….

아니, 숫자가 나왔다고 해서 희생자가 된다곤 할 수 없다. 지난번에도 전화번호나 로또의 당첨번호도 있었고.

동전은 열 자리 숫자를 잇따라 가리켰다.

"4872331265…… 이건 뭐지?" 신이치는 메모한 숫자를 읽고 나서 머리를 껴안았다.

"적어도 전화번호는 아니야." 가에데가 말했다.

하루토는 다시 휴대폰의 화면을 응시하면서 바쁘게 엄지를 움직였다.

"……이건."

"있어?"

"한문 숫자로 하니까 딱 맞는 게 없는데, 아라비아숫자로 하니까 바로 나왔어."

"뭐야? 뭔데? 빨리 가르쳐줘!"

신이치가 안절부절못하며 하루토의 팔을 잡았다. 조바심이 머리 끝까지 솟구친 것이리라.

"ISBN 번호. 책 뒤쪽에 있는 ID 같은 거야."

"책이라고? 무슨 책인데?"

하루토는 잠시 망설이더니 휴대폰 액정 화면을 신이치에게 보여주었다.

"《완전 자살 매뉴얼》?"

분위기가 단숨에 얼어붙었다.

"설마 자살하라는 거야?" 가에데가 숨을 들이마시며 물었다.

그런데 책 제목을 본 신이치는 오히려 침착한 표정을 지었다.

"아니, 그렇지 않을지도 몰라."

"그럼 이게 뭐라는 거야?"

다쿠야의 질문에 신이치는 진지하게 대답했다.

"……너희에겐 말하지 않았는데 우리 아버지는 자살했어."

"뭐?"

다쿠야는 뭐라고 대꾸해야 좋을지 알 수 없었다.

"어쨌든 이 책을 사서 읽어볼게."

신이치에게는 뭔가 짐작되는 점이 있는 듯했다.

"그럼 마지막은 나야."

하루토는 침착하게 동전 위에 손가락을 올렸다. 남은 세 사람도 하루토를 따랐다. 아직 확실하지는 않지만 하루토는 죽음의 카드를 뽑을 가능성이 높다. 그런데 어떻게 이토록 태연하게 행동할 수 있을까?

구멍 뚫린 동전이 종이 위를 미끄러지는 소리가 들렸다. 동전이 저절로 움직이는 것을 이상하게 여기는 사람은 이미 아무도 없었다.

조언은 이번에도 숫자였다. 더구나 열다섯 자리나 되었다.

하루토는 말없이 휴대폰에 숫자를 입력했다.

"그거, 무슨 숫자인지 알아?"

다쿠야가 물어보자 하루토는 고개를 끄덕였다.

"그래. 전례가 있으니까. 위도와 경도겠지."

불길한 예감이 들었다. 지난번에는 즈시에 있는 히로야마공원의 위치를 받은 사카모토 스구루 씨가 희생된 것이다.

"장소가 어디인지 알아?"

"……우리 집이야."

검색했던 휴대폰 화면을 보면서 하루토는 깊은 한숨을 내쉬었다.

집으로 돌아가라는 것인가. 다쿠야는 얼굴을 찡그렸다. 그것은 곧 집에서 마지막 순간을 맞이하라는 뜻이 아닐까?

"됐어. 해석은 나중에 할게. 어쨌든 네 명 모두 조언을 받을 수 있어서 다행이야. 고쿠리상에게 고맙다고 말하고 이제 집에 가자." 하루토는 태연한 얼굴로 말했다.

"고쿠리상, 고쿠리상, 와주셔서 감사합니다. 해주신 말씀은 가슴 깊이 새기겠습니다. 부디 이제 돌아가주십시오."

넷이 목소리를 맞춰서 우시쿠보 씨가 가르쳐준 주문을 외었더니, 다시 건물이 격렬하게 흔들렸다. 잠시 후 깊은 정적이 찾아왔다.

됐다. 끝났다. 다쿠야는 크게 기지개를 켰다. 아직 누가 희생될지는 모르지만, 적어도 해야 할 일은 정해졌다. 가슴을 막고 있던 응어리가 내려간 것처럼 후련한 기분이 들었다.

앞으로 힘든 일이 많을지도 모르겠지만, 오늘부터 다시 태어나자.

모든 건 끝났다. 이렇게 소름 끼치는 의식에 관여할 마음은 이제 털끝만큼도 없다.

3

2021년 11월 22일 월요일 오후 1시 25분

"실례지만 곤도 다쿠야 변호사님이신가요?"

다쿠야는 목소리의 주인공을 올려다보았다. 톰 포드의 모조품처럼 보이는 검은 테 안경을 쓴 체구 작은 사내가 그를 내려다보고 있었다. 마스크를 쓴 탓에 나이는 모르겠지만, 상하 8000엔쯤 되어 보이는 싸구려 양복에 고등학교 교복 같은 줄무늬 넥타이, 흐물흐물한 나일론 백팩을 메고 있었다.

"그런데요."

아무리 봐도 거금을 가져다줄 만한 의뢰인으로는 보이지 않았다. 다쿠야는 쌀쌀맞게 대답하고는 야마자키 싱글 몰트 위스키 잔을 입으로 가져갔다.

"저는 이런 사람입니다."

사내가 내민 명함에는 '주간 추상秋霜 기자, 노구치 슌페이'라고 적혀 있었다. 제발 참아줘. 하필 승소의 축배를 들고 있을 때 이런 사람이 나타나다니. 큰마음 먹고 시킨 비싼 술이 맛없어지잖아!

"잠깐 이야기를 듣고 싶은데요, 괜찮으세요?"

노구치는 다쿠야가 대답을 하기도 전에 의자를 하나 사이에 두고 나란히 앉았다.

"무슨 얘기죠?"

"지금으로부터 18년 전 사건에 대해서입니다. 아, 저는 됐습니다. 금방 나갈 테니까요."

다쿠야는 목을 태울 듯한 온 더 록을 천천히 마시면서 마음속의 동요를 감추었다. 지금은 취재를 거부하기보다 적당히 대꾸하면서 취재 의도를 알아내 의혹의 불씨를 꺼야 한다.

"18년 전이라면 전 아직 어린아이였는데요?"

"그렇지요. 저도 변호사님과 동갑이라서 초등학교 6학년이었습니다. 학원에도 가지 않고 PS2 게임에 정신없이 빠져 있었죠. 파이널 판타지 X-2나, 진삼국무쌍3에 말입니다. 지금 생각하면 인생에서 가장 평화로운 시기였죠. ……그런데 어찌 된 일인지 변호사님 주변에는 죽음이 넘치고 있었던 것 같더군요."

이번에는 미리 마음의 준비가 되어 있었다.

"죽음이라고 하면 니지마 하루토 말인가요?"

"하루토 씨는 변호사님 친구였다고 하던데요?"

"네. 나이에 비해서 어른스러웠고, 천재라는 말을 들을 만큼 머리가 좋은 녀석이었습니다. 살아 있었다면 지금쯤 나 같은 건 발밑에도 미치지 못할 만큼 크게 성공했을 겁니다. ……하루토의 죽음에 무슨 의혹이 있는 건가요?"

노구치는 메모를 보면서 말했다. "하루토 씨가 사망한 건 2003년 12월 1일이었지요. 저녁때 자택에서 갑자기 사망했다고 하더군요."

"뇌종양이었으니까 어느 의미에서는 시간문제였습니다."

"네, 그건 이미 확인했습니다. 증상이 심각해지기 전에 돌연사하는 바람에 병리해부가 이루어져서, 급성 심부전으로 결론이 난 것 같더군요."

"그렇다면 뭐가 문제인가요?"

"잠깐 나가지 않겠습니까. 이다음 이야기는 조금 복잡하니까요."

다쿠야는 일어서서 신용카드로 계산한 뒤, 노구치의 뒤를 따라 반지하 술집을 나왔다. 오후부터 가을비가 추적추적 내리고 있었다. 타닥타닥 우산을 때리는 빗방울 소리가 18년 전 폐병원에서의 기억을 되살려주었다.

"조금 전에도 말씀드렸지만 변호사님 주변에서 일어난 죽음은 하나가 아니었습니다. 개별적으로는 알아차리지 못해도 사건이 겹쳐지면 또 다른 의미가 생기게 되지요." 노구치는 다쿠야와 나란히 걸으면서 말했다.

이 녀석은 무엇을 어디까지 알고 있는 걸까. 다쿠야는 탐색하듯 노구치를 노려보았다.

"누구 말씀이시죠?"

"오가와 가에데 씨도, 곤도 변호사님의 동급생이었죠?"

아아, 그쪽 말인가? 다쿠야는 말없이 고개를 끄덕였다.

"가에데 씨 집에서 화재가 발생한 건 2003년 12월 2일 새벽이었습니다. 니지마 하루토 씨가 사망하고 불과 반나절 뒤의 일이었죠."

"그 두 가지가 무슨 관계가 있다는 건가요?" 다쿠야는 노구치 쪽으로 몸을 돌리고 물었다.

"그건 잘 모르겠습니다. 하지만 사건성이 의심되는 상황이었던 것만은 확실합니다."

"사건성이요? 불단의 촛불이 쓰러지는 바람에 불이 났다고 들었습니다만?"

"그 촛불을 켠 사람이 바로 가에데 씨였습니다."

"그게 무슨 문제죠? 돌아가신 아버지를 그리워하면서 촛불을 켜면 안 되나요?"

"문제는 평소에 누구 한 사람 촛불을 켜지 않았다는 겁니다. 불단 서랍에는 향도 초도 들어 있지 않아서, 가에데 씨는 창고에서 오래된 가느다란 양초를 꺼내와서 불을 붙였습니다."

다쿠야는 말없이 다음 말을 기다렸다.

"양초 바닥에는 구멍이 뚫려 있었는데, 촛대의 바늘이 너무 굵어서 억지로 쑤셔 넣는 바람에 균열이 생겼어요. 가에데 씨는 아버지에게 기도를 올리고 그대로 잠들었습니다. 그런데 이해할 수 없는 건 촛불 끄는 걸 깜빡했다는 겁니다."

밤새도록 등을 밝히기 위해서야, 라고 다쿠야는 마음속으로 중얼거렸다.

"바닥이 갈라진 양초는 서서히 기울어졌고, 시간이 갈수록 틈은 더욱 벌어졌습니다. 그 결과, 한밤중에 촛불이 방석 위에 떨어진 것 같더라고요. 놀라울 만큼 불이 빨리 번지는 바람에 집 전체가 흔적도 없이 홀라당 타버렸습니다." 노구치는 희미하게 고개를 가로저으며 말을 이었다. "냄새와 연기 때문에 눈을 뜬 가에데 씨는 2층 창문으로 대피했지만, 계부와 엄마는 술에 취해 잠든 탓에 그대로 사망했다는 건 알고 계시겠죠?"

"초등학교 6학년짜리 여자아이가 의도적으로 그런 짓을 했다는 겁니까?" 다쿠야는 믿을 수 없다는 얼굴로 노구치를 바라보며 말했다. "애초에 가에데한테는 부모님을 죽일 동기가 없잖습니까? 집에 불이 나서 부모님이 돌아가시는 바람에 결국 아동보호시설에 가게 됐잖습니까?"

"보호시설의 선생님이 아무리 잘 돌봐주어도 가정의 온기에 비할 수는 없겠죠. 가에데 씨는 매우 외롭게 자랐을 테고, 그 이후의 인생도 평탄하지는 않았습니다. ……하지만 저는 가에데 씨가 집에 불을 지를 만한 동기가 있었다고 생각합니다." 노구치는 검은 테 안경의 안쪽에 있는 눈을 깜빡거리지도 않고 말했다. "계부인 오가와 유스케 씨가 가에데 씨를 성적으로 학대했다는 정보를 입수했거든요. 더구나 어머니인 미야코 씨가 그걸 묵인했다고 하더군요."

"믿기 힘들군요. 도대체 어디서 얻은 정보인가요?"

"정보원은 말씀드릴 수 없습니다. 하지만 신뢰할 수 있는 증언이 있었어요."

정보원은 대충 짐작이 되었다. 친척 아주머니가 새아버지의 학대 사실을 알면서도 아무것도 해주지 않았다고 가에데는 말한 적이 있었다. 학대를 말리기는커녕 사건 이후에 가에데를 거두어주지도 않은 주제에 주간지 기자에게 정보를 넘기다니. 이제 와서 정의의 용사라도 되고 싶은 것인가.

"만에 하나 그 얘기가 사실이라고 해도, 가에데는 그런 짓을 할 애가 못됩니다. 전 그 애만큼 착한 애를 못 봤거든요."

"그렇지요. 저도 가에데 씨 혼자 그런 일을 했다곤 생각하지 않습니다." 노구치는 음침한 미소를 지으며 의미심장하게 말했다.

"그래서요? 결국 하고 싶은 말이 뭡니까? 그 두 사건 사이에 어떤 연관이 있다는 건지 짐작도 되지 않습니다만."

수도 고속도로의 고가 밑에 도착했다. 여기저기에 아무렇게나 자란 키 큰 풀들 사이에서 불법 투기한 걸로 보이는 커다란 쓰레기가 눈에 띄었다.

"여기라면 아무도 듣지 않겠군요. 잠시 비를 피할까요?"

노구치는 천천히 비닐우산을 접었다. 다쿠야도 원터치로 우산을 접었다.

"두 사건 사이에 연관성을 찾아내느라 얼마나 고생했는지 모릅니다." 노구치가 히죽 웃으면서 말했다. "그런데 우연히 다른 사건 기록을 발견했어요. 하루토 씨 사망 사건과 가에데 씨 집 화재 사건이 일어나기 얼마 전인 11월 29일, 어느 건물에 무단 침입한 사람들이 있었습니다. '바크티 초후'라는 폐병원인데, 혹시 짐작 가는 게 있으신가요?"

"글쎄요."

"이곳은 사연이 있는 호스피스 병원인데, 얼마 전에 자세히 조사한 적이 있었습니다. 환자 학대부터 보험금 부정 청구, 약물 유출까지, 조금 파헤쳤더니 문제가 고구마처럼 주렁주렁 매달려 나와서 깜짝 놀랐어요."

분명히 그런 소문이 있었지만, 당시에 겉으로 드러나지 않아서 뉴스에는 나오지 않았을 텐데.

"이사장이 종적을 감추고 폐업하는 바람에 그걸로 모든 게 끝난 줄 알았습니다. 그런데 이번에는 심령 스폿으로 유명해지는 바람에 몰려드는 젊은이들과 이웃 주민들의 싸움이 끊이질 않았어요. 몇 명이 체포되고 건물에 들어가지 못하게 자물쇠를 채우고 나서는 그런 일이 없어졌지만요." 노구치는 의미심장한 눈길로 다쿠야를 바라보며 말을 이었다. "2003년은 범죄를 예방하기 위해 여러 지방자치체에서 CCTV를 설치하던 해였습니다. 무단 침입 소동이 있었던 바크티 초후 부근에도 몇몇 가구가 CCTV를 설치했는데, 당시에 수고스럽게도 CCTV를 설치한 집을 일일이 찾아다닌 기자가 있었어요."

노구치는 백팩에서 봉투를 꺼내 안에 들어 있던 사진을 다쿠야에게 내밀었다. 다쿠야는 사진을 힐끔 쳐다보고는 눈길을 돌렸다. 사진에는 우산을 쓰고 걸어가는 한 남자와 네 아이들의 모습이 찍혀 있었다. 화질은 나쁘지만 사진 속 인물을 아는 사람이 보면 누구인지 알 수 있을 것이다.

"당시에는 누구인지 특정할 수 없었지만, 이번에 초등학교 졸업 앨범을 통해서 알아냈습니다. CCTV에 찍힌 사람은 곤도 변호사님과 니지마 하루토 씨, 오가와 가에데 씨, 고토 신이치 씨더라고요. 인솔자는 오컬트 연구가인 우시쿠보 히로키 씨죠?"

다쿠야는 대답하지 않았다.

"물론 그 동네를 돌아다녔을 뿐이라고 하면 변호사님 일행이 바크티 초후에 무단 침입했다는 증거는 되지 않습니다. 하지만 솔직하게 대답해주실 수 있을까요? 여러분은 폐병원의 부지 안이나 건물 안으로 들어가시지 않았나요?"

"아니요, 그런 사실도 없고 우시쿠보라는 사람도 모릅니다." 다쿠야는 일단 전면 부정했다. "그런데 설령 들어갔다고 해도, 조금 전의 이야기와 어떻게 이어진다는 건가요?"

"자세한 건 아직 모르겠습니다. 하지만 우연이라고는 볼 수 없겠죠." 노구치는 몸을 앞으로 내밀면서 덧붙였다. "여기에 찍힌 아이 중 한 명은 이틀 후 저녁에 돌연사했고, 그로부터 반나절 후에는 다른 아이의 집에 불이 나서 부모님이 사망했으니까요."

다쿠야는 팔짱을 낀 채 대꾸했다. "우연히 동급생 두 명의 집에 불행한 일이 일어났다, 그것뿐이잖습니까?"

"그뿐만이 아닙니다. 모든 일은 무단 침입 사건이 일어나기 6일 전인 23일, 근로감사의 날에 시작되었지요. 근처 강가에서 노숙자가 불에 타서 사망하는 사건이 발생했습니다. 제가 조사한 바에 따르면 이 사진에 있는 초등학생 한 명이 그 사건에 깊이 연루되어 있더군요."

다쿠야는 큰 충격을 받고 시선을 피했다. 그 모습을 노구치는 냉철한 눈으로 관찰했다.

"변호사님이죠? 노숙자 텐트 안에 폭죽을 던져 넣은 사람이?"

아니, 알아냈을 리 없다. 그저 넌지시 떠보는 것뿐이다. 다쿠야는 냉정함을 되찾기 위해 이를 악물었다. 소년 사건이다. 법원에서는 개인 정보를 철저하게 감추었을 것이다.

"아니요, 그런 적 없습니다." 다쿠야는 노구치를 바라보며 조용히 말했다.

고쿠리상이 끝나고 나서 다쿠야는 부모님께 모든 걸 고백한 뒤, 다음 날 변호사와 함께 경찰에 자수했다. 가정법원에서는 악질적인 장난이긴 하지만 시녀에 불이 붙을 것까지는 예상하지 못했을 테고 자수한 것도 높이 평가해서 보호관찰처분을 내렸다. 그 이후 매주 보호관찰사의 집에 가서 근황을 보고했는데, 태도가 매우 양호하다는 이유로 불과 1년 만에 보호관찰처분이 해제되었다.

……설마 보호관찰사가 말했을 리는 없겠지.

"정보를 제공한 사람은 범행 당시에 변호사님과 같이 행동했던 중학생들입니다. 모두 돈에 궁했는지, 몇 푼 쥐어줬더니 처음부터 끝까지 술술 불더군요."

아무리 오랜 세월이 지나도 쓰레기는 결국 쓰레기에 불과하다. 다쿠야는 한순간 분노의 표정을 감출 수 없었다.

"역시 그러셨군요." 노구치는 만족스러운 표정을 지으며 고개를 끄덕였다.

"지레짐작은 그만두시겠습니까? 부정확한 정보를 바탕으로 기사를 날조한다면 이쪽도 법적 조치를 취하겠습니다." 다쿠야는 노구치를 날카롭게 노려보며 말했다.

"이런! 저도 위험해질 수 있겠군요. 그러면 큰일이지요."

말과는 반대로 노구치의 입가에는 회심의 미소가 자리했다.

"솔직히 말씀드리면 전 지금 돈이 필요합니다. 난치병에 걸린 아들이 있는데, 고액 요양비제도 의료보험 가입자에게 고액 의료비가 발생했을 때, 한도액을 넘은 비용을 돌려받을 수 있도록 하는 제도는 보험 이외의 치료에는 적용되지 않더라고요. 재판비용까지는 도저히 마련할 수 없습니다."

이야기를 이끌어가는 솜씨가 보통이 아니다. 이 녀석은 협박의 상습범일지도 모른다고 다쿠야는 생각했다.

"변호사님도 힘들게 쌓아올린 명성이 진흙탕에 빠지는 건 원치 않으시죠? 가능하면 윈윈 관계가 바람직하지 않을까요? 그렇게 생각하지 않으십니까?"

다쿠야는 태도를 결정하기 전에 좀 더 살펴보기로 했다.

"노구치 씨께선 조금 전에 바크티 초후에 관해서 조사했다고 하셨죠?"

"철저하게 조사했습니다. 원장은 도박 빚에 허덕이던 의사였어요. 실질적인 경영자는 법망을 교묘하게 피해 온갖 나쁜 짓을 저지르며 부를 쌓은 사람인데, 한 번도 이름이 보도된 적은 없습니다."

"약을 몰래 빼돌렸다는 것도 사실이었나요?"

"그렇습니다." 노구치는 순순히 인정했다. "의료용 마약은 품질이 좋아서 비싼 값에 팔 수 있죠. 특히 의료용 모르핀은 인기가 좋습니다. 망한 정신병원 건물을 사들여 호스피스 병원을 시작한 것도 어쩌면 주요 목적은 그게 아니었을까 의심될 정도로요."

"그래요? 그런데 그 취재 성과는 기사로 나왔나요?"

"이런, 아픈 곳을 찌르시는군요."

말은 그렇게 하지만 얼굴은 히죽히죽 웃고 있었다.

"일이 좀 있었거든요. 결국 어른들의 사정으로 기사로 나오지는 않았습니다."

역시 처음부터 목적은 돈이었다는 건가?

"약을 몰래 빼돌려 부당하게 얻은 돈이 돌고 돌아서 난치병 아들의 치료비로 쓰이는 건가요? 세상이 참 절묘하게 돌아가는군요." 다쿠야가 입술 끝을 올리며 비아냥거렸다.

"저에게는 뭐라고 욕해도 괜찮습니다." 노구치는 무표정함을 무너뜨리지 않았지만 말투에는 울분이 섞여 있었다. "그런데 지금 이 순간에도 병마와 싸우는 아들을 조롱하는 건 참을 수 없어요. 그런 식으로 말한다면 교섭의 여지가 없습니다."

여기서 한마디라도 사과하면 단숨에 상대의 페이스에 휘말리게 된다. 다쿠야는 침묵하는 수밖에 없었다.

"일단 제가 추리한 스토리를 말씀드릴까요? 18년 전에 발생한 일련의 사건은 개인 종교, 그것도 상당히 보기 드문 오컬트 종교 때문이라고 생각합니다." 노구치는 조금 전과 달리 차분한 어투로 침착하게 말했다. "불우한 오컬트 연구가였던 우시쿠보 히로키는 유일한 무기인 마니악한 지식을 악용해 종교 집단을 만들려고 했을 겁니다. 미국의 중견 SF 작가에 불과했던 남자가 ******교를 창설해 거대한 부를 손에 넣은 것처럼 말이죠."

노구치는 모 할리우드 스타가 믿어서 유명해진 컬트 교단을 예로 들었다.

"우시쿠보는 아직 초등학생이었던 여러분을 타깃으로 삼았습니다. 신자로 삼을 목적이었는지, 실험할 생각이었는지는 모르겠지만 유명한 심령 스폿인 폐병원으로 데려가 오컬트식 의식을 통해 여러분을 세뇌시켰어요. 하루토 씨의 자살도, 가에데 씨 집에 불을 질러 양친을 불태워 죽인 것도 우시쿠보의 지시라고밖에 생각할 수 없습니다."

"자살이요? 하루토의 죽음은 자연사라고 결론이 났을 텐데요."

다쿠야의 반론에도 노구치는 동요하지 않았다.

"하루토 씨의 시신은 병리해부했을 뿐, 사법해부까지 하지는 않았습니다. 복어 독처럼 검출하기 힘든 독극물을 주입하면 아무것도 나오지 않는다고 해도 이상할 게 없죠."

살인자의 누명을 쓴 우시쿠보 씨는 저승에서 쓴웃음을 짓고 있으리라.

"그런데 말씀하신 종교 집단은 실제로 탄생하지 않았잖습니까? 우시쿠보 씨도 이미 10여 년 전에 사망했고요."

"조금 전에 우시쿠보를 모른다고 하시더니, 이미 사망한 건 아시는군요." 노구치가 옅은 웃음을 지으며 말했다.

이런! 다쿠야는 속으로 혀를 찼지만 얼굴에는 드러내지 않았다.

"우시쿠보가 사망한 뒤, 그 뜻을 이어받은 사람이 있는 게 아닐까합니다."

"그 사람이 누구죠?"

다쿠야는 얼굴을 찡그렸다. 노구치가 무슨 말을 하는지 이해할 수 없었다.

"바크티 초후에 몰래 들어간 네 명의 초등학생 중 마지막 한 명인 고토 신이치 씨입니다. 신이치 씨는 자살한 아버지를 둔 괴로운 경험을 통해, 자살 방지를 부르짖는 NPO Non Profit Organization, 제3영역의 비영리단체를 가리키는 말인 원스모어를 설립했지요. 올해 시의원에 당선되었는데, 지금도 원스모어와 밀접한 관계가 있는 것 같더군요."

"전부 망상에 불과합니다. 원스모어는 종교 단체가 아닙니다."

고쿠리상의 조언을 받은 이후 신이치는 사람이 달라진 것처럼 열심히 공부하기 시작했고, 대학에 들어가서는 자살 방지 운동에 몰입했다는 것을 다쿠야는 알고 있다.

신이치의 말에 따르면 《완전 자살 매뉴얼》은 '언제든지 죽을 수 있다'는 말을 키워드로 삼아, 역설적으로 자살을 만류하는 책이라고 한다.

"뭐 변호사님 처지에서는 그렇게 말씀하실 수밖에 없겠죠."

노구치에게는 자신의 추리가 틀렸을지 모른다는 생각은 손톱만큼도 없는 것 같았다. 하지만 이걸로 그쪽의 카드는 알았다.

"할 말은 그것뿐인가요? 그런데 어쩌죠? 당신의 추리가 전부 빗나가서요. 기사로 쓰고 싶다면 마음대로 하십시오."

"정말로 괜찮겠습니까?" 노구치의 눈에 의심의 빛이 깃들었다.

"원스모어가 종교 단체라니, 억지도 그런 억지가 없군요. 활동 내용을 아는 분들이 증언하면 오해가 풀리겠죠. 노숙자의 사망 사건에 관해서는 해서는 안 되는 짓을 했습니다. 하지만 그건 어린 시절의 실수에 불과하고, 이미 자수해서 죗값을 치렀어요. 혹독한 비판이나 악플을 각오하고 세상에 진실을 말하겠습니다."

다쿠야는 잠시 말을 끊었다가 반격에 나섰다.

"하지만 당신은 그냥 넘어가지 못할 겁니다. 난 당신을 공갈협박죄로 형사고소할 거니까요. 블랙 저널리스트개인이나 집단의 약점을 보도하겠다고 위협하거나 특정한 이익을 위해 보도하는 기자로서 과거의 여죄도 우후죽순처럼 여기저기서 나타나지 않을까요?"

노구치는 슬픈 표정으로 눈을 내리깔더니 머리를 옆으로 흔들었다. 완전히 의기소침해진 줄 알았더니, 그렇지 않다는 것은 금방 알 수 있었다.

"어린 시절의 실수라고요? 안타깝게도 그런 변명은 통하지 않습니다."

"무슨 뜻이죠?"

최대한 강한 척 위장했지만 다쿠야는 간담이 서늘해지는 것을 느꼈다.

"그건 사고가 아니었습니다. 우시쿠보 히로키의 교사에 의한, 최초의 종교적 살인이었죠."

"아니, 헛소리 좀 작작 하세요! 도대체 무슨 근거로 그렇게 말도 안 되는……."

다쿠야는 말문이 막혔다. 이 녀석은 대체 무슨 말을 하는 것인가.

"저는 그것 말고도 매우 중요한 증언을 입수했습니다."

이어서 노구치의 입에서 나온 말을 듣고 다쿠야는 입을 다물 수 없었다. 발밑의 땅이 무너지는 듯한 충격과 함께 머릿속이 새하얘졌다.

"무슨 뜻인지 아시겠어요? 소년 심판이 내린 결론에는 중대한 오류가 있었다는 겁니다. 저는 그걸 폭로하고 고발하는 기사를 쓸 겁니다. 만약 세상 사람들이 그 사실을 알게 되면 과연 사죄 정도로 용서받을 수……."

노구치는 얼굴을 들었지만 끝까지 말할 수는 없었다.

몇 분이 지났을까, 다쿠야는 겨우 정신을 차렸다. 노구치는 머리가 부자연스럽게 뒤틀린 자세로 땅바닥에 누워 있었다. 바로 옆에 있는 콘크리트 덩어리에는 피가 질척하게 묻어 있었다.

"노구치 씨, 괜찮으세요?"

황급히 몸을 숙이고 목덜미를 만져봤지만 맥박이 뛰지 않았다. 숨이 끊어진 것은 분명했다.

……사람을 죽였다. 설마 이렇게 될 줄이야.

다쿠야는 망연히 그 자리에 서 있다가 잠시 후에 두리번거리며 주변을 살펴보았다. 다행이라고 해야 할지, 지나가는 사람은 없었고

CCTV도 보이지 않았다.

다쿠야는 노구치의 시체를 끌고 가서 덤불 속에 숨겼다. 그러곤 주변에 있는 골판지 상자와 골함석을 덮어서 적당히 감추었다. 지금의 기온이라면 시체에서 냄새가 날 때까지 2~3일은 걸릴 것이다. 하지만 발견되는 것을 조금 늦출 수는 있어도 들키는 건 시간문제다. 조금 전의 술집에서 신용카드를 사용한 일이 떠올랐다. 바텐더가 그들의 대화를 들었을 것이다. 시간이 거의 없다고 봐야 한다.

어떡하지? 어떡하면 좋지?

어쨌든 누군가의 눈에 띄기 전에 이곳을 떠나야 한다.

다쿠야는 황급히 범행 현장을 뒤로했다.

……어떡해야 하지. 모르겠다. 머릿속이 텅 빈 것 같다. 이제 어떡해야 하는가.

변호사의 지식과 과거의 경험을 총동원해도, 현재의 괴로운 상황에서 빠져나갈 방책이 떠오르지 않았다. 이제 의지할 수 있는 방법은 하나밖에 없다. 그래, 그것이다.

4

2021년 11월 22일 월요일 오후 10시 11분

402호실. 다시는 들어갈 일이 없다고 생각했던 어두컴컴한 병실.

건물은 그때보다 훨씬 낡아서 폐허라는 느낌이 더 강해졌지만, 건물 안에 깃든 것처럼 울려 퍼지는 빗소리만큼은 18년 전과 똑같았다.

다쿠야는 한 걸음 먼저 들어가 왼쪽 앞에 있는 침대 위에 랜턴을 놓은 뒤, 어두운 복도에 멍하니 서 있는 세 사람을 향해 돌아보았다.

"다들 이쪽으로 들어와."

"정말로 할 생각이야?" 신이치는 한숨을 섞어 말하고는 스타디움 점퍼 주머니에 두 손을 쑤셔 넣고 추운 듯이 큰 키를 움츠렸다.

긴 머리에 턱수염을 기른 모습은 초등학생 때의 소극적인 모습과 달리 활동적으로 보였지만, 목소리에 배어 있는 불안과 긴장감은 그때와 조금도 다르지 않았다.

"그러려고 온 거 아니야?" 다쿠야는 쌀쌀맞게 대답했다.

세 사람은 우르르 들어와서 침대 양쪽에 두 사람씩 섰다.

"설마 또 이걸 하게 될 줄이야……." 가에데가 중얼거렸다.

어렸을 때부터 어딘지 모르게 불행한 분위기가 감돌고 있었지만, 생활고 탓에 얼굴이 찌들어서 그런지 도저히 스물아홉 살로는 보이지 않았다.

마지막으로 들어온 미즈키 사오리라는 여성은 말없이 병실 안을 둘러보았다. 스물다섯 살에 몽클레어의 다운코트를 걸친 모습은 모델처럼 세련되었지만, 그와 대조적으로 표정은 몹시 어두웠다.

다쿠야가 개회를 선언하듯 입을 열었다. "18년 전, 우리 네 사람은 여기서 고쿠리상의 어둠 버전 의식을 치렀지. 나와 신이치, 가에데는 그때의 멤버야. 그래서 어떻게 하는지 알고 있어. 그런데 사오리 씨는 처음이니까 간단히 설명해줄게."

"그건 하지 않아도 돼요." 사오리가 새침한 얼굴로 말했다. "그런데 한 가지만 말씀해주세요. 지난번에 참가한 네 번째 사람은 어떻게 됐죠?"

"이미 들었겠지만 이 어둠 버전은 일명 러시안룰렛 버전이라고 해. 네 사람 모두에게 지금의 고통에서 벗어나기 위해선 목숨을 걸어도 좋다는 각오가 필요하지. 세 사람은 인생을 역전시킬 귀중한 조언을 얻을 수 있지만, 그 대가로 나머지 한 사람은 반드시 목숨을 잃게 돼."

사오리가 빠른 말투로 다쿠야의 말을 가로막았다. "그 얘기는 이미 들었어요. 그래서 네 번째 사람은 어떻게 됐나요?"

"네 번째 사람인 하루토에게 주어진 조언은 자택을 가리키는 위도와 경도였어. 하루토는 집으로 돌아가서 이틀 후에 돌연사했지."

"괴롭지는 않았죠?"

"그래."

"그러면 됐어요. 빨리 시작하세요."

다쿠야는 자기보다 어린 여성이 거만하게 행동하는 건 참지 못하는 성격이었다. 평소 같으면 한바탕 큰 소리가 날 상황이었지만, 오늘은 너그러운 표정으로 천천히 고개를 끄덕였다.

"그 전에 왜 이 의식에 참가했는지, 모두 이유를 말해야 해. 우선 나부터 시계 방향으로……."

사오리가 다시 끼어들었다. "그걸 꼭 해야 하나요? 난 세 사람에 관해서 잘 모르고, 서로 무슨 사정이 있는지 몰라도 상관없을 것 같은데요."

"가능하면 나도 그러고 싶은데, 이걸 생략하면 한 가지 큰 문제가 있어." 다쿠야는 인내심을 가지고 사오리를 타이르듯이 말했다. "지난번에는 이 의식에 관해 잘 알고 있는 우시쿠보 히로키 씨란 사람이 이끌어주었는데, 그분은 이미 세상을 떠났거든. 그래서 무엇을 해야 하고 무엇을 생략해도 되는지 아무도 몰라. 이 의식을 성공시키기 위해서는 일단 모든 면에서 지난번과 똑같이 하는 편이 좋을 것 같아."

여기서 토라져서 자신은 빠지겠다고 하면 곤란하다. 신이치와 가에데도 다쿠야와 똑같은 심정인지 걱정스러운 눈길로 사오리를 쳐다보았지만, 그녀도 이 이상 불평할 생각은 없는 것 같았다.

"처음에 말을 꺼낸 나부터 왜 고쿠리상을 하자고 했는지 말할게. ……오늘 있었던 일이야."

다쿠야는 노구치를 살해하게 된 경위에 관해 솔직하게 말했다. 단, 노구치가 얻었다는 '매우 중요한 증언'에 대해선 제외하고, 어디까지나 우발적 사고인 것처럼 이미지를 조작했다.

"그런 일이 있었다니." 가에데가 말문이 막힌 표정을 지었다.

"잠깐만, 그렇다면 네가 예전에 받은 조언은 결국 소용없었다는 거 아니야?" 신이치가 예리하게 파고들었다.

"아니, 꼭 그렇다곤 할 수 없어. 이번 일은 내가 발끈해서 어리석은 짓을 저질렀기 때문이야. 상대의 협박에 반응하지 않았으면 됐는데……. 그랬다면 어둠 버전을 하게 되었더라도 이렇게까지 궁지에 몰리진 않았을 거야."

반박을 하면서도 다쿠야는 신이치의 지적에 가슴이 덜컹 내려앉는 느낌이 들었다.

지난번 참가자 중 세 사람은 고쿠리상의 조언으로 새 인생을 살게 되었다고 생각했다. 그런데 이런 일이 있고 나서 급히 연락했더니, 세 사람 모두 예전보다 더욱 괴로운 지경에 처해 있다는 사실을 알게 되었다. 예전의 조언이 올바른 조언이었다면 왜 이렇게 된 걸까. 다쿠야는 마음속으로, 고쿠리상에 악의가 숨어 있는 게 아닐까 의심하기 시작했다.

"나도 다쿠야와 다르지 않아. 내 손으로 사람의 생명을 빼앗았어." 가에데가 반쯤 넋이 나간 사람처럼 중얼거렸다. "아니, 다쿠야보다 훨씬 더 나빠. ……세상에서 가장 소중한 생명이었는데."

다쿠야는 무슨 일이 있었는지 들었지만, 나머지 두 사람은 흠칫한 표정을 지었다.

"두 사람은 내가 왜 보호시설에 들어가게 됐는지 알고 있지? 새아버지는 의사였지만 개인병원을 내기 위해 빚을 많이 지는 바람에 유산은 한 푼도 못 받았어. 난 어쩔 수 없이 아동보호시설에 들어갔는데, 학자금 대출을 받아 가까스로 지방 공립대학을 졸업하고 작은 건설회사에 취직했지." 가에데는 책을 읽듯 감정 없이 말했다. "막상 들어갔더니 월급은 쥐꼬리만 하고 일은 산더미처럼 쌓여 있으며, 갑질과 성추행은 당연한 회사더라고. 그러다 애인이 생겼어. 길거리에서 우연히 만났는데, 내가 첫눈에 반해서 푹 빠졌지. 지금은 어디가 그렇게 좋았는지 생각나지 않지만, 금발에 통통하고 머리가 텅 빈 남자였어. 피임을 거부해서 곧바로 임신했는데, 아이를 지우라고 끈질기게 요구하더라고. 그래도 난 끝까지 아이를 낳았어. 아들이었지."

가에데는 잠시 말을 끊었지만 아무도 입을 열지 않았다.

"아이를 낳자마자 그 남자는 곧바로 모습을 감췄어. 내 곁엔 아무도 없었고, 나는 외딴섬에 혼자 있는 것 같았지. 임신했을 때는 아이가 그토록 사랑스러웠는데 날이 갈수록 육아 스트레스가 심해지더니, 어느 순간부터 머릿속에는 여기서 도망치고 싶다는 생각밖에 없었어. 그리고 퍼뜩 정신이 들었을 때는 아기를 욕조에 가라앉혔더라고. ……시신은 지금도 그대로 냉장고에 있어."

가에데는 단숨에 말하고는 눈물을 주르륵 흘리며 오열했다.

다쿠야는 어떻게 위로해야 좋을지 몰라서 가만히 있었다. 평범한 위로는 아무런 도움이 되지 않으리라. 신이치도 할 말을 찾지 못한 듯했고, 같은 여성인 사오리도 입을 다물고 있었다.

"다음은 내 차례군. 세 사람이 또 이렇게 모인 걸 도저히 믿을 수 없지만……." 신이치는 자조하는 말투로 덧붙였다. "나도 사람을 죽였어."

이것이 정말로 우연이 아니란 말인가.

"원스모어 지지자들이 예전부터 시의원에 출마하라고 많이 권했거든. 다들 알다시피 난 자살 방지 운동을 평생의 일로 삼고 있잖아? 그 일을 위해 출마를 결심했는데, 선거 운동이 장난이 아니더라고.

매일 익숙하지 않는 인사를 하러 돌아다니느라 녹초가 되었지. 며칠 전이었어. 한밤중에 집에 가는 길에 사람을 차로 치고 말았지. 운전 은 제대로 했는데, 술에 취해 길거리에서 자고 있는 사람을 미처 발 견하지 못한 거야. 현장에 가로등이 없어서 캄캄했던 탓에, 발견했 을 때는 이미 피할 수 없었지. 음주운전에다 선거를 앞두고 있던 것 이 머리에 떠올라 나도 모르게 그대로 도망쳤어." 신이치는 어깨를 푹 떨구고 참회하듯 말했다. "피해자는 출혈 과다로 사망했더라고. 나중에 알았는데, 사고 직후에 바로 구급차를 불렀다면 살았을지도 모른대."

이거야말로 연쇄적인 저주가 아닌가. 18년 전에 고쿠리상을 하지 않았다면 좋았을지도 모른다. 그러면 지금 이런 일도 없었을 텐데. 다쿠야는 팔짱을 낀 채 그렇게 생각했다. ……아니, 그때는 그것 말 고 선택지가 없었다.

신이치는 그렇다 쳐도 나와 하루토, 가에데는 어찌할 수 없는 문 제에 직면하고 있었으니까. 초등학생에게는 너무나 벅찬…… 아니, 어른이라도 대처할 수 없을 만큼 심각한 문제에.

"정말 어이가 없네요. 나 말고 전부 사람을 죽인 거예요? 이런 사 람들이 모인다는 걸 알았다면 오지 않았을 거예요." 사오리가 콧김 을 거칠게 내뿜으며 말했다.

"넌 아니지? 병에 걸렸다고 들었는데."

다쿠야가 화살을 돌리자 사오리는 고개를 끄덕였다.

"난 어렸을 때부터 죽을 만큼 노력해서 발레리나라는 꿈을 이뤘어요. 그런데 알츠하이머에 걸려서 은퇴할 수밖에 없었죠. 내 운명을 얼마나 저주했는지 몰라요. 내가 왜 이런 병에 걸려야 하는지, 당최 이해할 수 없었죠. 그런데 정밀검사를 한 결과, 더 끔찍한 사실을 알게 됐어요. 실은 알츠하이머가 아니라 크로이츠펠트야콥병이었던 거죠……."

사오리의 눈에서 한 줄기 눈물이 흘러내렸다.

"신경 계통의 난치병이야. 안타깝지만 지금으로선 치료할 방법이 없대. 사오리 씨는 스스로 목숨을 끊으려다가 친구의 소개로 원스모어에 상담했지." 신이치가 보충 설명을 했다.

여기에 사오리를 데려온 사람이 신이치였던 것이다.

"그런 병명은 처음 들었어……." 가에데가 혼잣말을 하듯 중얼거렸다.

사오리가 가에데를 쳐다보며 설명했다. "일반인들은 잘 모르지만 야콥병이란 건 프리온이라는 이상한 단백질이 뇌 안에서 증식하는 병이에요. 광우병이란 건 들어본 적 있죠? 그것과 똑같아서 인간광우병이라고도 하죠. 지금부터 나한테 어떤 일이 일어날지는 알고 있어요. 전기 충격을 받은 것처럼 근육이 경련되면서 서서히 치매가 진행되죠. 1~2년 안에 온몸이 쇠약해지고 호흡이 마비되며 폐렴 같은 걸로 죽는 게 내 운명이에요. 알겠어요? 당신들 운명이 가장 나쁜 건 아니에요. 내 운명과 당신들 운명을 바꿀 수 있으면 바꾸고 싶을 정도예요. 경찰에 붙잡힌다 해도, 한 사람만 죽였다면 사형 선고를 받진 않잖아요? 당신들은 살 수 있어요, 살고자 하는 마음만 있으면!"

세 사람은 충격을 받고 입을 다물었다.

"내가 이런 어설픈 연극에 참가했다는 것 자체가 믿기지 않네요. ……하지만 아무것도 하지 않고 가만히 있으면 정말로 머리가 이상해지겠죠. 그러니까 빨리 시작해요!"

"알았어. 그렇게 하지."

다쿠야는 항상 가지고 다니는 서류가방을 열고는 필요한 도구를 꺼냈다. 그러는 동안에 자신의 표정이 사오리의 눈에 띄지 않도록 고개를 숙였다. 회심의 미소를 들키고 싶지 않았던 것이다.

다쿠야가 침대 위에 늘어놓은 것은 18년 전과 거의 똑같은 물건들이었다. 커다란 화지 다발과 오래된 벼루와 먹, 큰 안전핀이다. 이자나기류 신장대를 만드는 도사 화지도, 도내의 화지 전문점에서 구입했다. 우시쿠보 씨의 유족과 연락이 되지 않아 도내의 골동품점에서 인연이 이어진다는 둥근 벼루와, 지워지기 시작한 '천취'天上 세계. 사람이 죽어 돌아갈 하늘라는 금문자가 적힌 오래된 먹을 구입했지만, 이걸로 충분할지 어떨지 몰라서 가슴속에선 불안함이 소용돌이쳤다.

신이치가 업무용 배낭에서 신수神水가 들어 있는 페트병과 깨끗하게 씻은 동전을 꺼냈다. 그가 오늘 가마쿠라의 제니아라이벤자이텐 우가후쿠신사에서 가져온 것이다.

"마지막으로 확인할게." 다쿠야는 18년 전에 한 의식을 떠올리면서 가져온 메모를 보았다. "참가자는 각자에게 닥친 문제를 해결할 귀중한 조언을 얻을지도 몰라. 반면에 최소한 한 사람 이상이 목숨을 잃을 가능성도 있어. 정말 그래도 괜찮아?"

18년 전과 똑같은 의사 확인이었다. 우시쿠보 씨는 반드시 의식에 필요하다고 말하지 않았지만 모든 조건이 그때와 똑같아야 한다.

"잠깐만요. 최소한 한 사람 이상이라는 게 무슨 말이에요? 한 사람이 아닌 경우도 있어요?"

다쿠야가 예상한 대로 사오리가 날카롭게 파고들었다.

다쿠야는 신중하게 대답했다. "그럴 가능성이 있다고 우시쿠보 씨가 그랬어. 18년 전에 우리가 했던 의식과, 그 전에 우시쿠보 씨가 함께했던 의식에선 각각 한 명씩 사망했지. 하지만 항상 한 명만 죽는다는 보장은 없대. 어둠 버전은 이 병원에서 태어났다고 하지만 자세한 경위나 상황은 지금도 베일에 싸여 있고."

그 말을 듣고 망설이면 곤란하다고 생각했지만, 사오리는 순순히 고개를 끄덕였다.

"난 아무래도 상관없어요. 안락사하게 해준다면 그런 편이 편할지도 모르죠."

그렇군. 그녀 쪽에서 보면 그렇게 생각하는 게 당연하리라. 그렇다면 마음이 바뀌기 전에 빨리 진행하는 편이 좋겠다.

문득 제물이 한 사람이 아니라면 어떻게 될까, 하는 의문이 고개를 치켜들었지만, 다쿠야는 구태여 생각하지 않기로 했다. 하루토의 말이 머리에 떠올랐다.

"여기서 멈춰도 우리에게 미래는 없어. 지금은 앞으로 나아가는 수밖에 없다고."

다쿠야는 큼지막한 화지를 침대 위에 펼치고는 벼루에 물을 따라

먹을 갈았다. 손가락을 찔러서 피를 떨어뜨리는 작업도 초등학생 때와 달리 전원이 엄숙하게 끝냈다.

네 사람은 손가락에서 떨어지는 피로 도사 화지의 한가운데에 도리이 마크를 그린 뒤, 손가락에 피가 섞인 먹물을 묻혀서 가타카나 50음과 0에서부터 9까지의 숫자를 썼다. 병실 안이 어두워서 먹물 색깔의 미묘한 차이는 알 수 없었다.

다쿠야는 18년 전에 우시쿠보 씨가 만든 것을 떠올리면서 제비뽑기를 만들었다. 네 명은 피 묻은 손으로 제비를 뽑아서 사오리, 신이치, 가에데, 다쿠야라는 순서가 정해졌다.

드디어 시작이다. 네 사람은 깨끗이 씻은 5엔짜리 동전 위에 살며시 검지를 올렸다.

"그러면 기도의 말입니다. 전원이 복창해주십시오."

다쿠야는 전원에게 복사한 종이를 나눠주었다. 실내는 지난번보다 어두웠지만 랜턴의 불빛에 가까이 대니 그럭저럭 읽을 수 있었다.

"고쿠리상, 고쿠리상, 저희 무력한 자들의 간절한 소원을, 부디, 부디 들어주십시오."

한동안은 아무 일도 일어나지 않았다. 다만 빗소리만이 단조롭게 울려 퍼질 따름이었다.

전원의 눈동자가 동전을 응시했다. 사오리는 불안정한 눈길로 쳐다보며 반신반의한 표정을 지었지만 다른 세 사람은 조용히 그때를 기다렸다.

"……아무 일도 일어나지 않잖아요?"

조바심을 이기지 못한 사오리가 누구에게랄 것도 없이 중얼거렸지만, 대답하는 사람은 아무도 없었다. 모두 집 울림 같은 징조를 예상하고 있는 것이다.

"어리석은 짓이에요. 여기서 계속 기다려봤자……."

그때였다. 폐병원 전체가 지진이 일어난 것처럼 위아래로 격렬하게 흔들렸다.

왔다! 다쿠야는 마음속으로 쾌재를 불렀다. 고쿠리상이다. 오늘도 소환에 응해주었다.

다시 격렬한 충격이 이어졌다. 18년 전보다 더 낡은 건물이 무너지는 게 아닐까 걱정될 정도였다. 다시 한번 흔들림이 이어지면서, 모르타르인지 석고보드 가루인지가 천장에서 쏟아졌다.

"이건 뭐예요? 폭발이에요?" 사오리가 겁먹은 표정을 지었다.

마지막으로 다시 한번 폭격을 받은 듯한 진동과 굉음이 건물을 덮쳤다.

나란히 있는 유리창이 일제히 공명하면서 소리굽쇠 같은 기이한 소리를 내기 시작했다. 고막이 이상해질 것 같았다. 줄어들지 않는 정상파가 공간을 가득 메우며 공기를 뒤흔들었다.

"······●★※▲?"

누군가가 뭐라고 고함을 질렀지만 어떤 소리도 알아들을 수 없었다. 천장에서 떨어지는 분진은 여기저기에서 기세가 더욱 강해지면서 모래폭풍처럼 하늘하늘 춤을 추었다.

공포로 인해 다쿠야의 온몸이 얼어붙었다. 설마 여기에서 이대로 죽는 걸까? 어쩌면 우리는 무언가를 잘못해서 고쿠리상의 노여움을 산 게 아닐까.

어마어마한 진동과 굉음은 시작했을 때와 마찬가지로 아무런 징조도 없이 멈추었다. 네 사람은 손가락 하나 움직일 수 없을 만큼 굳어 있었다. 동전에 올린 네 손가락은 접착제로 붙인 것처럼 처음과 똑같은 위치에 있었다.

그때 동전이 움직였다. 마치 얼음 위를 미끄러지듯 아무런 저항이 없었다.

"손가락을 떼지 마!" 다쿠야는 모두를 향해 소리쳤다.

하지만 그렇게 말하지 않아도 세 사람은 모든 신경을 손가락 끝에 집중하면서 동전의 움직임에 맞추었다.

다쿠야의 눈이 크게 벌어졌다. 전원이 흠칫 놀란 표정을 지었다.

3, 5, 6, 8, 2……

조언은 숫자였다.

좋아, 됐다! 다쿠야는 왼손의 주먹을 꽉 쥐었다.

이것은 분명히 위도와 경도다. 그것도 여기서 멀지 않다. 도쿄 안이다. 미리 조사한 덕분에 다쿠야는 그곳이 어딘지 짐작되었다.

가에데가 왼손을 사용해서 노트에 숫자를 꼼꼼히 적었다. 놀랍게도 숫자는 전부 32자리나 되었다.

"조금 전의 이야기가 맞는다면, 이건 어느 장소를 가리키는 거죠? 다시 말해, 난 여기서 죽는다는 건가요?"

사오리가 혼잣말처럼 중얼거리자 가에데가 "꼭 그렇다곤 할 수 없어"라고 위로했다.

하지만 다쿠야에게는 확신이 있었다. 모든 게 자신이 예상한 대로 되었기 때문이다.

조언이 숫자였다고 해도 죽음의 카드를 뽑았다곤 할 수 없다. 도시전설의 사례를 보면 전화번호나 로또의 당첨번호도 있었고, 지난번에 신이치는 책의 ISBN 번호를 받았다. 하지만 위도와 경도를 받은 경우, 하루토를 포함해 두 번 연속으로 그곳에서 사망했다.

……역시 미즈키 사오리를 네 번째 멤버로 맞이하길 잘했어.

힌트가 된 것은 하루토의 경우였다. 그때 다쿠야는 생각했다. 도대체 어떤 조언을 받으면 말기 암에 걸린 하루토를 구할 수 있을까. 이상했다. 고쿠리상이 아무리 초월적인 존재라고 해도, 마지막 결론은 안락사밖에 없을 거라고 생각했다.

그리고 결과는 그가 예상한 대로였다.

요컨대 이런 것이다. 고쿠리상 러시안룰렛 버전의 필승법은, 이렇게 말하면 좀 그렇지만 아무리 해도 살 수 없는 난치병 환자를 제물로 넣는 것이다.

사오리에게는 미안하지만 이걸로 자신은 살았다. 겨우 목숨을 구한 것이다. 이제 나머지 세 사람은 현재의 고통스러운 상황을 극복할 방법을 얻을 수 있으리라.

"야! 왜 멍 때리고 있어?" 신이치가 날카로운 목소리로 지적했다.

"아아, 미안해. 다음은 신이치지?"

이번에는 처음부터 동전이 매끄럽게 움직였다. 그런데 손가락이 가리킨 것은 뜻밖의 조언이었다.

"어? 또 숫자야?" 가에데가 숨을 들이마셨다.

3, 3, 4, 7, 4……

위도와 경도다. 이번에는 도쿄가 아닌 것 같지만 틀림없다.

어떻게 된 걸까? 신이치 또한 죽음의 카드를 뽑아버린 걸까?

다쿠야는 혼란스러웠다. 하지만 여기서 겨우 우시쿠보 씨의 경고가 사실이라는 것을 인정할 수밖에 없었다.

죽음의 카드가 한 장이라곤 할 수 없다.

이번에 희생되는 건 두 사람일지도 모른다. 물론 장소를 받았어도 그것이 곧 사형 선고라고는 할 수 없다. 그곳에 가면 인생을 바꿀 수 있는 사건을 만날지도 모른다.

하지만 지금까지 사례로 볼 때 비관적으로 생각할 수밖에 없었다. 초등학생 때는 아무런 장점도 없는 녀석이라고 마음속으로 신이치를 무시했다. 그런데 고쿠리상의 조언을 받은 이후, 온 힘을 다해 자살 방지 운동에 매진하는 모습을 보고 점점 존경의 마음을 품게 되었는데.

하루토에 이어서 아까운 녀석을 잃게 되는 건가.

"역시 여기로 가라는 거군."

본인은 형용할 수 없는 충격을 받은 모양이다.

"만약에 가지 않으면 어떻게 되지? 아니, 그래선 아무것도 해결되지 않아. 알고 있어. 알고 있지만, 하지만, 만약에."

무한 루프에 빠진 것처럼 고민하는 모습을 보니, 순식간에 소극적인 초등학생 시절로 돌아간 것처럼 보였다.

"두 사람 모두 거기에 가면 분명히 좋은 일이 있을 거야."

가에데가 억지로 웃음을 짜내며 사오리와 신이치를 위로했다. 다쿠야가 그런 가에데를 재촉했다.

"가에데, 이번엔 네 차례야."

가에데는 긴장한 얼굴로 떨리는 손가락을 동전 위에 올려놓았다. 다쿠야도 살며시 손가락을 더했다. 사오리와 신이치도 그들을 따라 했지만 마음은 이미 허공을 방황하는 듯했다.

기다리고 있었던 것처럼 동전이 미끄러졌다.

"말도 안 돼……."

가에데가 숨을 들이마셨다. 또 숫자였다.

4, 1, 3, 2, 7, 7…….

이번에도 역시 위도와 경도이리라. 조금 전과 달리 처음이 '4'인 것을 보면 여기서 더 멀리 떨어진 곳인 듯하지만.

다쿠야는 잇따라 나오는 숫자를 가만히 응시했다. 도대체 무슨 일이 일어나고 있는 걸까.

맨 먼저 생각할 수 있는 것은 이번엔 죽음의 카드가 세 장이나 되는 특별한 의식이라는 것이다. 만약에 그렇다면 멤버들에게는 상상도 할 수 없었던 불운이지만, 자신은 4분의 3의 힘든 확률을 빠져나온 것이고 반대로 어마어마한 행운이라고 할 수 있다.

어쩌면 각각의 장소에는 행운의 열쇠 같은 것이 잠들어 있을 수도 있다. 또한 세 사람에게 똑같이 위도와 경도를 주어도, 길흉은 각각 다를 수도 있다. 어느 사람은 잠든 것처럼 사망하지만 다른 사람은 살아갈 희망을 찾을 수도 있는 것이다. 그런 경우에 자신은 어느쪽인지, 마지막 순간까지 알 수 없으리라.

가에데는 속이 후련한 것처럼 밝은 목소리로 말했다. "어쨌든 여기로 가볼게. 어느 쪽이든 지금보다는 훨씬 나을 테니까."

세 사람은 겨우 긴장을 풀고 서로를 바라보며 고개를 끄덕였다. 괜히 억측하며 일희일비해봐야 어쩔 수 없다고 생각한 걸까. 아니면 안락사를 해도 상관없다고 마음먹은 걸까.

"마지막은 처음에 말을 꺼낸 다쿠야야."

다쿠야는 가에데가 도리이 마크 위에 놓은 동전 위에 검지를 올려놓았다. 세 사람이 세 방향에서 그곳에 손가락을 더했다. 견디기 힘든 긴장감에 시달리는 사람은 다쿠야뿐이었다.

조금 전에 안전핀으로 손가락을 너무 깊이 찔렀는지 아직도 쿡쿡 쑤셨다.

자아, 부탁한다. 적어도 마지막 정도는 제대로 된 조언을 해다오.

다쿠야는 마음속으로 간절하게 기도했다.

동전은 똑바로 나아갔다. 다쿠야가 원했던 것과는 미묘하게 다른 방향이었다.

"어? 뭐야? 어떻게 된 거야?" 가에데가 얼빠진 소리를 질렀다.

……숫자다.

온몸의 힘이 빠져서 다쿠야는 어깨를 떨구었다. 마음은 이미 절반쯤 무너지고 있었다.

지난번에 숫자를 받은 사람은 하루토와 신이치뿐이었다. 나머지 두 사람에게는 비록 금방 이해할 수는 없었으나 일본어로 조언해주었고, 하루토를 제외하고는 눈앞에 닥친 문제를 멋지게 해결해주었다. 이번에도 그렇게 되리라고 예상했는데, 설마 예상을 배신하고 모두 죽일 작정일까?

어쩌면 어둠 버전을 두 번 하는 것은 금기가 아닐까? 우시쿠보 씨가 살아 있었으면 절대로 하지 말라고 말렸을지도 모른다.

4, 0, 6, 0, 0, 0······.

가에데 때와 마찬가지로 4로 시작되었다. 0이 많아서 동전이 같은 곳을 뱅뱅 도는 것처럼 보이는 것도, 현기증이 나는 부조리한 감각에 박차를 가했다.

"······네 사람이 가야 할 곳을 알았어요."

마지막 조언이 끝나자 오른쪽 검지를 동전에 올리고 왼손으로 스마트폰을 조작하던 사오리가 말했다. 그녀의 말을 들으면서 가에데가 메모를 했다.

18년 전과 달리 지금은 구글 지도에 숫자를 입력하면 네 사람에게 주어진 목적지를 순식간에 알 수 있다.

사오리는 시부야의 신국립극장.

신이치는 시코쿠 카르스트의 덴구고원.

가에데는 오소레잔산 일본의 3대 영지 중 하나로, 죽은 자의 영혼을 달래주는 산으로 유명하다의 사이노가와라.

다쿠야는 아오모리현 도와다시의 쓰타나나누마.

5

2021년 11월 23일 화요일 오후 2시 02분

신칸센에서 내렸을 때는 가랑비가 보슬보슬 내렸지만 거의 신경 쓰이지 않는 정도였다. 그런데 신아오모리역에서 빌린 마쓰다 로드스타를 운전하고 있노라니 미스트 같은 빗방울이 떨어져서 얼굴이 차가워졌다. 오픈카의 루프를 닫고 싶었지만 정차하기 귀찮아서 다쿠야는 그대로 달렸다.

"아직 멀었어요?" 사오리가 지긋지긋한 목소리로 말했다.

고쿠리상이 끝나고 의논한 결과, 넷이 동시에 조언을 받은 곳으로 가기로 했다. 사오리는 아침부터 신국립극장 근처의 커피숍에서 대기하고 있었다. 다쿠야와 가에데가 도호쿠신칸센을 타고 있을 때는 네 사람이 라인으로 메시지를 주고받았지만, 다쿠야가 렌터카를 빌린 다음에는 이어폰 마이크를 사용해 단체 통화로 전환했다.

"난 조금만 더 가면 돼. 예상한 대로 신이치가 제일 시간이 걸릴 것 같아."

"난 이래 봬도 첫 열차로 출발했어. 아무리 기를 써도 그보다 서두를 순 없잖아?" 고치현에서 다쿠야와 마찬가지로 렌터카를 운전하는 신이치가 투덜거렸다.

"그보다 이제 짐작이 돼? 고쿠리상이 왜 그곳을 지정했는지?" 다쿠야와 헤어져서 택시를 탄 가에데가 물었다.

"난 도통 모르겠어." 다쿠야는 솔직하게 대답했다. "물론 절경으로 유명한 곳이라서 한 번쯤 가보고 싶었지만 지금은 단풍철도 끝났고 말이야."

"솔직히 말하면 나도 짐작이 되지 않아." 신이치가 말했다.

사오리가 따분한 시간을 주체하지 못하고 끼어들었다. "난 처음부터 짐작이 됐어요. 지금 하는 발레 공연에 예전 라이벌이 나오거든요. 뭐, 실력도 인기도 내가 훨씬 더 대단했지만 지금은 그 애가 프리마라고 인정할 수밖에 없어요."

사오리의 목소리에서 억누를 수 없는 분노가 배어나왔다.

"그런데 왜 그렇게……." 가에데가 뒷말을 더 잇지 못하고 머뭇거렸다.

상처에 소금 뿌리는 일을 시키는 것인가, 라고 말하고 싶은 것이리라.

"아마 지금의 현실을 받아들이라는 게 아닐까요?" 사오리가 자포자기한 것처럼 말했다.

"사오리 씨의 발레하는 모습을 봤으면 좋았을 텐데." 가에데가 말했다.

"가에데 씨는 오소레잔산으로 가는 이유를 알고 있죠?"

사오리의 질문에 가에데는 다시 말문이 막혔다.

"나는…… 사이노가와라잖아. 역시 그 애를 만나러 가라는 뜻일 거야."

너무 깊이 추궁하지 말라고 다쿠야는 마음속으로 혀를 찼다.

"다쿠야에게 묻고 싶은 게 있는데." 신이치가 기묘하리만큼 침착한 목소리로 말했다.

이런 때에는 종종 대답하기 곤란한 질문을 하기에 다쿠야는 살짝 경계했다.

"뭔데?"

"하루토한테서 편지를 받았다고 했었지? 지난번 고쿠리상을 하고 나서."

"그래. 사망한 날의 낮에 우편함에 넣은 것 같아."

"마음에 걸리는 게 쓰여 있었다고 했잖아? 그게 뭐였어?"

"그건……."

안 그래도 18년 만에 벽장 안에서 꺼내 다시 읽어보았다. 이제 와서 딱히 비밀로 할 필요는 없으리라.

"편지에는 주로 고쿠리상의 어둠 버전에 대한 하루토의 연구 결과가 쓰여 있었어. 평범한 고쿠리상과는 달랐잖아? 그날 이후, 하루토는 그 차이가 무엇인지 계속 생각했나 봐."

세 사람은 조용히 귀를 기울였다.

"그렇다면 평범한 고쿠리상이란 뭐냐는 것부터 시작해야겠지만, 트릭이라든지 불수의근 내 의지와 관계없이 스스로 움직이는 근육의 움직임이라든지, 과학적인 설명은 아무래도 상관없어. 문제는 무엇을 불러내려는 것인가, 하는 거야."

가에데가 말했다. "……당연히 여우 아니야? 신사에 가면 흔히 여우 조각상이 놓여 있잖아?"

신이치가 재빨리 덧붙였다. "오이나리 _{님 곡식을 맡은 신으로, 여우는 오이나} _{리의 사자라고 한다}의 사자이고."

"한자로는 고쿠리狐狗狸, 즉 여우와 개와 너구리라고 쓰는 일이 많잖아? 그래서 동물의 영혼을 부르는 것으로 생각하기 쉽지만, 그것 과는 관계가 없는 것 같아."

초기에는 동전이 아니라 대나무 세 개로 밥통을 떠받치는 걸 사용했던 모양인데, 밥통이 고쿠리, 고쿠리_{끄덕. 끄떡} 기울어지는 모습을 보고 고쿠리나 고쿠리상으로 부르게 됐다고 한다.

"즉, '狐狗狸'라는 한자는 나중에 붙인 거야. 평범한 고쿠리상은 가벼운 의식 같은 느낌이고, 무엇을 불러낼지도 모호하잖아?"

"하지만 평범한 고쿠리상조차 무엇을 불러낼지 모른다면 특별한 고쿠리상을 두고 이렇다 저렇다 말해봐야 의미가 없잖아?"

스마트폰 화면을 보지 않아도 입술을 삐죽거리는 신이치의 모습이 다쿠야의 눈에 선했다.

"아니, 하루토의 의견은 그 반대야."

나이를 먹을 만큼 먹은 어른들이 초등학생의 분석을 둘러싸고 토론하는 모습은 우스꽝스러웠지만, 자신의 두뇌는 아직 하루토의 수준에 도달하지 못했다고 다쿠야는 생각했다.

"고쿠리상의 어둠 버전에서는 처음부터 무엇을 불러낼지 확실한 목적이 있었던 게 아닐까, 그리고 그 비밀을 푸는 열쇠는 '고쿠리상' 이라는 호칭에 있다고 하루토는 생각한 것 같아."

그런데 아무리 생각해도 그다음을 알 수 없었다. 일부가 변했을 가능성도 생각해서, 하루토는 편지 안에서 여러 가지 가능성을 제시했다. 고구리(高句麗, 고구려)를 비롯해 고쿠료(哭靈, 죽은 자를 애도하여 우는 여인), 고쿠리(骨栗, '전율 율'자 대신 '밤 율'자를 사용한 것으로 보이며 두려워한다는 뜻인 듯하다), 고쿠이레이(骨喰靈, 뼈를 먹는 영혼), 고쿠리(酷吏, 잔혹한 관리) 등. 하지만 모두 딱 들어맞지는 않는다고 한다.

사오리가 따분함을 이기지 못하고 끼어들었다. "나도 의견을 말해도 돼요?"

"말해봐."

"평범한 고쿠리상과 가장 다른 점은 러시안룰렛 버전이라는 거잖아요? 왜 그런 시스템이 됐는가 하는 점부터 생각해봐야 하지 않을까요?"

"왜?" 가에데가 당황한 목소리로 되물었다.

"우리는 지금 곤경에 처해서 도움을 원하고 있으니까 그냥 평범한 고쿠리상처럼 조언을 해주면 되잖아요? 왜 꼭 누군가를 희생시켜야 하는 거죠?"

"그러고 보니 악의가 숨어 있군." 신이치가 신음하듯 말했다.

"안 그래도 그것 말인데, 난 러시안룰렛 버전이라는 말에 의문을 가지고 있어."

마쓰다 로드스타는 아름다운 나무들로 둘러싸인 103번 국도를 달렸다. 가루이자와처럼 아름다운 경치와 차가운 미스트를 머금은 공기가 폐까지 상쾌하게 만들어주었다. 이렇게 기분이 좋은 건 얼마

만일까?

"……러시안룰렛 같다는 건 사카모토 씨의 고쿠리상에 함께했던 우시쿠보 씨의 감상일 뿐이야. 실제로 무엇이 어떻게 되어 있는지는 아무도 몰라. 우리는 규칙조차 모르는 채 목숨 걸고 게임을 하고 있는 거야."

"한 사람이 죽는다곤 할 수 없다는 건가요?" 사오리의 목소리가 날카로워졌다.

"물론 그것도 있어. 그런데 애초에 전제가 틀렸다면 어떻게 될까? 가령 목적이 조언을 얻는 게 아니었다면?"

"야, 쉽게 말해. 무슨 말인지 모르겠잖아?" 신이치가 개그맨처럼 일부러 가볍게 딴지를 걸었다.

"나도 잘 몰라. ……이제 거의 다 온 것 같아."

그때까지 계속 외길이었지만 오른쪽에서 온천여관의 간판과 옆길을 발견하고, 다쿠야는 우회전해서 차를 주차장에 세웠다. 그러곤 스마트폰 화면에서 전원의 얼굴을 확인했다. 모두 커다란 불안과 희미한 기대가 뒤섞인 표정이었다.

"지금부터는 걸어갈게."

이제 GPS로 위치를 확인하면서 알려준 장소로 가면 된다.

"그럼 나도 슬슬 가볼까?" 사오리가 혼잣말처럼 중얼거리며 일어섰다.

"일단 그 직전에 멈춰줘. 다 같이 타이밍을 맞추자." 가에데가 신중한 얼굴로 말했다.

그녀의 뒤쪽에 있는 배경을 보니 이미 오소레잔산에 도착한 것 같았다.

"행운을 빌게. 나는 좀 더 걸리겠지만." 신이치는 무뚝뚝하게 말했지만 진심으로 행운이 있기를 바라는 마음이 전해졌다.

이 녀석은 역시 좋은 녀석이다. 다쿠야는 초등학생 시절에 위에서 내려다보며 거만하게 내린 평가를 지우고 싶은 기분이 들었다.

그는 '쓰타야초의 숲 안내도'라는 안내판을 보고 나서 산책로를 걷기 시작했다. 카라반의 트래킹 신발을 신고 온 덕분에 쾌적한 하이킹이 될 것 같았다.

여전히 햇빛은 비치지 않고 희미한 구름이 끼어 있지만, 숲속에 뻗어 있는 새로 만든 것 같은 나뭇길은 걷기만 해도 마음이 깨끗해지는 듯했다.

손목시계를 보니 막 3시가 지난 참이었다. 동지에 가까워지면서 해가 빨리 떨어져, 도와다시의 일몰 시각은 오후 4시 12분이었다. 일단 아웃도어용 헤드라이트도 가져왔지만, 가능하면 어두워지기 전에 결판을 내고 싶다.

늪을 둘러싼 오솔길은 쓰타나나누마 _{쓰타나나누마는 일곱 개의 늪으로 이루어져 있다} 중 아카누마를 제외한 여섯 개의 늪을 연결하고 있다. 다쿠야는 목적지인 쓰타누마를 향해 똑바로 걸어갔다.

단풍철도 지났고 어중간한 시간인 데다 코로나 바이러스의 영향도 있어서 그런지 다쿠야 말고는 관광객이 한 사람도 보이지 않았다. 이렇게 멋진 오솔길을 독차지할 수 있는 것은 너무도 사치스러운 일이 아닐까. 그는 낙엽으로 뒤덮인 너도밤나무 숲속을 걸으며 조용히 심호흡을 했다.

도대체 자신은 왜 이토록 끙끙거리며 고민하는 걸까? 이제 곧 사느냐 죽느냐의 갈림길에 서게 되지만, 그것조차 아무래도 상관없다는 생각이 들었다.

작은 늪을 따라 얼마나 걸었을까, 마침내 나무가 끊어진 곳이 보였다. 저 앞이 쓰타누마였다. GPS로 목적지 부근임을 확인했다.

"도착했어."

스마트폰을 향해 말했더니 흥분한 목소리로 신이치가 대꾸했다. "나도 석회암이 보였어. 이제 곧 덴구고원이야!"

가에데는 몹시 침착했다. "난 이미 도착했어. 사오리 씨는 지금쯤 발레를 보고 있을 거야."

"좋아. 그럼 갈까?"

다쿠야는 신중하게 걸음을 내디뎠다. 갑자기 시야가 탁 트이면서 쓰타누마가 나타났다. 나무판이 깔려 있는 산책로는 한 바퀴가 약 1킬로미터쯤 되는 기슭과도 이어져 있었다.

너도밤나무 숲은 이미 낙엽이 떨어져서 호숫가에서 보는 경치도 단풍철에 비하면 쓸쓸하지만, 숲을 비추는 수면은 빨려 들어갈 것처럼 깊은 색을 머금고 있었다.

다쿠야는 산책로 위에서 걸음을 멈추었다.

왜 더 일찍 오지 않았을까?

세계가 이토록 아름답다니!

이 우주에 태어난 것 자체가 하나의 기적이고, 인생은 진정한 의미에서 무엇과도 바꿀 수 없이 소중한 것이다. 자신은 그것을 더 빨리 깨달았어야 했다.

"여기에 와야 했던 이유를 겨우 알았어."

이어폰에서 신이치의 목소리가 들렸다. 그 이상 설명할 필요는 없었다.

"나도 그래. 오길 잘했어." 가에데가 눈물에 젖은 목소리로 탄식했다.

"그래, 오길 잘했어. 꼭 꿈만 같아." 다쿠야도 대꾸했다.

그 후에는 세 사람 모두 말이 없었다. 시간이 얼마나 지났을까. 다쿠야는 아직 꿈에서 깨어나지 못한 채 멍하니 늪가에 서 있었다.

"다들 듣고 있어요?"

이번에는 사오리의 목소리가 들렸다.

"발레 공연은 숨을 쉴 수 없을 만큼 멋있었어요! 정말 굉장했어요! 얼마나 감동했는지 몰라요. 눈물이 멈추지 않더라고요."

"다행이다." 가에데가 말했다.

"공연이 끝나고 대기실에 가서 예전 라이벌을 만났어요." 사오리는 잠시 말을 끊었다가 이내 덧붙였다. "그녀도 눈물을 흘리면서 나를 꼭 안아줬어요. 계속 내 걱정을 했나 봐요. 나 혼자 마음의 문을 닫고, 내 멋대로 절망했다는 걸 깨달았어요."

"가기를 잘했네." 가에데는 또 눈물을 흘렸다.

"네, 가기를 잘했어요. 모두 정말 고마워요. 만약 고쿠리상에 참가하지 않았다면 이런 감동은 받을 수 없었을 거예요."

다쿠야는 깊은 한숨을 쉬면서 말했다. "네게 사과해야 할 게 있어."

지금 이 순간, 진실을 고백할 수밖에 없었다.

"네가 살아날 가망성이 없는 난치병에 걸렸다는 얘기를 들었어. ……그래서."

사오리가 가볍게 미소를 지었다. "이제 됐어요. 내 병은 그쪽 탓이 아니고, 그 덕분에 이렇게 구원을 받았으니까요."

"고마워. 그렇게 말해줘서 마음이 편해졌어."

"나도 그래. 나도 구원을 받았어." 신이치의 감개무량한 목소리가 이어졌다. "조금 전에 돌아가신 아버지를 만났어."

세 사람 모두 이제 무슨 말을 들어도 놀라지 않았다.

"다행이다." 다쿠야는 진심으로 말했다.

"다행이야."

"그래. 그러기 위해서 거기로 가라고 했구나."

"그래. 아버지께서 사과하셨어. 나를 남겨놓고 당신 혼자 죽어서 미안하다고."

"그랬구나."

"그리고 내가 지금까지 해온 일은 쓸모없는 일이 아니고, 나를 진심으로 자랑스럽게 여긴다고 말씀해주셨어."

신이치는 큰 소리로 울기 시작했다.

다쿠야는 하늘을 올려다보았다. 이제 이 세상에 미련 같은 건 없다는 생각이 들었다.

눈을 감자 공기의 색깔이 달라진 듯했다. 다시 눈을 떴을 때, 세계는 완전히 달라져 있었다. 그곳에는 새빨간 저녁놀을 받고 아름답게 빛나는 쓰타누마가 있었다. 수면은 빨갛게 물든 숲과 산을 비추며 반짝반짝 빛나고 있었다.

벌써 4시가 지났다. 일몰 시간이 가까워졌다.

그리고 너도밤나무 숲은…….

나뭇잎은 모두 떨어졌을 텐데, 주위는 활활 불타는 것처럼 아름다운 단풍으로 가득했다.

이게 어떻게 된 걸까.

다쿠야의 온몸은 황홀함으로 가득 찼다. 이 기적을 눈앞에서 보여주는 건 신일까. 아니면.

잠시 후, 페이드아웃하듯이 붉은빛이 물러나고 캄캄한 어둠이 주변을 감쌌다.

다쿠야는 천천히 나뭇길 위에 앉았다. 도저히 이 자리를 떠날 수 없었다. 주변이 어둠으로 둘러싸여도 두려움은 티끌만큼도 느껴지지 않았다. 다만 이 고요한 시간이 끝나지 않기를 바랄 뿐이었다.

어둠 안쪽을 멍하니 보고 있자니 지금까지 보이지 않았던 마음의 밑바닥이 조금씩 떠오르는 것 같았다.

가랑비가 부슬부슬 내리는 소리와 함께 차가운 빗방울이 목덜미에 똑똑 떨어졌다. 다쿠야는 나무 밑으로 옮겨서 잠시 비를 피했다. 어두운 숲속에 빗소리가 울려 퍼졌다.

그때 이어폰에서 목소리가 들렸다.

"어때? 오길 잘했지?"

"응, 그래."

대답하고 나서 다쿠야는 그것이 신이치의 목소리도, 가에데나 사오리의 목소리도 아님을 알아차렸다. 성인 남성의 목소리도 아니고 여성의 목소리도 아니었다.

변성기가 되기 전의 소년의 목소리. 그렇다. 분명히 하루토의 목소리였다.

"이대로 놔둬도 상관없지만, 네 성격상 수수께끼가 남은 상태론 안심하고 갈 수 없을 것 같아서." 하루토는 시시한 잡담을 하는 것처럼 느긋하게 말했다.

"수수께끼라……." 다쿠야는 희미하게 웃었다. "이제 아무래도 상관없긴 하지만. 그래도 네 말처럼 아무것도 모르는 상태로 가면 미련이 남을지도 몰라."

"그렇지?" 하루토가 개구쟁이처럼 웃었다.

"그럼 가르쳐줘. 고쿠리상의 어둠 버전은 도대체 뭐였어?"

"뭐라고 해야 할까? 적어도 러시안룰렛 같은 음침한 데스 게임은 아니야. 네가 말한 것처럼 조언을 얻기 위한 것도 아니고."

"역시 그렇구나."

아쉽게도 추리를 통해 정답에 도달할 수는 없었지만, 적어도 무언가 다르다는 직감은 틀리지 않았다.

"모든 건 바크티 초후에서 시작됐어. 그 어둡고 음산한 호스피스 병원에서."

"거기서 무슨 일이 있었는데?"

"끔찍한 일이 있었어."

하루토는 슬픈 얼굴로 머리를 가로저었다.

그렇다. 분명히 머리를 가로저었다. 이어폰 안에서 목소리가 들리는 것만이 아니라 마치 하루토가 다쿠야 앞에 홀연히 나타난 것 같았다. 정말로 보이느냐고 묻는다면 그렇다고 대답할 자신은 없다. 하지만 하루토의 표정과 모습은 손을 뻗으면 닿을 듯이 생생하게 느낄 수 있었다.

"그곳의 실상은 호스피스 병원이 아니라 돈을 벌기 위한 장소이자 끔찍한 감옥이었어."

어느새 하루토의 목소리는 이어폰을 통해서가 아니라 직접 귀에 닿는 것처럼 선명하게 들렸다.

"이사장이었던 사람은 다단계 판매나 영감상법영적인 문제를 이용한 상업 행위. 조상들의 죄와 고통을 없애고 후손을 잘살게 할 수 있다면서 고가의 물건을 사게 하는 방식으로 재산을 축적한 남자였다. 그는 우선 교활한 감언이설로 일가친척 없이 혼자 사는 환자들을 모았어. 꼬치꼬치 따지거나 병원에 찾아올 가족과 친척은 없지만, 노후를 생각해 열심히 일해서 돈을 많이 모은 사람들을. 그리고 계약을 하고 나면 매달 은행 계좌에서 돈을 빼내가고, 환자들은 방치해서 죽였지."

"제대로 돌보지 않은 거야?"

"그것만이 아니야. 그보다 훨씬 악독한 짓을 했더라고." 하루토의 영혼이 한숨을 쉬며 말을 이었다. "그 병원에선 말기 암 환자를 많이 받았는데, 견딜 수 없을 만큼 고통이 심한데도 약에 너무 의존하면 안 된다는 이유로 누구 한 사람 모르핀을 투여받지 못해서 다들 끔찍한 고통에 발버둥 쳐야 했지."

"왜…… 그런 짓을?"

"어제 노구치라는 기자를 만났지?"

"그래."

이미 때는 늦었지만 순간적으로 발끈해 죽음에 이르게 한 것에 대해 후회의 마음이 솟구쳤다. 그러고 보니 난치병에 걸린 아이가 있다고 했었지. 사람을 협박한 것은 잘했다고 할 수 없지만 숨을 거두는 순간 얼마나 분하고 원통했을까.

"그때 들었을 거야. 약물을 몰래 빼돌려서 팔아먹었다고."

"의료용 마약은 비싸게 팔 수 있다고 하더라."

"그래. 한마디로 말해, 말기 암 환자들에게 투여해야 할 모르핀을 비싼 돈을 받고 팔아먹은 거야."

다쿠야는 입을 다물 수 없었다. 지금까지 변호사로 일하면서 악독한 수법은 많이 보고 들었지만, 이렇게까지 끔찍한 이야기는 들어본 적이 없다.

"그 건물은 전형적인 전근대적 정신병원이었잖아? 아무리 울고 소리쳐도 밖에서는 들리지 않아. 입원 환자를 감금하기에는 안성맞춤이었지."

다쿠야의 눈앞에 402호실의 모습이 떠올랐다. 어두운 밤하늘이 대형 스크린으로 변해서, 그곳에서 상영하는 영화처럼 선명하게.

초췌하고 피폐한 네 노인이 고통에 시달리고 있다. 안에서는 문이 열리지 않고, 자살을 방지하기 위해 가운의 끈조차 주지 않아서 목을 맬 수도 없다.

침대에 누워서 언제 끝날지 모르는 고통을 견뎌야 하는 지옥 같은 무의미한 시간들. 네 노인 중 한 명이 얼마 되지 않는 기력을 겨우 짜내서 몸을 일으켰다.

"흉기가 될 만한 물건은 모두 빼앗겼지만 세탁물에 있던 안전핀이 서랍 안에 있었어. 제법 큰 안전핀이었지만, 그걸로 목숨은 끊을 수 없었지. 그때 옛날에 딱 한 번 했던 고쿠리상을 하자고 말을 꺼낸 사람이 있었어."

죽음의 늪을 코앞에 두고 옛날에 했던 기억이 되살아났나 보다. 세 사람은 침대에서 기어 나왔지만 남은 한 사람은 도저히 움직일 수 없었다. 세 사람은 그 노인의 침대 주변에 모여서 안전핀으로 손가락을 찌르고는, 피를 이용해 시트에 도리이 마크를 그리고 가타카나 50음, 그리고 0에서부터 9까지 숫자를 썼다.

"잠깐만, 왜 뜬금없이 고쿠리상을 한 거야? 아무리 그래도 너무 갑작스럽잖아?"

여자 중학생이라면 몰라도 죽음을 코앞에 둔 노인들이 할 일은 아니지 않은가.

"그렇게 생각하는 것도 당연해. 하지만 처음에 고쿠리상을 하자고 했던 노인이 처절한 고통 속에서 의식이 끊어질 것 같으면서도, 온 마음을 다해 염불처럼 읊조렸던 말이 있거든."

"그게 뭔데?"

다쿠야의 말투도 하루토처럼 18년 전으로 돌아간 것 같았다.

"고쿠리 왕생……. 주마등 같은 기억 속에서 그 말이 고쿠리상과 이어진 거지."

다쿠야는 멍하니 입을 벌렸다.

"그들의 기도는 너무도 절실하고 필사적이었어. 그곳에 고쿠리상이라는 언령言靈, 즉 말의 힘이 작용해서 있을 수 없는 기적이 일어난 거야."

"기적이라고? 고쿠리 왕생이란 게 도대체 뭔데 그래?"

"이렇게 시간이 많았는데 한 번도 사전을 찾아보지 않았어? 고쿠리란 단어에는 대충 네 가지 뜻이 있어. 첫째, 고개를 끄덕이며 수긍하는 모습. 둘째, 머리를 앞으로 숙이거나 들거나를 반복하며 꾸벅꾸벅 조는 모습. 또는 그 졸음. 나도 모르게 깜빡 졸다, 라는 식으로 사용하지. 이것이 평범한 고쿠리상의 유래야."

하루토의 목소리는 어둠 속에서 둥실둥실 떠다니는 것 같았다.

"셋째, 색깔이 수수하고 안정되며 우아한 모습. 음식에 감칠맛이 있고 깊은 맛이 나는 모습. 넷째, 갑자기 상태가 변하는 모습. 고통 없이 덜컥 죽는 모습. 그래서 고쿠리 왕생은 오래 앓지 않고 갑자기 죽는 일을 가리키지. 급사, 돈사頓死라고도 해."

"지금 농담하는 거지? 아무리 그런 뜻이 있다고 해도……."

"한 노인의 지갑 안에 우연히 절에서 깨끗이 씻어온 5엔짜리 동전이 있었어. 네 노인은 한겨울 나뭇가지처럼 야윈 손가락을 그 동전 위에 올리고, 온 마음과 온 영혼을 다해 간절히 기도했지. '고쿠리상, 고쿠리상, 저희 무력한 자들의 간절한 소원을, 부디, 부디 들어주십시오'라고. 그들의 비통한 소원은 결국 도달했어."

"어디에? 여우의 영혼에?"

"평범한 고쿠리상에서 나타나는 저급 영혼이 아니야. 이 나라를 통솔하는 수많은 신들 중에서 하나의 신이 호응한 거지."

이 나라를 통솔하는 수많은 신? 하나의 신? 너무나도 고리타분하고 황당무계해서 믿을 수가 없었다.

"네 명의 소원이 신에게 전해졌다는 표시는 바로 네 번의 망치 소리였어."

네 번? 다쿠야는 퍼뜩 생각이 났다. 18년 전에는 건물이 흔들리는 굉음이 한 번밖에 들리지 않았다. 그런데 어제는 몇 번…… 분명히 네 번 들린 것 같았다.

그것은 고쿠리 왕생을 할 수 있는 인원수였던 것인가.

"신탁은 한 사람에 세 글자라서 전부 열두 글자밖에 안 됐지만, 그걸 듣는 것만으로도 그들에게는 너무나 고통스러운 일이었고 체력의 한계에 부딪히는 일이었지."

"어떤 메시지였는데?"

하루토는 낮은 목소리로 낭송하듯이 말했다. "고요히, 나가키, 구겐, 하텐 コヨヒ, ナガキ, クゲン, ハテン."

……오늘 밤 기나긴 괴로움이 끝나리라.

"그날 밤, 네 노인은 잠든 것처럼 숨을 거두었지."

같은 날에 네 명이나 사망함으로써 신고가 들어가서 경찰의 수사가 시작됐지만, 부검 결과 사건성은 보이지 않았다고 한다. 그런데 그 과정에서 모르핀 부정 유출 의혹이 밖으로 드러나서 담당 의사가 체포되었다. 의사는 교도소에서 정신이 이상해져서 의료교도소로 보내졌다. 그 이후 만기 출소해 민간 시설로 들어갔지만 밤마다 상상을 초월하는 공포에 시달리다가 지금은 완전히 폐인이 되었다고 한다.

이사장이 어떻게 됐는지는 하루토도 모르는 것 같았다. 어디에서도 모습이 보이지 않는 걸 보면 지옥에 떨어져서 상상도 할 수 없는 고통에 시달리고 있을지도 모른다고 덧붙였을 뿐이다.

"이렇게 해서 편안한 죽음을 바라는 고쿠리상의 어둠 버전이 탄생했어. 우리가 한 다음에도 몇 팀이 시도했고, 지금은 어둠에서 어둠으로 조용하게 확대되고 있지. 이 나라에는 죽을 수조차 없어서 고통에 시달리는 사람들이 상상 이상으로 많은 것 같더라고."

"다시 말해, 이런 거야?" 다쿠야가 갈라진 목소리로 말했다. "우리는 괴로움에서 빠져나오기 위한 조언을 원했는데, 실은 안락사를 바라는 의식에 참가했다는 거야?"

조건은 첫 번째부터 똑같았다. 누구 한 사람 살아남을 수 있다는 보장은 없었다. 그렇다기보다 전원이 오직 죽음을 향해 나아가고 있었다는 것이다.

"그래, 바로 그거야." 하루토가 희미하게 미소를 지으면서 말했다. "사전에서 고쿠리라는 단어를 찾아보고 혹시 그렇지 않을까 생각했거든. 확신은 없었지만 말이야. 난 그때 안락사를 하고 싶었어. 하지만 혼자선 할 수 없어서 세 사람에게 말을 걸었지."

"웃기지 마! 그럼 넌 우리를 실험용 쥐로 생각한 거야? 그렇다면 그때 모두 죽어도 이상할 게 없었잖아?"

분노로 인해 다쿠야의 목소리가 가늘게 떨렸다.

"그래. 하지만 만약 죽었다면 그 녀석은 안락사할 가치가 있다, 그것이 가장 행복한 일이다, 라고 고쿠리상이 인정한 게 돼. 해피 엔딩 아니야?" 하루토는 당연하다는 듯이 말했다. "더구나 너도 나를 비난할 수는 없잖아? 말기 암에 걸린 사람은 조언 같은 걸로 살 수 없어. 그렇게 생각했으면서 아무 말도 하지 않았으니까. 사오리 씨를 넣은 것도, 그녀가 제물이 되면 너는 살 수 있다는 냉철한 계산 때문이잖아?"

다쿠야는 정곡을 찔려서 한마디도 반박할 수 없었다. 다쿠야의 입에서 신음이 흘러나왔다.

"……그렇다면 그 조언은 뭐지? 도시전설은 원래 자신의 희망 사항이 담긴 지어낸 이야기, 즉 거짓말이란 걸 알고 있어. 로또에 당첨됐다든지, 그렇게 행복한 이야기가 있을 리 없잖아? 그런데 우리에게 해준 조언은 뭐였지? 가에데에게는 밤새도록 촛불을 켜놓으라고 했고, 나에게는 스스로 심판해서 속죄하라고 했잖아."

하루토는 가여워하는 미소를 지으며 말했다. "고쿠리상은 안락사할 가치가 없다고 판단한 사람한테는 아주 냉혹하지. 그런 사람에게는 네 멋대로 해라, 라고 말하는 것뿐이야. 'Fuck-Yourself'라고 말하는 것과 똑같아."

"우, 웃기지 마! 그럴 리 없잖아? 나는 그 조언을 받고 인생을 다시 시작하겠다고 결심했고, 실제로 다시 시작했어."

하루토는 가볍게 대꾸했다. "아! 그건 단순한 오해였어. 초등학생 때였다면 몰라도, 아직도 모르겠어? 스스로 심판하라는 게 무슨 뜻인지? 아니면 평소에 법률 용어밖에 보지 않아서 그 말에 숨어 있는 뜻을 파악하지 못한 거야?"

"뭐?"

"스스로 심판하라, 즉 자재自裁하라는 건 자결自決하라는 것과 똑같은 말이야. 스스로 결판을 내라, 다시 말해 죽어라, 하는 뜻이지."

"그럴 수가……."

다쿠야는 망연자실한 표정을 지었다.

"신이치에게 《완전 자살 매뉴얼》을 추천해준 것도 말 그대로 그 책을 참고해서 죽으라는 뜻이었어. 다만 가에데만은 조금 달랐지. 그런 상황에서 가에데가 죽는다면 너무 불공평하잖아? 아무리 생각해도 나쁜 사람은 계부와 엄마니까. 그 녀석들을 불태워 죽이는 게 마땅하다는 신탁이었을 거야."

"……내게는 편히 죽을 자격도 없었다는 거야?"

"당연하지. 넌 그 노숙자가 시너를 흡입한다는 사실을 알고 있었잖아? 너희는 그것이 얼마나 무서운 일인지 모른 채, 불이 몸에 옮겨붙어 당황한 노숙자를 보고 재미있다고 배를 잡고 웃었지?"

하루토의 비웃음이 다쿠야의 귓불을 때렸다.

"노구치가 술을 사주고 돈을 몇 푼 쥐어줬더니 녀석들이 너에 대해 시시콜콜 말한 것 같더라고. 그걸 터뜨리겠다고 위협했더니, 순간적으로 욱해서 노구치를 때려죽인 거잖아?"

다쿠야는 말문이 막혔다.

"그래, 난 그 노숙자가 평소에 시너를 흡입한다는 걸 알고 있었어. 텐트 옆을 지나칠 때 코를 찌르는 자극적인 냄새가 났고, 공원에 오는 사람이나 주변에 사는 사람들이 차가운 눈으로 쳐다본다는 것도 알고 있었고. 그래서 노숙자를 괴롭혀 쫓아내면 사람들에게 도움이 된다는 선배들의 말을 믿어버렸어."

그 점은 오직 참회하는 수밖에 없었다.

"그런데 설마 그때 시너를 흡입하고 있었을 줄이야. 그런 건 밖에서 알 수 없잖아? 더구나 그로 인해 죽으리라는 건 꿈에도 생각해본 적이 없었어."

"그럴 가능성이 있다는 건 알 수 있었잖아? 그래도 폭죽에 불을 붙여 텐트 안에 던져넣은 건 네가 노숙자를 인간으로 보지 않았기 때문이야."

"그렇지는……."

"너, 그 노숙자의 이름을 기억하고 있어? 지금도 인간이 아니라 노숙자라는 기호로밖에 보지 않잖아?"

소년 심판에서 몇 번이나 이름을 보았고 들었다. 하지만 지금은 한 글자도 기억나지 않았다.

다쿠야가 어깨를 떨구자 하루토는 얼굴에 미소를 담고 다정하게 말을 걸었다. "하지만 이제 걱정할 필요 없어. 너도 그동안 충분히 괴로워했으니까 용서해주신 것 같아. 이걸로 편안히 저세상에 갈 수 있을 거야."

다쿠야는 잠깐만 기다려, 라고 외치려고 했지만 이미 목소리가 나오지 않았다.

"세 사람은 먼저 가 있어."

다음 순간, 갑자기 조명이 켜진 것처럼 캄캄한 호수의 경치가 밝아졌다.

불타는 듯한 아침 햇살이 울긋불긋한 단풍을 비추자, 천국 같은 광경이 눈앞에 펼쳐졌다.

다쿠야는 다시 황홀한 표정을 지었다. 공포는 마음의 한쪽 구석으로 밀려나고, 천국에서 편히 살고 싶다는 마음만이 가슴을 가득 메웠다.

이윽고 불을 끈 것처럼 빛이 사라졌다.

네 가지 공포와 네 가지 절망
항거할 수 없는 운명에 농락당하고 고통받는
인간의 이야기

나를 비롯해 수많은 팬이 기다리고 또 기다리던 작가, 기시 유스케가 돌아왔다!《가을비 이야기》란 멋진 선물을 들고서. 그가 호러 작품을 내놓은 것은 2013년에 출간한《말벌》이후에 약 9년 만이다(한국에서는 2016년에 출간되었다).

기시 유스케는 교토대학교 경제학부를 졸업한 뒤, 아사히생명보험회사에 입사했다. 그런데 서른 살 때, 동료의 사고사를 계기로 자신의 인생을 되돌아본 뒤, 회사를 그만두고 집필 활동에 전념하기로 결심했다고 한다.

1996년《13번째 인격 ISOLA》로 호러소설대상 장편 부문 가작을 수상하면서 데뷔한 그는 1997년에《검은 집》으로 호러소설대상을 수상하면서 널리 알려지게 되었다. 2005년에《유리 망치》로 일본 추리작가협회상을, 2008년엔《신세계에서》로 일본 SF대상을,

2010년에는 《악의 교전》으로 야마다 후타로상 등을 수상했다.

어린 시절에는 미스터리와 SF에 푹 빠졌고 호러는 마니아라고 할 정도는 아니었지만, 스즈키 고지의 호러소설인 《링》을 읽고 '호러란 미스터리 문맥으로 완전히 새로운 작품을 쓸 수 있는 분야'라는 사실을 깨달았다고 한다. 그 이후, 인간의 욕망과 광기가 불러일으키는 공포를 그린 《검은 집》을 발표하는 한편, 청춘 미스터리인 《푸른 불꽃》, 본격 미스터리인 《유리 망치》, SF 판타지인 《신세계에서》 등 다양한 분야의 작품을 잇따라 내놓았다. 탁월한 심리 묘사로 독자와 평론가로부터 모두 사랑받고 있는 그는 특히 호러에 미스터리 기법을 절묘하게 접목시킨 작가라는 찬사를 받으며, 1990년대 이후 일본 호러소설계를 이끌고 있는 일인자 자리에 올랐다.

기시 유스케는 정신이 아득해질 만큼 꼼꼼한 취재와, 내놓는 작품마다 새로운 스타일을 선보이는 작가로도 유명하다. 그의 책을 읽을 때마다 어쩌면 이렇게 다양한 분야를, 어쩌면 이렇게 세밀히 조사하고 어쩌면 이렇게 공부를 많이 했을까 하고 감탄사를 연발하는 사람은 나만이 아닐 것이다.

기시 유스케는 이번에 내놓은 《가을비 이야기》에서 네 가지 공포와 네 가지 절망을 다루었다. 작품의 소재는 물론이고 구성과 분위기는 네 편 모두 다르지만, 한 가지 공통점이 있다. 벗어날 수 없는 운명에 농락당하고 고통받는 인간의 모습을 그렸다는 점이다.

〈아귀의 논〉은 전생과 현생에 관한 이야기이다. 사원 여행으로 미다가하라에 온 미하루는 평소에 마음속으로 좋아했던 아오타와 새 벽에 산책을 하게 된다. 산책하는 도중에 아오타는 그녀에게 자신은 전생에 아귀였다고 고백하는데……. 참고로 아귀의 논은 실제로 있 는 명소라고 한다.

〈푸가〉는 아오야마 레이메이란 작가의 실종을 둘러싸고 벌어지는 이야기다. 아오야마는 어렸을 때부터 기묘한 꿈을 꾸면서 순간이동 을 했다. 그런데 시간이 흐를수록 순간이동하는 거리가 멀어져서 다 음에는 대해원이나 우주로 날아갈지도 모른다는 공포를 느끼게 되 고, 아오야마는 자신을 순간이동시키는 신에게 맞서기로 결심한다.

〈백조의 노래〉는 SP 음반을 둘러싼 음악 호러 작품이다. 사가 헤 이타로는 망막색소변성증에 걸려서 이제 곧 완전히 시력을 잃어버 린다. 남은 생을 암흑 속에서 보내게 된 그에게 유일한 즐거움은 여 성 소프라노의 노래를 듣는 것이다. 그는 미쓰코 존스라는 일본계 미국인의 노래를 듣고 소름 끼칠 만큼 감동해서, 그녀의 발자취를 더듬기로 한다. 미국 음악사에서 사라진 두 여가수의 비극적인 삶을 그린 이 작품에서 기시 유스케는 자신의 취미인 음악에 관한 지식을 유감없이 발휘한다.

마지막 작품인 〈고쿠리상〉은 한국에서 흔히 분신사바라고 하는 주술 행위를 다룬 작품이다. 인생에 절망한 사람들이 고쿠리상의 어 둠 버전을 통해 인생 역전을 노리려고 하는데……. 고쿠리상의 어둠 버전은 평범한 고쿠리상과 무엇이 어떻게 다를까? 고쿠리상은 왜 고쿠리상이라고 불리게 된 걸까? 참고로 분신사바는 일제강점기 때

일본에서 한국에 들어왔고, 일본어의 '분신님'인 '분신사마'라는 단어가 '분신사바'가 되었다는 설이 유력하다.

여기에 처참한 운명에 농락당하는 사람들이 있다.

쇠사슬에 묶인 것처럼 꼼짝도 할 수 없는 사람, 몸을 움직일수록 더욱 깊은 수렁에 빠지는 사람, 괴물의 손에 목이 잡혀서 숨도 쉴 수 없는 사람, 아무리 발버둥 쳐도 벗어날 수 없는 덫에 걸린 사람, 아무리 도망치려고 해도 같은 곳으로 돌아오는 사람.

그런 상황에 놓였을 때, 사람은 어떻게 할까.

첫째, 모든 걸 체념하고 자신에게 주어진 운명을 받아들인다.

둘째, 현재의 상황을 파악하고 어떻게든 빠져나갈 방법을 찾는다.

둘째, 운명에 저항하며 죽음을 각오하고 끝까지 싸운다.

넷째, 자신의 운명이 어떤지도 모른 채, 어느 날 갑자기 마지막 순간을 맞이한다.

기시 유스케는 항거할 수 없는 운명에 농락당하고 고통받을 때, 헛수고라는 걸 알면서도 죽을힘을 다해 절망적인 운명에 맞섰으면 좋겠다고 밝혔다. 그렇게 할 수 있는 것은 이 세상 모든 생물 중에서 인간밖에 없으니까……

당신은 어떤 유형인가?

기시 유스케는 이번 작품을 쓸 때, 처음부터 '비'를 제목으로 두 권의 작품집을 내놓기로 마음먹었는데, 이번 작품의 제목인 '가을비 이야기'라는 제목이 너무나 마음에 들어서 다른 사람이 쓰기 전에 빨리 써야 한다는 초조함이 있었다고 한다. 비의 다음 작품인《여름 비 이야기》에서는 또 어떤 새로운 공포로 팬들을 숨 막히게 할지, 벌써부터 가슴이 두근거리고 온몸에 소름이 돋는다.

이선희

옮긴이 **이선희**

부산대학교 일어일문학과를 졸업하고 한국외국어대학교 교육대학원 일본어교육과에서 수학했다. KBS 아카데미에서 일본어 영상번역을 가르쳤으며, 외화 및 출판 번역작가로 활동하고 있다. 옮긴 책으로는 기시 유스케의 《검은 집》《푸른 불꽃》《신세계에서》와 히가시노 게이고의 《공허한 십자가》, 나쓰카와 소스케의 《책을 지키려는 고양이》, 이케이도 준의 《한자와 나오키》《루스벨트 게임》《민왕》, 사와무라 이치의 《보기왕이 온다》《즈우노메 인형》《시시리바의 집》《나도라키의 머리》《젠슈의 발소리》 등이있다.

가을비 이야기

1판 1쇄 인쇄 2023년 10월 18일
1판 1쇄 발행 2023년 10월 25일

지은이 기시 유스케 **옮긴이** 이선희
펴낸이 고세규
편집 정혜경 **디자인** 윤석진
마케팅 이헌영 **홍보** 반재서 박상연

발행처 김영사
주소 경기도 파주시 문발로 197(문발동) 우편번호10881
등록 1979년 5월 17일(제406-2003-036호)
주문 및 문의 전화 031)955-3100 **팩스** 031)955-3111
편집부 전화 02)3668-3290 **팩스** 02)745-4827 **전자우편** literature@gimmyoung.com
비채 블로그 blog.naver.com/viche_books
인스타그램 @drviche **트위터** @vichebook
ISBN 978-89-349-1088-6 03830 책값은 뒤표지에 있습니다.

비채는 김영사의 문학 브랜드입니다.